Personen und Handlung sind frei erfunden. Jede Ähnlichkeit mit lebenden oder toten Personen oder mit tatsächlichen Ereignissen wäre rein zufällig. Tatsächliche Orte oder Vorkommnisse erscheinen hier rein fiktiv.

Robert W. Campbell
KETTENHUND

Mit einem Nachwort von
Dr. Thomas Wörtche

Ins Deutsche übertragen von
W. M. Riegel

Schwarze
SERIE

BASTEI
LÜBBE

BASTEI-LÜBBE-TASCHENBUCH
Schwarze Serie
Band 19 125

Erste Auflage: Dezember 1988

Deutsche Lizenzausgabe 1988
Bastei-Verlag Gustav H. Lübbe GmbH & Co., Bergisch Gladbach
Originaltitel: The Junkyard Dog
Lektorat: Martin Compart
Titelfoto: Mall-Photodesign
Umschlaggestaltung: Quadro Grafik, Bensberg
Satz: VID Verlags- und Industriedrucke GmbH & Co. KG,
Villingen-Schwenningen
Druck und Verarbeitung:
Clausen & Bosse, Leck
Printed in Germany
ISBN 3-404-19125-0

1

Ich heiße Flannery. Meine Mutter, die vor acht Jahren starb – an Krebs, Gott hab' sie selig – nannte mich James. Mein Vater ruft mich Jim. Freunde nennen mich Jimmy. Arschlöcher sagen Jimbo zu mir.

Ich erkläre am besten gleich vorweg einmal meine Rolle in der Demokratischen Partei der Stadt Chicago, Cook-County, Bundesstaat Illinois. Alles natürlich nicht. Wer hat schon ein ganzes Leben lang Zeit? Genauso lange nämlich bräuchte man wohl, um sich in der herrschenden Hackordnung zurechtzufinden. Beziehungsweise, was der verstorbene Herrscher des vierzehnten Bezirks, Eddie Lurgan – Gott hab' auch ihn selig – gelegentlich auch die ›Schwanzordnung‹ zu nennen beliebte.

Fünfzig Jahre lang, bis er bei der Feuerwehr pensioniert wurde, war mein Vater Mike Flannery ein loyales Parteimitglied und ein erstklassiger Bezirkshäuptling. Und obwohl er bis zu dieses alten Kriegers Tod Lurgans rechte Hand war – und die linke dazu! –, drüben im vierzehnten Bezirk auf der South Side, wo ich geboren bin und aufwuchs – mitten in der irischen Gemeinde –, behauptet sogar er bis heute, daß er nicht den vollen Durchblick hat.

Er wohnt immer noch im Vierzehnten. Ich nicht mehr. Ich bin in den Siebenundzwanzigsten gezogen, das ist westlich vom Kiez, wo ein buntes Gemisch von Iren, Böhmen, Italienern, Polen, Deutschen und sogar einigen Schweden lebt. Auch nicht wenige Penner und Ausgeflippte, übrigens. Dafür sorgt schon unser eigener Kiez hier im Siebenundzwanzigsten. Auch wir hier haben unser eigenes Quantum Stricherinnen, Geschäftsleute, Schwarze und jüdische Leihhäuser.

Mein alter Herr hat nach Mutters Tod das große Haus aufgegeben und ist in ein kleines Einzimmerapartment gezogen. Und ich ging dann eben rüber in den Siebenundzwanzigsten, weil er selbst mir sagte, hier im Vierzehnten hätte ich nie im Leben eine Chance, Funktionär zu werden. Den vierzehnten Bezirk würde selbstverständlich Lurgans einziger Sohn George erben – wie es dann auch tatsächlich der Fall war, ein Jahr später, als der alte Lurgan sich beim St. Patricks-Fest der Iren an Corned Beef und Kohl so vollfraß, daß er umfiel und in die irischen Ewigen Jagdgründe einging.

Der Große Meister hier im Siebenundzwanzigsten – Delvin, er ist auch der Abwasserreferent der Stadt – hat keine Söhne. Töchter übrigens auch nicht. Es gibt da so gewisse Gerüchte, was daran schuld ist. (Ein kleiner Tripper nämlich, vor Zeiten.) Folglich, sagte mein alter Herr von Anfang an, ist der Siebenundzwanzigste genau die Wiese, die ich mähen kann. Delvin hat mir einen Job in seinem Ressort verschafft. Ich hätte ihn beinahe nicht angenommen, aber mein alter Herr sagte: »Junge, denk' dran, da arbeitest du zwar mit Scheiße; aber wenn du da erst mal durch bist, kann dich auch keiner mehr da hinein zurückstoßen.«

Ich arbeite auch tatsächlich inzwischen nicht mehr direkt in der Kanalisation. Ich bin heute Inspektor und lese höchstens noch die Instrumente ab. Gelegentlich stecke ich den Kopf noch runter in einen Schacht und gedenke dabei dankbar der einstigen guten Ratschläge meines Vaters.

Außerdem bin ich auch wirklich Parteibezirksfunktionär geworden. Mein Vater meint ständig, er sehe mich eines Tages sicher noch als Kronprinz. Womöglich sogar direkt als King. Ich sage ihm allerdings nicht, daß die alten Zeiten mit Kungeln und Kuhhandel doch vermutlich vorbei sind. Der neue Bürgermeister hat ja groß getönt, daß er diese ganzen Geschichten endgültig ausrotten will. Natürlich, so leicht wie gesagt tut er sich damit nicht. Und vielleicht endet ja auch er nur, wo auch sein Vorgänger endete, der die gleiche Absicht verkündet hatte: wenn er den Klüngel schon nicht ausrotten kann, bedient er sich am Ende seiner wenigstens. Trotzdem aber, ich glaube schon, daß die alten Praktiken am Aussterben sind.

Ich habe auch eigentlich gar nichts dagegen. Ich versuche immer, aus allem das Beste zu machen, so wie es ist. Was mein alter Herr gar nicht weiß, ist, daß ich meinen Platz gefunden habe und auch ganz zufrieden damit bin.

Sicher, es gibt schon Leute, die mich in bestimmte Schubladen tun. Beispielsweise in die der alten Männer, die in den Eingangshallen öffentlicher Gebäude die Leute in die leeren Aufzüge einweisen. Oder in die gleiche wie Kippy Kerner, dem man einen Job in der Bezirksverwaltung zugeschanzt hat. Als Aufseher an den Heizkesseln. Oder wie Billy Swinarski. Den haben sie vor das Büro des Finanzreferenten der Stadt gesetzt, und wenn Leute kommen, die fragen, sagt er ihnen, daß sie sich vor dem Büro des Finanzreferenten der Stadt befinden.

Aber tatsächlich übe ich sehr wohl eine Tätigkeit im Dienste der Stadt aus, die sehr notwendig ist. Und wenn sie mich auch nicht acht Stunden pro Tag beschäftigt, so komme ich mit zusätzlichen Tätigkeiten, die der von Sozialarbeitern nahekommt, immerhin auch auf bis zu siebzig Stunden pro Woche. Manchmal arbeite ich sogar am Samstag und Sonntag.

Aber ich wollte Ihnen ja etwas von der Partei erzählen. Von ihrer sogenannten Maschinerie.

Also, ganz oben ist natürlich der Bürgermeister, klar.

Dann ist da der Vorsitzende der Demokratischen Partei. Einmal, zu Daleys Zeiten, war er beides in Personalunion. Wie bei den Russen, wo die Bosse zugleich Parteihäuptlinge und Regierungs- oder Staatschefs sind.

Dann gibt es fünfzig Stadtbezirke und dreißig für die Vorortbezirke, und jeder hat natürlich einen Vorsitzenden. Und jeder Stadtbezirk besteht wieder aus fünfzig bis siebzig Unterbezirken – macht also an die dreitausendfünfhundert Parteibüros insgesamt, und jedes einzelne leitet ein Funktionär mit einem bis sieben festangestellten Leuten. Das hängt davon ab, wieviele Jobs der örtliche Funktionär vergeben kann. Insgesamt gibt es dreißigtausend Parteijobs. Und das ganze nennt sich Patronage. Mit anderen Worten, jeder zehnte Stadtbedienstete ist ein Unterbezirkshäuptling der Partei.

Der engste Mitarbeiter des Bürgermeisters ist der Park-Distrikt-Superintendent. Gegenwärtig ist das der harte Ed Keady, der Häuptling des siebenundvierzigsten Bezirks auf der Northwest Side. Der kann die meisten Pfründen vergeben. Er hat das Parkressort bekommen, weil er seinen Bezirk schon vor langer Zeit den Republikanern entrissen hat. Der nächste unter den oberen Bonzen ist dann der Vorsitzende des Bezirksparlaments. Er kontrolliert eine Unmenge öffentlicher Finanzquellen und kann über ein paar tausend Patronage-Jobs vergeben.

Dann ist natürlich das Amt des Sheriffs eine munter sprudelnde Geldquelle. Neben manchen anderen Privilegien verteilt es beispielsweise Hilfssheriff-Sterne samt Schießeisen an großzügige Spender und andere Spezialpersonen, die gerne ab und zu als Freizeit-Gesetzeshüter herumlaufen.

Und gleich danach kommt bereits mein ›Chinamann‹ (in New York nennt man sie Rabbi; an den Colleges Mentoren; und anderswo politische Sponsoren) nämlich

Delvin, der eine Menge Jobs zu vergeben hat; weil schließlich die ganze Scheiße pausenlos weggeräumt werden muß.

So, und dann gibt es achtzig Funktionäre und Beigeordnete, die manchmal als Bezirksleiter bezeichnet werden, manchmal einfach als Bosse, manchmal als Häuptlinge. Nicht jeder Funktionär muß notwendigerweise auch Beigeordneter sein, aber jeder hat einen hinter sich.

Wenn ich von Funktionären und Beigeordneten spreche, dann können das natürlich auch jeweils Frauen sein. Manchmal tragen sie sogar Röcke, aber sie verlangen keine Bevorzugung. Dafür sind sie durchaus imstande, dich auch ganz brutal hinterrücks in die Eier zu treten, wenn du grade wegsiehst und den Fehler machst, sie als zarte, zerbrechliche Wesen zu behandeln. Es sei denn, sie legen im Augenblick gerade Wert darauf.

Um die Wahl zu den Staats- und Bundesämtern kümmert sich die Partei kaum. Dafür gilt die Maxime: wir pflegen grundsätzlich gute Beziehungen sowohl ins Weiße Haus wie zum Amtssitz des Staatsgouverneurs – ganz gleich, wer dort gerade sitzt.

Die Partei konzentriert sich eigentlich allein auf die Wahl des Bürgermeisters, der Stadträte, Beigeordneten, des Bezirkspräsidenten – üblicherweise eine Ire –, des Generalsekretärs der Demokraten des Bezirks – dem untersteht die ganze Wahlkampfmaschinerie –, und des Generalstaatsanwalts des Cook-County.

Was ich mache – außer meiner Kanalisationsinspektion – ist, meinen Leuten – die wie meine Familie sind – Vorteile zuzuschanzen und Gefälligkeiten zu erweisen. Wobei ich einräume, daß ich dabei natürlich immer die Vorstellung mit dem Kopf habe, sie werden sich auch mal revanchieren.

Dagegen ist doch nichts einzuwenden. Man hilft sich

gegenseitig. Wie das allgemein unter Freunden und Familien absolut üblich und normal ist. Oder? Dabei helfe ich, wenn sie mich darum bitten, meinen Leuten sogar auch dann, wenn sie ausdrücklich sagen, daß sie republikanisch wählen. Oder liberal. Weil ich nämlich auf ihr Ehrgefühl am Wahltag setze. Und ich bin ziemlich überzeugt davon, daß die Leute im allgemeinen durchaus dieses Ehrgefühl haben.

Ich wohne im obersten Stockwerk eines Sechsfamilienhauses in der Polk Street. Das ist sechs Block vom Kiez weg, eine eigentlich eher miese Gegend mit heruntergekommenen leerstehenden Häusern, schmutzigen Gossen, zerbrochenen Träumen und gescheiterten Existenzen.

Auf der anderen Seite des Ganges oben bei mir im sechsten Stock lebt eine siebenköpfige Familie namens Recore, sehr nette Leute, mal abgesehen von ihrem Jüngsten, Stanley, der in aller Frühe an meine Tür zu hämmern pflegt und dann wegrennt, wenn ich nachsehen komme, wer mich so früh am Morgen aufweckt. Seine Mutter sagt, er macht das, weil er mich mag. Vielleicht mag er mich deswegen, weil ich einer der wenigen bin, die nicht zu seiner Familie gehören und ihn trotzdem verstehen, seit er diese Geschichte mit seinem Sprachfehler hat.

Letzten Sommer zum Beispiel kommt er zu mir reingeschneit in die Küche, als ich grade dasitze und mit einer Freundin frühstücke, und sagt: »Jihby, ennu mi kape und exe gibs, ixuvomi hchaubn.« Und damit meint er: »Jimmy, wenn du mir Kaffee und Kekse gibst, kriegst du von mir Trauben.«

Seine älteste Schwester ist verrückt auf Rollschuhlaufen und geht praktisch jeden Abend dafür weg, mit einem Röckchen, das so kurz ist, daß von ihren Hintertrauben auch nichts verdeckt bleibt. Wenn sie nicht meine direkte Nachbarschaft wäre, würde ich durchaus in Erwägung ziehen, sie dann und wann zum Traubenknabbern zu mir reinzuholen, wenn ich grade mal Bedarf und keine Freundin habe.

Direkt unter mir wohnt Mrs. Warnowski. Sie ist allein, seit ihr Mann, genannt Mooshie, ein Feuerwehrmann, ganz knapp vor seiner Pensionierung bei vollen Bezügen starb. Da kam sie natürlich zu mir und fragte, ob ich ihr helfen kann. Da half ich ihr, damit sie die volle Witwenrente kriegt und vielleicht noch eine ehrende Erwähnung für ihn. Was beides ein hartes Stück Arbeit war. Weil der gute Mooshie nicht eigentlich in Erfüllung seiner Berufspflicht umkam, sondern vielmehr ertrank. Als er mit dem Wagen von der Straße abkam und in den See fuhr. Dabei auch noch einen Zwanzigtausend-Dollar-Lichtmast mitnahm.

Ihr gegenüber wohnt ein sympathisches jüdisches Ehepaar. Myron ist Lehrer, Shirley Bibliothekarin. Sie haben ein siebenjähriges Mädchen, das dermaßen gescheit ist, daß ich sicher bin, sie wird eines Tages erster weiblicher Präsident. Falls es zuvor nicht schon eine andere geschafft hat.

Unten im Erdgeschoß lebt Mrs. Foran, die schon zweiundneunzig ist, mit ihrer Lebensgefährtin Miss King. Die ist auch schon neunzig, besorgt aber alle Arbeit, einschließlich der Pflege von Mrs. Foran. Sogar mit Babysitten verdient sie sich noch etwas dazu. Von den beiden erzählt man sich, daß Mrs. Foran vor Stücker sechzig Jahren ihrem Mann davonlief – mit ihrer Geliebten, eben Miss King, und daß die beiden seitdem ein unzertrennliches Paar sind.

Unten, wo eigentlich die Eckwohnung ist, haben Joe und Pearl Pakula, zwei junge jüdische Geschwister, die aus Südamerika kamen, für den Lebensunterhalt ihrer Mutter einen Imbiß eingerichtet. Sie selbst bewohnen zwei Räume nach hinten hinaus. Ich erweise ihnen Gefälligkeiten, obwohl sie noch gar nicht wählen dürfen, weil sie noch nicht eingebürgert sind. Im Gegensatz zu manchen anderen Funktionären lehne ich es nämlich ab, Wählerstimmen von Ausländern oder Toten mitzurechnen. Jedenfalls nicht von Toten, die es schon sehr lange sind.

Joe und Pearl lassen mich dafür ihren Wasserhahn an der einen Seite des Hauses zum Autowaschen benützen. Ich wasche meinen Wagen eisern jeden Samstagmorgen, wenn es nicht regnet.

An diesem Samstagmorgen, an dem alles beginnt, bin ich grade wieder beim Wagenwaschen, als Mrs. Klutzmann die Straße runterkommt, weil sie einkaufen will, und ich sage: »Hallo, Mrs. Klutzmann, was macht Ihr Rücken? Haben Sie gemacht, was ich Ihnen sagte?«

»O ja, Mr. Flannery. Ich hab' nicht nur getan, was Sie gesagt haben, ich fühle mich auch wirklich schon viel besser«, sagte sie und legte die Hand auf ihre Nieren, um mir zu zeigen, wo es nicht mehr weh tut. »Es ist wie ein Wunder!«

»Das hört man gern«, sage ich. »Und denken Sie dran, nur eine halbe Karotintablette, keine ganze. In etwas heißem Wasser aufgelöst. Sie können vielleicht ein bißchen Zitrone reingeben, damit es nicht wie Spülwasser schmeckt. Wohin gehen Sie denn?«

»Ich brauche eine Milch und vielleicht ein Hörnchen oder was zum Frühstück, ehe ich zur Klinik gehe.«

»Sie sind doch nicht etwa krank?«

»Nein, ich gehe zu dieser kostenlosen Abtreibungsklinik auf der Sperry Avenue rüber, wenn Sie es mir nachsehen.«

»Warum sollte ich Ihnen etwas nachsehen.«

»Nun, weil Sie vielleicht dagegen sind, daß ich da den armen, hilflosen Kindern helfe, die einen Fehler gemacht haben und sonst mit einer Last fürs ganze Leben dastehen. Wo Sie doch katholisch sind und alles.«

»Ich richte nicht über andere Leute, Mrs. Klutzmann. Als wenn ich nicht selber genug Probleme hätte, und die Probleme meiner Freunde. Was soll ich da rumlaufen und dumme Mädchen verurteilen, die sich nicht vorgesehen haben?«

»Oder so«, sagt sie und fummelt an ihrer Tasche rum und sieht ziemlich besorgt aus.

»Also, was für ein Kummer ist es denn?« frage ich.

»Als könnten Sie Gedanken lesen.«

»Na los, raus damit.«

Und sie macht ihre schäbige, bestickte Tasche auf und holt einen Fetzen voller Flecken raus, der um irgendwas gewickelt ist. Sie macht's auf, und was kommt zum Vorschein? Ein Messer voller Blut. Aber ich rieche Ketchup. Und ich fasse mit einem Finger in das rote Zeug und probiere es und rieche dran. Es ist Ketchup.

»Was für ein Scherzartikel ist das, Mrs. Klutzmann?« frage ich.

»Schauen Sie mich an«, erwiderte sie. »Lache ich vielleicht?«

Und sie lacht wirklich nicht. Sie sieht vielmehr immer noch ziemlich besorgt aus, aber kein bißchen ängstlich.

»Dieses Messer lag gestern abend, als ich wegging, auf der Treppe vor der Klinik«, sagt sie.

»Und warum schleppen Sie es mit sich rum?«

»Ich wollte in der Klinik niemand erschrecken.«

»Was wollten Sie denn damit machen?«

»Was weiß ich? Vielleicht meine ich, ich sollte einen Polizisten finden. Vielleicht auch nicht. Aber wie ich dann Sie sehe, weiß ich gleich, was ich tun soll«, sagt sie und drückt mir das Messer in die Hand. »Eine Butter brauch' ich übrigens auch. Darf ich nicht vergessen.«

2

Nachdem ich mit dem Wagenwaschen fertig bin – meistens brauche ich vier Stunden dazu, weil ich dazwischen auch noch meine Geschäfte erledige – gehe ich runter zum Polizeirevier zu Captain Dominick Pescaro.

»Schau'n sich das ma' an«, sage ich.

»Seit wann habm Sie das?« sagt er.

»Vier Stunden, vielleicht fünf.«

»Und wozu«, sagt er, »schleppen Sie ketchupbeschmierte Messer mit sich rum?«

»Und woher wissen Sie«, sage ich, »daß es kein Blut ist?«

»Weil es braun sein täte, wenn Sie's vier, fünf Stunden rumschleppen und es ist Blut.«

»Was man nicht alles lernen kann«, sage ich, »wenn man gute Freunde in hohen Stellungen hat.«

»Außerdem«, sagt Captain Pescaro, »hab' ich auch eine Nase.« Und er drückt sich auf seinen Zinken wie auf die große Hupe beim Umzug am St. Anthony's Day. »Wo haben Sie das her?«

»'ne alte Dame hat's mir gegeben.«

»Und was wollen Sie damit machen?«

»Ich geb' es Ihnen.«

»Vielleicht«, sagt er, »können Sie mich imformieren, woher die alte Dame es hat?«

»Es lag vor der Tür der kostenlosen Abtreibungsklinik drüben auf der Sperry Avenue.«

»Ach so, Joe Asbach. Der Blödmann mit seinen Spinnereien.«

»So, Sie kennen den Mann, der das getan hat?«

»Er findet es toll, im Kreis herum zu marschieren.«

»Was für eine Art Gentleman ist der Herr?«

»Die Art, die Mantel und Hut trägt, wenn die Sonne scheint.«

»Ist er Vernunftsargumenten zugänglich?«

»Er kennt seine Rechte und pflegt auf ihnen zu beharren.«

»Oh, Madonna. Einer von denen.«

Sieben Männer und drei Frauen marschieren rum, als ich an der Klinik ankomme. Sie tragen Schilder wie ›Mörder, Mörder, Mörder‹ und ›Wo leben wir denn hier?‹ In der Art. Ich kann ja noch verstehen, wenn Frauen so was machen und gegen die Beseitigung von Ungeborenen demonstrieren. Aber es ist mir völlig schleierhaft, was Männer dazu veranlaßt. Sie brauchen sich doch keine Sorgen darüber zu machen, jemals ungebetene Besucher in ihrem Bauch zu haben?

Aber schließlich bin ich nicht gekommen, um zu diskutieren, sondern um zu verhandeln. Sobald ich erst mal diesem Joe Asbach von Angesicht zu Angesicht gegenüberstehe. Es ist ein kühler Tag und wer schon keinen Mantel trägt, hat wenigstens einen Sweater an. Ein paar von den Männern haben Hüte auf. Ich gehe zu einer rothaarigen Frau mit einem Leberfleck auf dem Kinn und frage, wer von den Herren Joe Asbach ist. Falls er überhaupt hier ist.

»Der Mann ist ein Heiliger«, sagt sie.

Ich sage, gut, es ist mir recht, aber ob sie ihn mir vielleicht mit dem Finger zeigen kann.

»Präsident sollte er werden«, sagt sie.

Ich sage, gut, wenn sie nicht mit dem Finger zeigen will, reicht es mir auch, daß sie nur nickt, wenn er vorbeigeht.

»Sie wollen ihm nur ein Leids zufügen«, sagt sie.

»Neinnein«, sage ich, »ich unterstütze diese Demonstration.« Weil ich nämlich ohne weiteres lüge wie gedruckt, wenn es sein muß. Vorausgesetzt, selbstverständlich, ich füge damit niemandem persönlichen Schaden zu. Oder es verhindert Panik. Oder öffnet verschlossene Türen.

»Er ist dort«, sagt sie. »Er steigt gerade aus dem Taxi. Möchten Sie, daß ich Sie ihm vorstelle?«

»Ach, ich mache das lieber selber. Vor vielen Leuten geniere ich mich.«

Und ich gehe hinüber und fasse Joe Asbach am Ellbogen. Und obwohl er über einszweiundachtzig ist und ich grade einssiebzig, führe ich ihn gute zwanzig Meter beiseite, von seinen Leuten weg.

»Ich darf doch annehmen«, sagt er dann, »daß Sie die Absicht haben, Ihre Hand von meinem Arm zu nehmen.«

»Ich habe Sie von Ihren Leuten weggeführt«, sage ich, »um Ihnen eine peinliche Situation zu ersparen.«

»Welche Peinlichkeit«, sagt er, »könnten Sie mir denn bereiten?«

»Ich könnte Ihnen zum Beispiel auf ihre polierten Schuhe treten«, sage ich.

»Falls das irgendeine Art Straßenüberfall sein soll«, sagt er, »ist mir der Sinn dieses Unternehmens nicht völlig klar.«

»Sie haben einen häßlichen Gegenstand auf die Treppe dieser völlig legalen Institution gelegt.«

»Gibt es etwa ein Gesetz gegen das Verlieren von Messern?«

Aha, also der Bursche versucht gar nicht erst, so zu tun, als wüßte er von nichts. Also ist er entweder strohdumm oder aber seiner sehr sicher.

»Na, was würden Sie denn sagen«, sage ich, »wenn

jemand ein rotbeschmiertes Messer auf Ihre Haustreppe legte?«

»Da würde ich einfach sagen, ein schlampiger Arbeiter hat es dort vergessen, nachdem er sein Sandwich auseinandergeschnitten hat.«

Was er dazu für Lippen macht, ist Klasse. Ich erinnere mich daran, wie mein alter Herr immer zu sagen pflegte: »Also, wer von uns beiden putzt jetzt diese Marmelade von deinem Schnäuzchen?« wenn ich mal dachte, ich sei cleverer als er.

»Sie tun also gar nicht erst so, als wüßten Sie von nichts?« sage ich. Aber selbst in meinen Ohren klingt der Satz ziemlich dünn und wässrig.

»Ich«, sagt er voller Würde, »tue des Herrn Werk und bin stolz darauf.« Und seine Nase geht hoch wie von der Schnur gezogen. »Sind Sie Polizeibeamter?«

»Nein«, sage ich, »aber wenn Sie mal da hinüber sehen möchten. In dem Auto dort sitzen Polypen.«

Ich weiß zwar nicht, ob es wirklich Polizisten sind, aber jedenfalls sitzen drüben in einer grauen Limousine tatsächlich zwei Kerle, und ich sage einfach zu mir selbst, zum Teufel, womit sonst soll ich ein bißchen rumdrohen.

»Ich habe eine Genehmigung für diese Demonstration«, sagt er.

»Na und? Sie passen nicht auf, mein Freund. Wir reden hier von den polierten Schuhen.«

Daraufhin gehen nun seine Augenbrauen hoch. Sowas schafft mich immer. Das ist sowas von Hochnäsigkeit, ich wünschte, ich brächte es auch fertig. Aber wenn ich mal versuche, die Brauen arrogant hochzuziehen, sieht es immer aus, als würde ich gleich rülpsen.

»Sie verstehen doch«, sage ich. »Ich trete Ihnen auf Ihre polierten Schuhe – ein kleiner Kerl wie ich – und Sie müssen mich dann zumindest runterstoßen. Und ich falle dann zu Boden und schreie Hilfe, Überfall. Und die

Bullen kommen von da drüben angesaust, um einem ehrbaren Bürger beizustehen. Das bin ich nämlich, ein ehrbarer Bürger. Und sie nehmen Sie mit aufs Revier und behalten Sie dort über Nacht. Ist natürlich nicht besonders schlimm, aber immerhin lange genug, daß Sie dort Filzläuse aufschnappen könnten. Oder so.«

»Soll das vielleicht eine Drohung sein?« sagt er. Und er macht wieder so herablassende Lippen. Auch das würde ich gern können.

»Mr. Asbach, Sie schalten ziemlich schnell. Sehr schnell, wirklich. Sie können gerne gehen, wohin es Ihnen beliebt. Aber erheben Sie nicht Ihre Stimme gegen die Leute da drin.

Sie werden ihnen keine schmutzigen Namen geben, wie Sie das woanders schon gemacht haben. Und Sie werden keine blutigen Drohungen auf ihren Stufen hinterlassen.«

»Ketchup«, korrigiert er, als wenn die Fixierung dieses Details von ganz besonderer Bedeutung für uns beide ist.

»Nie mehr!« sage ich. »Wenn Sie das bitte verstehen wollen. Sonst müßte ich wiederkommen und Ihnen auf Ihre polierten Schuhe treten.«

3

Mein Vater und ich, wir essen jeden Mittwochabend zusammen. Drüben in Dan Blatnas Saloon ›Sold Out‹, auf der 32., North West Side, in Ed Lubelskis Revier.

Blatna macht ein Gericht mit Kelbasse und Kohl, da schnallst du ab. Die Leute kommen deswegen von weither zu ihm, aus der ganzen Stadt. Sogar von außerhalb. Nur damit sie hier reinhauen können wie die Säue. Ungelogen, ich habe schon mal eine alte Dame, so sechzig oder fünfundsechzig, mit Abendkleid, Bergkristall-Diadem und Chinchillamantel, über so einen Teller von Dan Blatna gebeugt gesehen, als hätte sie drei Tage nichts im Magen. Wie ich sie ansehe, schaut sie zu mir rauf, grinst mich an und haut sofort wieder rein.

Der Grund, warum mein alter Herr und ich dorthin futtern gehen, ist, daß er loyal zu den Restaurants und Kneipen im Vierzehnten bleibt und ich loyal zu denen im Siebenundzwanzigsten. So wird das eben gemacht, wenn Bezirkshäuptlinge auswärts essen. Man bleibt bei seinen Leuten. Du kratzt mir den Rücken, ich dir.

Es ist völlig in Ordnung, für Nachtleben oder mal ein spezielles Essen in den Ersten zu gehen. Aber sonst ißt man schon lieber in seiner Gegend, das gehört sich so. Weil aber der alte Herr in der seinen essen will und ich in der meinen, müssen wir logischerweise einen Kompromiß schließen. Und der heißt eben Blatna auf der 32.

Während er seinen ersten Rachenputzer runterspült, fragt er mich, was es so Neues gibt bei mir. Ich erzähle ihm also, wie ich Jack Reddy von der Flasche hole und ihm seine Moneten abnehme, um sie seiner Familie zukommen zu lassen, die nicht mal die Wasserrechnung zahlen kann. Und ich sehe zu, daß sie auch den Strom und das Gas wieder kriegt.

»Ich frage hinterher die Mutter, geht's euch gut, und sie sagt, Gott segne mich, weil sie vielleicht zwar ohne Licht und Heizung auskommen könnten, aber daß es ziemlich beschissen ist, wenn du die Klospülung nicht ziehen kannst, und das mit sechs Plagen und einem Schwiegervater, der den Durchmarsch hat.«

»Gott segne die Mütter«, sagt mein alter Herr. »Warst du Jack Reddy eine Gefälligkeit schuldig?«

»Nö, wir sind quitt wie noch was.«

Das hört mein Vater gern. Er mag es, wenn zwischen zweien die Dinge in Ordnung kommen, ohne daß dafür der andere sich tief in Schulden stürzen muß.

Und dann erzähle ich ihm die Geschichte von Joe Asbach, den Rechtauflebenmarschierern und dem Messer.

»Es ist ein Kreuz mit diesen Fanatikern«, sagt er. »Wenn du mit einem Fanatiker reden willst, kannst du auch gleich an die Wand reden. Sie starren dich mit ihren rausgetriebenen Augen an, da kannst du sagen, was du willst, und dann erzählen sie dir Wort für Wort denselben Mist wieder, der schon zuvor keinen Sinn hatte. Glaubst du, du hast ihn zu Tode erschreckt?

»Wird sich rausstellen. Erst mal glaube ich nicht, daß er einer ist, der sehr schnell erschrickt. Ich glaube, jeder Mick oder Polacke, der den Papst anhimmelt . . .«

»Rede nicht so respektlos vom Heiligen Vater! Es könnten Evangelische hier sein.«

». . . und dagegen ist, was sie in der Klinik machen, macht es diesem Asbach leicht, zwotens. Wen kümmert das was, sag' mal, ob hier Evangelen sind?«

»Die brauchen sowas nicht zu hören. Man trägt seine Familienangelegenheiten nicht nach draußen. Wenn wir was über den Papst sagen, dann unter uns guten Katholiken.«

»Ich bin kein guter Katholik«, sage ich. »Ich war schon seit fünfzehn Jahren nicht mehr bei der Ostermesse.«

»Ich habe auch seit vierzig Jahren«, grinst der alte Herr, »nicht mehr gebeichtet. Aber das ist ganz was anderes. Wir wissen jedenfalls, wo unser Herz hingehört.«

Also, was mein Herz angeht und meinen Glauben, so treiben die sich weiß Gott wo rum; jedenfalls habe ich keine Ahnung, wo sie sind. Und wenn es um Religion geht, da möchte ich mich prinzipiell raushalten. Mein alter Herr ließ, wie das zu seiner Zeit üblich war, die Glaubensgeschichten von seiner Frau erledigen. Und jetzt, wo meine Mutter – Gott hab' sie selig – nicht mehr ist, erzählt er Geschichten von ihrer Gläubigkeit rum, als hätte er selbst alle die Novenen und Frühmessen absolviert.

»Wer erteilt eigentlich die Demonstrationsgenehmigungen?« frage ich.

»Straßen und Hygiene. Bei Wally Dunleavy.«

»Vielleicht kriege ich raus, was für eine Genehmigung sie diesem Asbach gegeben haben. Vielleicht hat er gar keine unbefristete gekriegt. Dann hätte er eine Ordnungswidrigkeit begangen.«

»Das bringt nicht viel.«

Nun ja, besser als nichts. Spatz in der Hand ist besser als die Dings auf dem.

»Übrigens«, sage ich zu meinem alten Herrn, weil er ja immer noch um jedes Feuerwehrhaus herumstreicht und immer noch alles weiß, was sich bei der Feuerwehr abspielt, »weißt du was über diesen Warnowski? Diesen Feuerwehrmann, der mit dem Auto in den Fluß gefahren ist?«

»Er hat gesoffen wie ein Loch.«

»War er voll, als er da reinfuhr?«

»Versuchst du was für ihn rauszuschlagen?«

»Seine Witwe hat mich drum angegangen. Es geht ihr nicht so gut und nur mit der halben Rente kann sie nicht leben. Wir versuchen die letzten ungefähr sechsundzwanzig Tage vor seinen letzten dreißig zu rekonstruieren, bevor er diese unglückliche Tauchfahrt in den Fluß unternommen hat.«

»Eigentlich hätte er ja von alleine schwimmen müssen. Alkohol ist schließlich 'ne Menge leichter als Wasser. Und er voll aufgetankt.«

»Sei dem, wie ihm sei, jedenfalls war schließlich niemand bei ihm . . .«

»Na, immerhin hat er einen Lichtmast für zwanzigtausend umgerannt . . .«

». . . da gibt es aber jemand, der sagt, er hat versucht, einer Katze auszuweichen. Damit er sie nicht überfährt.«

»Der das sagt, ist ein Kollege von ihm. Er behauptet, ganz zufällig war er grade an dieser Stelle unterwegs, wo sich Warnowski naßgemacht hat.« Und mein alter Herr blinzelt mich dazu an.

Und während wir so miteinander plaudern und der alte Herr seine Rachenputzer trinkt und ich immer nur Selters, und wir uns beide die Wurst und das Kraut reinschaufeln, kommt Dan Blatna her und begrüßt uns und sagt, ein gewisser Pakula will mich am Telefon sprechen.

»Wer ist das denn?« fragt mein alter Herr. »Wassen das für ein Name?«

Und ich sage ihm, das ist ein südamerikanischer Jude und der Ladenjunge unten bei mir.

»Da soll er dir aber ja nichts verkaufen, was nicht koscher ist«, sagt mein alter Herr. Das sind so die Witze, die er macht. Und ich gehe und höre von Joe Pakula, daß irgend so ein Schweinehund vor der Abtreibungsklinik auf der Sperry Avenue eine Bombe hat hochgehen lassen. Und daß meine liebe Freundin Mrs. Klutzman im Krankenhaus liegt.

4

Wir also rüber zur Sperry Avenue. Alles ist schon voller Feuerwehr und ihren Schläuchen. An der Klinik ist das große Fassadenfenster kaputt und eine Seitentür hängt nur noch in ihren Angeln. Um die Ecke ist die Ambulanz zugange und einer von ihnen steht nur so rum, damit er sofort einspringen kann, falls sie noch wen in den Trümmern finden.

Natürlich ist auch ein Mordsauflauf von Uniformierten, samt zwei Kriminalern in Zivil. Ich kenne sie alle. Sie sagen »Hallo, Mike«, zu meinem Vater, ehe sie »Hallo, Jimmy« zu mir sagen. Und sie zeigen damit großen Respekt vor dem Alter.

Ich gehe rauf und sage »hallo, Francis«, zu Francis O'Shea und »hallo, Murray« zu seinem Kollegen Murray Rourke.

»Worum geht's hier?« frage ich. »Brandstiftung, Gasexplosion oder Bombe?«

»Das geht dich einen Dreck an«, sagt O'Shea.

Er ist ein großer Kerl mit einem Gesicht wie die Unterseite von einem Ochsen, der statt einer Nase eine Niere hat. Oder so. Das ganze Gesicht voller geplatzter Äderchen. Sieht aus wie ein Stadtplan. Ohne daß er brummelig ist, habe ich ihn noch nie gesehen. Kommt vielleicht daher, daß immer er es ist, der die Fetzen zusammensuchen muß, die andere nicht anrühren wollen. Sogar andere Bezirke holen ihn sich dafür. Außerdem ist er bei Verhören der bösartige Bulle wie aus dem Kino.

»Bekannte von mir ist da drin verletzt worden«, sage ich.

»Eine Tote ist da, junges Mädchen, vielleicht siebzehn.«

»Das ist sie nicht. Die meine ist eine ältere Dame.«

»Mrs. Klutzman«, sagt Rourke. »Die haben sie schon ins Passavant geschafft. Da haben sie eine Abteilung für Schockbehandlung.« Er ist das genaue Gegenteil von O'Shea. Schlank, immer geschniegelt und gebügelt, tadellos rasiert. Man könnte ihn für einen Chorknaben halten. Ich habe ihn schon eine Menge Killer vernehmen gesehen. Alles derart sanft, daß der Bösewicht am Ende zu heulen anfängt, weil Rourke ihn an seine arme alte Mutter erinnert hat, und an Thanksgiving Dinner und solche Sachen. Allerdings habe ich ihn auch schon gesehen, wie er einen Blödian, der gute fünfzig Pfund schwerer ist als er, ungespitzt in den Boden haut.

»Macht zwei«, sagt mein alter Herr. »Sonst noch wer?«

»Das hängt davon, wie man zählt«, sagt O'Shea, dessen sechs Brüder und Schwestern alle Pfarrer und Nonnen sind. »Das Mädchen zum Beispiel war trächtig.«

»Können wir nicht reingehen?« frage ich.

»Passen Sie auf, Flannery, daß sie nicht durch das Loch fallen«, sagt O'Shea. »Wollen doch nicht, daß Sie sich ein Bein brechen.«

»Sind Sie sauer auf mich, Francis?« frage ich ihn.

»Nö, nur auf die ganze Welt.«

»Das ist was anderes. Das kann ich gut verstehen.«

Drinnen sieht es vielleicht aus. Stühle mit Plastikbezug schmoren stinkend vor sich hin. Überall liegen Glasscherben herum. Hinter der Tür, wo sie machen, was sie machen, ist ein Riesenloch im Boden. Ein gynäkologischer Stuhl ist umgekippt, als hätte ihn wer in den Graben gefahren. Überall rum ist Blut. Es ist noch nicht so lange her, seit es passiert ist, aber es fängt schon an, bräunlich zu werden. Auf diese Weise bekomme ich bestätigt, was mir Leutnant Pescaro darüber erzählt hat. Wie altes Blut aussieht und das.

Die Gerichtsmediziner sind auch schon da. Und ich erkenne auch Spidone von den Feuerwerkern. Er sammelt Splitter und es ist klar, daß ich keine Fragen mehr betreffs Brandstiftung oder Gasexplosion zu stellen brauche.

Eine Frau im weißen Kittel und kniehohen Wildlederstiefeln über engen Jeans steht da mit den Händen vor dem Gesicht und spitzt durch die Finger, wie ein mogelndes Kind beim Versteckspielen. Sie macht mir den Eindruck, als würde sie gleich hysterisch. Ich fasse sie an den Handgelenken. Wir sind so ungefähr gleich groß und stehen uns jetzt Auge in Auge gegenüber.

»Geht's Ihnen nicht gut?« frage ich.

»Ich glaube, ich schrei' gleich«, sagt sie. »Ich kann hinschauen, wo ich will, überall ist Elend. Wie ich auch zu helfen versuche, überall ist Tod.«

»Wahrscheinlich sollten Sie hier raus. Warum setzen Sie sich nicht in den ehemaligen Warteraum? Ich komme gleich, dann fahr' ich Sie nach Haus.«

»Ich muß in die Klinik.

»Wo sind Sie verletzt?«

»Sie verstehen mich nicht. Ich bin Schwester in der Passavant-Klinik, und ich muß zu meiner Schicht.«

»Da muß ich auch hin. Da können wir sowieso zusammen fahren. Augenblick noch.«

Sie sieht mich ziemlich lange an, als überlegt sie, kann sie mir jetzt für eine Zehnblockfahrt trauen oder nicht. Dann nickt sie aber und geht hinaus in das, was mal das Wartezimmer war.

Ich gehe wieder zu Rourke und O'Shea.

»Ist hier irgendwer, der mir eine Auskunft geben kann?« frage ich O'Shea.

»Hör' zu, Jimmy«, sagt er, »das hier ist eine Polizeiangelegenheit, sehen Sie das nicht? Wir tun doch schon, was wir können.«

»Die alte Dame ist eine gute Bekannte. Ich will mich einfach vergewissern.«

»Wir haben doch schon alle Fragen gestellt«, faucht O'Shea mich an.

»Mein Gott, O'Shea, nun stell' dich doch nicht so an«, sagt Rourke, und er soll nicht so streng tun.

»Also meinetwegen«, brummt Shea. »Dann fragen Sie in Gottes Namen, wen Sie fragen wollen. Mit der einen Zeugin haben Sie doch sowieso schon ein Rendezvous ausgemacht. Der andere ist da drüben. Der Nigger.«

»Sagen Sie doch solche Wörter nicht, Francis«, sage ich, »das tut man doch nicht.«

Und ich gehe rüber und rede mit dem jungen Farbigen. Er trägt eine sogenannte Omabrille. Hinter den kleinen runden Gläsern sehen seine Augen aus wie zermanschte Oliven. Scheint verletzt zu sein und nicht recht sehen zu können.

»Sind Sie in Ordnung?« frage ich.

»Ich bin nicht verletzt, wenn Sie das meinen«, sagt er.

Seine Augen wandern mit einem schnellen Blick zu O'Shea hinüber und er schneidet ein Gesicht dabei, als dreht es ihm den Magen um.

»Ach so«, sage ich. »Nein, wegen O'Shea brauchen Sie sich nicht zu ärgern. Der ist in Wirklichkeit eine Seele von Mensch. Wenn Sie in ein Auto rennen würden, wäre Francis der erste, der sich dazwischen würfe, um Ihnen das Leben zu retten.«

»Gleich kommen mir die Tränen«, sagte der Farbige, »der heilige Franziskus, wie?«

»Haben Sie ihn dumm angeredet?«

»Wen? Den heiligen Franziskus, wie?«

»Hören Sie mal, ich brauche keine Nachhilfestunden. Ich kenne meine Heiligen auch allein.«

»Dann verstehen Sie ja wohl auch, was ich meine.«

»Sicher. Und Sie, was ich meine, ja?« sage ich. »Wir haben alle unsere Gründe, warum wir etwas oder jemand mögen oder nicht. Wenn mir einer das Leben rettet, muß er es doch noch lange nicht gern sehen, daß ich auch seine Schwester heirate.«

»Sie sind also auch so ein Hurensohn?«

»Bin ich nicht, nein. Ich habe einfach nur vor einiger Zeit beschlossen, daß ich die Welt doch nicht ändern will. Und dafür alles einfach nur so gut mache, wie es geht. Genau wie dieser heilige Tierfranz.«

Er zuckt mit den Schultern und die ganze Stärke rieselt ihm aus dem Hemd.

»Na und«, sagt er. »Genau wie ich auch.«

»Haben Sie hier als Freiwilliger gearbeitet?«

Er nickt.

»Als Krankenwärter oder was?«

»Oder was.« Er pustet durch die Nase, als will er mir seine ganze Verachtung zeigen; was man schon von einem bigotten Iren erwarten kann. »Ich bin der Arzt hier, wenn's recht ist. Jedenfalls war ich heute abend der Arzt hier.«

»Sie machen also die Abtreibungen?«

»Den Frauen scheint es nichts auszumachen, wenn sie den Eingriff ganz unbedingt haben wollen.«

»So habe ich das nicht gemeint. Wieviele haben Sie heute gemacht?«

»Drei. Das tote Mädchen sollte die vierte sein.«

»Hatten Sie sie schon untersucht?«

»Ja.«

»Und wo waren Sie, als die Bombe losging?«

»Im Büro. Ich verlasse das Behandlungszimmer stets,

wenn Mary Ellen Dunne den Patienten den Ablauf erklärt und was sie hinterher tun sollen.«

»Mary Ellen Dunne – ist das die Schwester mit den Wildlederstiefeln?«

»Sie arbeitet im Passavant –«

»Das sagte sie mir, ja.«

»– und hier freiwillig, genau wie ich.«

»Warum gehen Sie raus, wenn Mary Ellen Dunne den Ablauf erklärt?«

»Frauen sind bei solchen Gelegenheiten lieber mit Frauen allein, genau wie sie sich von anderen Frauen herbringen lassen. Ich will auch nicht, daß sie sich nur wie Schlachtvieh fühlen, die eine nach der anderen unter die Kurette kommt. Ich will nicht, daß Sie sich in ihrer Persönlichkeit verletzt oder beeinträchtigt fühlen.«

»Schön. Also wenn Mary Ellen Dunne ihnen erklärt hat, was passiert, kommen Sie wieder rein und nehmen den Eingriff vor?«

»Nein. Unser kleiner Operationsraum hier ist weiter den Gang runter. Die Hilfsschwester – das war bei uns Mrs. Klutzman – . . .«

»Ihretwegen bin ich überhaupt hier . . .«

». . . bereitet alles vor, während Mary Ellen Dunne mit der Patientin spricht. Danach führt sie die Patientin in den Operationsraum. Diese entkleidet sich unterhalb der Gürtellinie und steigt dann auf den gynäkologischen Stuhl, über den ein steriles Tuch gezogen ist.«

»Sie sagen, Sie waren im Büro, als die Bombe explodierte?«

»Richtig.«

»Fertig und bereit für den nächsten Eingriff?«

»Ich wartete auf das Klopfen an der Tür.«

»Haben Sie Feinde?« frage ich.

Sein Blick geht rasch hinüber zu O'Shea, der uns nicht aus den Augen läßt. »Sie meinen, persönliche Feinde?«

»Das meine ich, ja.«

»Nein. Aber hier in Chicago, mit meiner Hautfarbe . . . da weiß man nie . . .«

»Müssen Sie, um in Ihr Büro zu kommen, durch den Warteraum?«

»Nein, nur durch dessen Tür.«

»Und wieviele Leute saßen da?«

»Kann ich nicht sagen. Drei, soweit ich mich erinnere. Noch ein junges Mädchen mit einer alten Frau als Begleitung, und ein Mann.«

»Saßen sie zusammen?«

»Kann mich nicht genau erinnern. Ich glaube, das Mädchen und die alte Frau saßen beieinander, und der Mann kam eben erst zur Tür herein. Ich habe keine Ahnung, ob er sich etwa zu den beiden setzte.«

»Alt? Jung?«

»Ach, so meinen Sie. Also der Großvater war er sicher nicht. Und auch nicht der Freund des Mädchens. Ein hagerer Weißer, jugendliches Aussehen, aber schon dünnes Haar.«

»Haben Sie vielen Dank für Ihre Kooperation«, sage ich.

»He!«

Ich, schon in der Tür, bleibe stehen.

»Sie haben mich weder nach meinem Namen gefragt noch mir die Hand gegeben«, sagt er, unüberhörbar sarkastisch.

»Tut mir leid«, sage ich. »Das war keine Absicht. Ich habe einfach den Kopf voller Sorgen, wissen Sie. Und ein schweres Herz.«

5

Ich frage O'Shea und Rourke, die mit meinem alten Herrn zusammenstehen, wo das Mädchen und der alte Mann sind und der hagere Weiße.

»Schon lang weg, wie wir herkamen«, sagt Rourke. »Von einem Mann weiß ich nichts, aber der Name des Mädchens müßte eigentlich in den Protokollen stehen.«

»Schließlich sind wir dir ein wenig voraus, Flannery«, sagt O'Shea und holt sich Bestätigung bei Rourke: »Sind wir doch, oder?«

»Eine Haltestelle«, nickte Rourke. »Wollen Sie mit uns kommen? Das erspart uns wenigstens, daß Sie uns weiter Löcher in den Bauch fragen.«

Ich werfe einen Blick hinüber zu Mary Ellen Dunne, die pausenloss auf ihre eigenen Hände starrt, als könne sie gar nicht glauben, daß sie immer noch dran sind.

»Der Bezirkshäuptling«, sagt O'Shea daraufhin, »will sich nicht gern mit der Kleinarbeit aufhalten. Er ist schließlich ein Mann der Public Relations. Er muß Wählerstimmen sammeln.«

»Ich könnte mit euch kommen«, schlägt mein Vater vor.

»Was noch alles. Keiner von euch beiden ist eine Amtsperson. Delvins Mann akzeptiere ich unter Umständen noch. Aber ich schleppe keine Volksmassen hinter mir her.«

»Na schön, dann warte ich eben in der Kneipe an der Ecke«, sagt mein alter Herr, »und wenn ihr mit dem Mädchen und ihrer Großmutter fertig seid, und alles, dann kommt ihr vorbei und ich kaufe euch ein Bier.«

»Lieber Mann«, sagt O'Shea angewidert, »das sind so die Bestechungskaliber, die unsereins angeboten bekommt.« Und er entfernt sich, und Rourke folgt ihm, nachdem er Mike noch einen hochgereckten Daumen zeigt.

Mein alter Herr sagt zu mir, ich soll also losziehen und die Krankenschwester in ihrem Hospital abliefern. »Frag' sie, ob sie irisch ist.« Weil, da kann sein, was will, Mike ist über meinen unverheirateten Zustand besorgt. Einmal hat er mich sogar buchstäblich mit Bridget Monahan, die bereits als Jesusbraut versprochen war, ins Bett gelegt. Oder jedenfalls aufs. Nach der Hochzeit ihrer Schwester Kate. Ich war allerdings ein bißchen angesäuselt, sie jedoch nicht, und das hat uns beide gerettet. Bridget ist dann tatsächlich Klosterfrau geworden und war drei Jahre weg. Dann allerdings hat sie den Job aufgegeben und ist nach Chicago zurückgekommen, wo sie sich dem Studium der Rechte gewidmet hat. Jetzt sitzt sie unten im Rathaus und arbeitet für den öffentlichen Pflichtverteidiger. Sie steht im Ruf, ebenso süß wie widerspenstig zu sein. Wenn sie mich sieht, zieht sie mich immer auf. Daß sie es im Kloster eben nicht mehr aushalten konnte, nachdem sie damals mit mir auf den Bettlaken lag – obwohl natürlich voll angezogen. Und daß ich sie also für Christus ruiniert habe. Aber das meint sie natürlich nicht ernst. Sie hat einen Freund, der irgendwie italienisch ist oder sonst lateinisch, und sie gehen jeden Morgen in die Kirche, und sonntags sogar zweimal.

Mary Ellen Dunne seufzt auf der Fahrt in meinem Wagen pausenlos wie ein schläfriges Kind und legt ihren Kopf an meine Schulter, als kennten wir uns schon zwanzig Jahre. Ihr Haar ist braun mit einem leichten Hauch ins Rötliche. Ich denke an ein Kaminfeuer und wünsche mir, ich hätte eins bei mir zu Hause.

»Mary Ellen Dunne . . .«, sage ich.

»Psch«, sagt sie, »bitte psch.«

Gut, ich sage also kein weiteres Wort mehr und sie

nimmt ihren Kopf nicht mehr weg. Und so kommen wir am Passavant an. Sie steigt aus, ohne darauf zu warten, daß ich ihr die Tür aufhalte. Ich schließe ab und folge ihr die graue Steintreppe hinauf. Drinnen in der Halle geht sie nach rechts, und auch da gehe ich hinter ihr her bis zur Cafeteria. Sie streckt die Hand abwehrend zu mir aus. Also setze ich mich an einen Tisch und warte, bis sie mit zwei Bechern Kaffee und zwei Hörnchen wiederkommt.

»So. Also, James Flannery, jetzt fragen Sie mich, was Sie fragen wollen.«

»Woher wissen Sie denn meinen Namen?«

»Von Ihrem Vater. Er hat mich darauf hingewiesen, daß Sie der entscheidende Mann hier im Bezirk sind, wenn man etwas braucht. Und daß Sie im Kommen sind. Und daß Sie Katzen mögen und Graupensuppe. Und daß Ihre Mutter vor acht Jahren an Krebs gestorben ist.«

»Hat er Ihnen auch gesagt, daß sie die einzige in der ganzen Familie war, die mich James nannte?«

»Nein, das hat er mir nicht gesagt. Also, habe ich etwas Gutes getan?«

»Was meinen Sie denn damit?«

»Nicht jeder Mann heiratet gern eine Frau, die wie seine Mutter ist.« Und dann lacht sie, und ich merke, daß sie mich auf den Arm nimmt. Macht mir aber überhaupt nichts aus.

»Also deshalb haben Sie sich im Auto an mich geschnuckelt?« sage ich und trieze sie meinerseits. »Haben Sie mir mit dem Zaunpfahl gewunken?«

Daraufhin lächelt sie gar nicht mehr und der ganze Sonnenschein ist aus ihrem Gesicht weg. »Nein, James«, sagt sie, »ich habe meinen Kopf nur aus dem Grund an Ihre Schulter gelegt, den ich Ihnen schon sagte. Mir war von all dem schrecklichen Zeug so mies und übel und Sie rochen gut nach Zitronenseife und sauberen Laken.«

»Erzählen Sie mir, wie es passierte.«

»Wissen Sie, wie der Betrieb ablief?«

»Der Doktor hat mir ein bißchen was davon erzählt.«

»Chapman.«

»Doktor Chapman gab mir eine Schilderung aus seiner Perspektive.«

»Er verließ das Untersuchungszimmer.«

»Und Sie sprachen mit dem Mädchen . . .«

»Mit der jungen Frau.«

»Sie erklärten ihr, was passieren würde . . .«

»Ich erklärte es ihr und sagte ihr, sie solle nun in den Operationssaal gehen.«

»Gleich nebenan.«

»Nicht ganz direkt. Es gibt keine Verbindungstür. Man muß erst zur Tür hinaus und dann durch die andere wieder hinein. Die Klinik war früher mal ein Geflügelmarkt. Ein einziger großer Raum und dazu ein Lager. Wir haben ein paar Zwischenwände eingezogen und dabei versucht, einen Grundriß zu bekommen, der den Patienten soviel Diskretion wie möglich sichert.«

»Chapman sagt, er wartet in seinem Büro auf das Klopfzeichen, daß die nächste Patientin bereit war.«

»Das Arztbüro liegt dem Operationssaal gegenüber. Es hat als einziges eine Verbindungstür zu einem anderen Raum. Und der Operationssaal ist überhaupt der einzige Raum mit zwei Türen. Eine raus zum Flur, eine direkt nach draußen.«

Sie sieht, daß ich dem nicht folgen kann und zeichnet mir eine Skizze auf eine Papierserviette. Nun kapiere ich es.

»Sie zeigten also der jungen Frau die Tür zum Operationssaal und . . .«

»Nein. Zuerst ging ich raus, um sie ein paar Minuten mit sich allein zu lassen. Manche wollen, daß man ihnen die ganze Zeit die Hand hält. Und manche wollen eben noch ein wenig allein gelassen werden, ehe sie da hineingehen, wo ihnen ihr Baby weggenommen werden soll. Kommt durchaus auch vor, daß sie es sich im letzten Moment noch anders überlegen.«

»Wie ging's weiter?«

»Ich gehe dann immer zur Information, um mir die Unterlagen der nächsten Patientin zu holen, falls eine da ist.«

»Und es war eine da. Sie saß in Begleitung einer älteren Frau im Wartezimmer.«

»Ja. Aber ich ging nicht direkt zu ihnen.«

»Warum nicht?«

»Da war ein Mann im Flur. Ich fragte ihn, was er wolle. Er zeigte mir eine Marke und sagte, man habe ihn hergeschickt, um sicherzustellen, daß Joe Asbach und die Recht-auf-Leben-Demonstierer keine Schwierigkeiten mehr machen.«

Offensichtlich ein Gefallen, den Pescaro mir erwiesen hatte. Er hatte die Sache vermutlich sowieso unter Beobachtung, aber daß er extra noch einen Mann hineinschickte, war sicherlich eine persönliche Gefälligkeit mir zuliebe, nachdem ich bei ihm gewesen war und ihm das Messer gezeigt und ihm erklärt hatte, wie ich dazu gekommen war.

»War das der Hagere mit dem schütteren Haar?« frage ich.

»Nein. Der war groß und sah gut aus. Schwarze Haare. Frisur wie Rudolph Valentino.«

»Was machte eigentlich Mrs. Klutzman im Operationssaal? Sie ist schließlich keine Krankenschwester.«

»Eine bessere als sie gibt's gar nicht«, widerspricht Mary Ellen Dunne jedoch. »Aber ich weiß natürlich, was Sie meinen. Rose . . .«

»Heißt sie so?«

». . . war die beste Hilfskraft, die ich je gesehen habe«, sagt sie und nickt gleichzeitig auf meine Frage.

»Ich hatte bis jetzt keine Ahnung von ihrem Vornamen.«

»Keine meiner Kolleginnen hier im Passavant kann es mit ihr aufnehmen.«

»Schön. Also, bitte, war sie immer im Operationsraum, wenn die Patientinnen hereinkamen?« frage ich.

»Das weiß ich nicht so genau. Manchmal, nehme ich an. Aber das mußte sie nicht. Wir arbeiteten so prima zusammen, daß der Doktor oder ich ihr nur selten sagen mußten, was sie tun oder wo sie grade sein sollte. Sie tat einfach, was im Augenblick jeweils zu tun war.«

»Ich versuche ja nur rauszukriegen, war sie drin, als das Mädchen nach der Untersuchung reinkam, oder ging sie erst hinein, als das Mädchen schon drin war?«

»Ich weiß es nicht. Ich kann's Ihnen nicht sagen.«

»Kamen von den Demonstranten welche rein?«

»Auch das weiß ich nicht. Jeder konnte an sich reinkommen. Mit ein bißchen Glück sogar, ohne gesehen zu werden. Nehme ich an.«

»Gab es noch irgendwas anderes – an Drohungen – außer dem Messer mit dem Ketchup?«

»Ja, da war noch was«, sagt Mary Ellen Dunne. »Wie ich am Montag abend nach Hause kam, liegt meine Katze tot auf der Hausstiege. Mit abgeschnittenem Kopf.«

Als Mary Ellen Dunne sich danach ausgeweint hat, gibt sie mir die Nummer von Mrs. Klutzmans Zimmer. Aber wie ich hinkomme, ist Mrs. Klutzman schon tot.

Ich frage Mary Ellen Dunne, ob sie sich für heute freinehmen will, dann fahre ich sie heim.

Aber sie sagt nur: »Bei meiner Arbeit ist der Tod etwas ganz Normales.«

»Schon«, sage ich. »Aber schließlich waren Sie mit Rose doch persönlich bekannt.«

»Und genau deshalb«, erklärte sie, »arbeite ich jetzt ganz normal meine Nachtschicht.«

Als ich zu Hause in der Polk Street ankomme, schleppe ich mich die sechs Treppen hoch, als wäre ich hundertundsechs Jahre alt. Zum Dach rauf sind es nochmal zwei Treppen. Von dort aus hat man einen Blick über die Stadt in praktisch jede Richtung, ausgenommen nach Osten, weil dort ein anderes Haus, das noch höher ist, die Sicht versperrt. In der Mitte der beiden oberen Treppen bleibe ich nochmal stehen und überlege, ob ich das da rauf überhaupt noch schaffe. Aber weil mir wirklich so mächtig nach einem Blick auf den freien Himmel ist, daß es mir sogar im Bauch zieht, gehe ich also weiter und drücke die Metalltür oben zum Dach auf, und sie quietscht wie eine Frau, die sich die Hand vor den Mund hält.

Oben ist ganz herum ein Holzgeländer.

Das Dach ist mit Teerpappe belegt, die sich im Sommer, wenn es heiß ist, aufwirft. Auf Dächern dieser Art habe ich mein ganzes Leben lang gespielt, sogar, als wir mal in einem Einfamilienhaus wohnten. Wenn die Sonne untergegangen war und die Dachpappenblasen sich verhärteten, pflegten meine Freunde und ich sie mit Eiskremstäbchen aufzustechen.

Die Hausfrauen hingen auf diesen Dächern die Wäsche zum Trocknen auf. Es gab schmale, ausgelegte Gehwege, damit dabei nicht immer die Dachpappe beschädigt wurde. Heutzutage tragen die meisten jungen Hausfrauen ihre Wäsche in die Münzwäscherei an der Ecke. Aber Mrs. Warnowski macht es nach wie vor auf die alte Art mit einer elektrischen Mangel und hängt die Sachen dann auf dem Dach zum Trocknen auf. Vermutlich hat sie keine Ahnung davon, aber an schönen Sommertagen komme ich dann immer auf das Dach und hülle mein Gesicht in ihre frischen, sauberen Laken. Die Sonne hat nämlich einen Geruch. Das haben die meisten Leute vergessen. Falls sie es jemals wußten.

Ich gehe abends aufs Dach wie die alten Weiber und Männer in die Kirche.

Wie ich jetzt raufkomme, ist da schon jemand anderer. Er lehnt am Geländer. Zuerst denke ich, es ist jemand aus dem Haus. Erst wie ich näherkomme, erkenne ich meinen alten Herrn.

»Was machst du denn hier um diese Zeit?« frage ich.

»Ich spioniere dir nach. Ob du spät heimkommst oder überhaupt«, sagt er. »Also ist sie irisch?«

»Ich habe nicht gefragt.«

»Ich glaube nicht, daß sie irisch ist«, sagt er, »aber ich halte sie trotzdem für ein sehr nettes Mädchen.«

Daran erkenne ich, daß seine Besorgnis über meinen unverheirateten Zustand bereits ziemlich groß sein muß. Wenn er sich schon seelisch auf ein Mädel einstellt, das womöglich einen fremden Stammbaum hat.

»Ist O'Shea auf das Bier gekommen?«

»Na klar doch. Beide. Der ist schon in Ordnung. Er hat einfach nur mit der Zeit ein zu dickes Fell bekommen.«

»Rourke ist ein netter Kerl.«

»Das ist er, ja. Aber da kann man die Hand nicht umdrehen zwischen den beiden.«

»Was ist nun mit dem Mädchen im Wartezimmer und ihrer . . .«

». . . Freundin. Die alte Frau war eine Nachbarin. Das Mädchen hat keine Angehörigen hier.«

»Haben sie den Dürren gesehen?«

»Nein, sie saßen mit dem Rücken zur Tür.«

»Und der Bulle?«

Daraufhin schüttelt Mike den Kopf.

»Also ist der wohl durch die Seitentür reingekommen, durch das Büro des Doktors.«

Er sagt nichts und wir stehen eine Weile da und lehnen am Geländer und schauen hinunter auf die Stadt.

»Gottes Wege sind seltsam«, sagt mein alter Herr dann.

Das gibt mir einen komischen Stich ins Herz. Ich sehe plötzlich, wie alt mein Vater ja schon wird, und daß auch er sich offenbar allmählich Gott zuwendet, wie alle alten Leute, wenn sie merken, daß der Tod auf sie zu warten beginnt, gar nicht weit weg, gleich vorne in dem Nebel an der nächsten Straßenecke.

»Das Mädchen wollt' in ihre Heimatstadt zurückgehen und das Baby kriegen«, sagt er. »Also hatte die ganze Geschichte wenigstens etwas Gutes.«

»Seltsam oder nicht«, antwortete ich. »Aber ein Leben für zwei oder drei andre . . . also, ich weiß nicht, ob das so ein gutes christliches Geschäft ist.«

6

Ich gehe die Außentreppe des Sechsfamilienhauses hinauf, wo Mrs. Klutzman wohnte. Genau vor ihrem Küchenfenster ist die Krone eines großen Baumes, die fast das ganze Licht wegnimmt. Das erinnert mich daran, wie ich bei einer Tasse Tee und von ihr selbst gebackenen Plätzchen das letzte Mal dort am Tisch beim Fenster mit Mrs. Klutzman saß, von der ich nicht wußte, daß ihr Vorname Rose war.

»Mr. Flannery, könnten Sie mir wohl helfen?«

»Deshalb bin ich da, Mrs. Klutzman.«

»Könnten Sie nicht mal mit jemand reden, daß diese große Krone von dem Baum da draußen gestutzt wird? Sie sehen ja selbst, wie überhaupt keine Sonne mehr hereinkommt. Wenn Sie mal so alt sind wie ich, tut Ihnen jeder Sonnenstrahl wohl bis in Mark. Und wie ein Filetsteak, das ich mir nicht mehr leisten kann. Aber vermutlich auch gar nicht mehr vertragen würde, selbst wenn ich mir eines leisten könnte.«

»Ich kümmere mich darum, Mrs. Klutzman, das kriegen wir schon hin.«

»Sie sind ein guter Junge.«

Das ist schon eine ganze Weile her. Und ich hatte zum ersten Mal seit ewigen Zeiten vergessen, mich um etwas, um das mich zu kümmern ich versprochen hatte, auch wirklich zu kümmern. Es war aber auch das einzige Mal, daß sie mich darauf ansprach. So ist das nun einmal. Ich muß es leider sagen. Wer nicht hartnäckig ist und nachhakt und sich beschwert, kommt zu nichts.

Die Küchentür raus zur Veranda ist offen, obwohl die Blätter schon anfangen, gelb zu werden, und es schon ganz schön kühl ist. Ein alter Mann ist da und drückt mir ein provisorisches Käppchen aus Papier in die Hand, aber ich sage, nicht nötig, ist schon in Ordnung, ich habe ja meinen weichen Tweedhut auf.

»Von mir aus«, sagt er ganz freundlich, »wenn Sie in einem koscheren Haus wie ein Irischer aussehen wollen, bitte. Gott werd sich keinen Unterschied nicht machen.«

Es sind überhaupt keine Möbel mehr im Haus. Das ist so bei den Orthodoxen, wenn sie *Shiva* sitzen. Sie tragen die ganze Einrichtung raus und ziehen alte Kleider an und reiben Asche auf ihre Gesichter und die Brust. Und sie sitzen auf orangefarbenen Kisten. Neuerdings nehmen sie auch Milchkannen aus Plastik dafür oder Pappkartons. Wer macht denn heute noch was aus Holz.

Ich kenne nicht alle, die da sind, aber doch fast alle. Auch Joe Pakula und seine Schwester Pearl sind da, samt ihrer Mutter. Er kommt her zu mir und schüttelt mir die Hand. Er sieht wirklich aus wie ein spanischer Heiliger.

»Kalt habt ihr's hier drinne«, sage ich.

»Es ist gut, wenn wir die Kälte spüren und damit um unser Schicksal wissen«, antwortete er und führt mich zu einem Coca-Cola-Karton.

Ich setze mich hin und komme mir ziemlich blöd vor. Und echt traurig. Diese Juden wissen, wie man jemand angesichts des Todes demütig macht.

Mrs. Klutzman ist in ein weißes Tuch gehüllt. Sogar ihr Hals, die Wangen und das Haar sind damit bedeckt. Ich kann nur ihre Hände sehen, die wie Wachs sind, und ihre trockenen Lippen und die hervorstehende messerscharfe Nase. Sie liegt auf einem Brett zwischen zwei Stühlen.

Es ist alles sehr altmodisch. Die modernen Zeiten sind bis zu den Leuten, die hier im Siebenundzwanzigsten leben, noch nicht vorgedrungen. Irgendwie mag ich sie deshalb auch ganz besonders.

Joe Pakula legt mir die Hand auf den Arm und beugt sich herunter, um mir was ins Ohr zu flüstern. »Ihr Irischen trinkt bei solchen Gelegenheiten, nicht?« sagt er.

Es steht in allen Zeitungen. Aber es steht nicht alles in den Zeitungen.

Die *Tribune* hat es als Einspalter auf der ersten Seite: ›Explosion in Abtreibungsklinik‹. Dann kommen zehn Zeilen. Eine junge Frau, die eine Abtreibung vornehmen lassen wollte, wurde bei einer Explosion getötet. Vermutlich ein falscher Gasanschluß. ». . . obgleich auch vage Vermutungen Gegenstand der Ermittlungen von Polizei,

Feuerwehr und Baubehörde sind, daß es sich nicht um einen Unglücksfall, sondern einen Anschlag handeln könnte.«

In der *Sun-Times* steht in der kurzen Meldung, die auf der dritten Seite versteckt ist, nicht einmal so viel.

Der Tod von Mrs. Klutzman taucht in keiner Meldung auf. Aber das hat seinen Grund darin, daß sie erst starb, als die Zeitungen schon im Druck waren. Am nächsten Tag gibt es immerhin kurze Todesanzeigen, aber ohne begleitenden Text und Hinweis darauf, daß ihr Tod mit dem Vorfall in der Klinik zusammenhängt.

Und in keinem Blatt steht irgendetwas von einer Bombe, heute nicht und später auch nicht. Wer hält sich da so auffällig zurück? Und warum?

Mary Ellen Dunne sagt: »Ist das ein Rendezvous . . .«

Es ist Freitagmorgen. Das frühe Morgenlicht sieht auf den Backsteinen vor dem Fenster des Diners gegenüber der Passavant-Klinik wie Spülwasser aus. Ich habe Ham and Eggs, sie Cornflakes mit heißer Milch.

». . . oder wollen Sie wieder nur Fragen stellen?«

»Ich habe Sie eigentlich gestern abend bei Mrs. Klutzman erwartet«, sage ich.

»Wollte ich auch.«

»Wenn jemand vor dem Morgengrauen stirbt, beerdigen sie ihn, ehe das Tageslicht vergeht.«

»Ja, ich weiß. Ich wollte wirklich hingehen, aber ich spürte hier so viele Tränen«, sie deutete zwischen ihre Brüste, »daß mir klar war, ich würde Rotz und Wasser heulen, wenn ich hinginge.«

»Ist ja in Ordnung. Ich glaube nicht, daß irgendwer erwartet . . . es waren auch nur die alten Leute aus der Nachbarschaft da.«

»War Dr. Chapman da?«

»Ja, der war da. Kam, als ich grade ging.«

»Habe ich nicht anders erwartet. Er kennt die Bräuche. Er achtet darauf, alle möglichen Bräuche zu kennen.«

»Mögen Sie ihn?«

»Gott, was heißt mögen. Im übrigen haben Sie meine Frage noch nicht beantwortet. Was ist das hier? Ein Rendezvous?«

»Möchten Sie, daß es eines ist?« frage ich dagegen.

Sie mustert mich eine Weile, wie ich es allmählich schon gewöhnt bin von ihr, dann lächelt sie. »Also, wenn es eines ist, dann bestellen Sie mir jetzt einen Pfirsichkuchen.«

Das tote Mädchen hieß Helen Addison, steht in den Klinikakten, die die Explosion und das Feuer überlebt haben. Ich notiere mir den Namen und die Adresse, die sie angegeben hatte. Badger Street. Das ist ganz in der Nähe.

Chapman sitzt in seinem Büro in Sportsakko und Mantel. Ohne seine Omabrille sieht er aus wie ein Buchmacher der oberen Sorte.

»Was wollen Sie da?« fragt er. »Suchen Sie was Bestimmtes?«

»Ich möchte nur mal dort vorbeigehen und mein Beileid ausdrücken. Ich kümmere mich um diese Leute.«

»Um ein paar von ihnen haben Sie sich aber nicht so gut gekümmert.«

»Dieser Saukerl Joe Asbach kommt nicht aus meinem Bezirk. Er hat sich eine Lizenz für seine Demonstration in meinem Revier hier besorgt. Aber von mir hat er sie nicht bekommen.«

»Den Weg können Sie sich sparen«, sagt er. »Unter der Adresse hat nie jemand dieses Namens gewohnt.«

»Na und?« sage ich. »Sie liegt ja auch im Leichenschauhaus, ohne daß irgendjemand nach ihr fragt.«

»Kaum eine gibt jemals ihren wirklichen Namen und ihre echte Adresse an«, sagt er.

»Gut, aber immerhin hat sie eine Adresse hingeschrieben. Und vielleicht war ihr die doch nicht so ganz unbekannt. Vielleicht ist es die Adresse einer Freundin. Die meisten Leute sind bekanntlich nicht so gut im reinen Erfinden und Ausdenken.«

»Na, was die betrifft, würde ich nicht so . . .«

Er fummelt in seiner Tasche herum und holt seine Omabrille raus. Als er sie auf hat, weiß ich nicht, ob sie ihn böser oder sanfter aussehen läßt.

»Was?«

»Würde ich nicht so sicher sein, daß sie damit Schwierigkeiten hatte. Sich was auszudenken.«

»Reden Sie mal Klartext. Wieso glauben Sie das? Sie kannten sie doch schließlich nur von der Untersuchung?«

»Ich glaube, sie war eine Professionelle. Hier neu, das mag sein. Aber es gab so Anzeichen.«

»Und warum haben Sie das bisher nicht erwähnt?«

»Na, weil ich nicht sicher bin! Woher weiß ich, daß Sie mir nicht gleich an die Gurgel gehen, wenn ich etwas Nachteiliges über eine Weiße sage?«

Ich starre ihn verblüfft an. »Ist das wirklich noch immer so schlimm für euch da draußen?«

»Es ist so schlimm«, nickt er. »Wird dieser Asbach einkassiert?«

»Ich kriege schon heraus, warum das bisher nicht geschehen ist«, sage ich. »Und warum sitzen Sie hier rum?«

»Wir räumen hier auf und machen weiter«, sagt er. »Leute wie dieser Asbach ekeln uns hier nicht raus.«

»Ja, aber habt ihr denn keine Leute, die die Dreckarbeit für euch machen?«

»Dreckarbeit ist hier alles . . . und nichts«, sagt er darauf nur.

Ich frage also weiter: »Das Mädchen, das als nächste dran gewesen wäre . . .«

». . . die letzte, die überhaupt da war . . .«

»und die alte Dame, die sie begleitete – nur eine Bekannte –, sahen den Polizisten nicht, mit dem Mary Ellen Dunne im Flur sprach.«

»Das erklärt sich ja wohl.«

»Ja, aber es bedeutet, er kann nicht durch den Warteraum gekommen sein.«

Chapman starrt auf meine Kehle, als wolle er mir im nächsten Augenblick mit dem Messer daran gehen.

»Mit anderen Worten, er wäre also durch Ihr Büro ins Haus gekommen und hätte es auch auf demselben Weg wieder verlassen.«

Da steht er auf, und einen Augenblick lang befürchte ich, er haut mir links und rechts eine rein.

Aber dann richtet er sich hoch und dreht sich um und marschiert los durch den Schutt wie ein Soldat bei der Parade: »Kommen Sie mit.«

Ich komme also mit, wir gehen raus in den Flur und noch weiter runter durch eine andere Vorhalle und bis zu einer Tür, auf der MÄNNER steht. Er stößt sie auf und da ist ein Raum mit zwei Pißbecken und einer Toilettenkabine, und der Boden ist gefliest. Es ist sehr kalt hier drin. Das große Fenster ist nämlich auf. Es ist groß genug, daß ein ausgewachsener Mann durchsteigen kann. Und sogar noch eine Art Treppe dafür ist da. In Gestalt eines dicken Rohrs auf halber Höhe.

Das Referat ›Straßen und Hygiene‹ sitzt in einer Flucht von Büros, wo man sich verlaufen kann, selbst wenn man sich im Prinzip auskennt. Mitten drin wie in einer Wagenburg, aber dorthin muß man eben erst mal finden, sitzt Wally Dunleavy. Er hat ein einziges Fenster in seinem Büro, und das geht auch noch auf einen Luftschacht hinaus. Grade so, als wäre er nicht einer der bedeutendsten Patronage-Bosse in der ganzen Stadt. Nicht einmal ein Vorzimmer hat er oder wenigstens eine Sekretärin, die ihm die Leute vom Leibe hält.

Wie ich reinkomme, sieht er von einem Straßenplan hoch, an dem er mit Lineal und Rotstift rumfummelt, und sagt: »Na, du bist doch der Junge von Mike Flannery.«

»Das bin ich, Mr. Dunleavy.«

»Siehst ja auch aus wie er. Das sehe ich sofort.«

»Und Sie haben auch ein gutes Gedächtnis. Mein Vater sagt, er hat Sie schon fünfzehn Jahre lang nicht mehr gesehen.«

»Sechzehn kommt eher hin. Aber wer zählt das schon, was? Setz' dich. Setz' dich.«

Ich räume also erst mal ein paar Bücher von dem einzigen Stuhl – außer seinem eigenen – in seinem Büro, das ungefähr so groß ist wie eine Besenkammer und vollgestopft von links nach rechts mit Plan- und Kartenrollen. Und dann warte ich, bis er mit seiner Fummelei, an der er grade sitzt, fertig ist. Ich weiß natürlich ganz genau, daß ich von dem Augenblick an, in dem ich zur ersten Tür seines Referats hereinkam, durchleuchtet worden war. Ehe ich noch an der ersten Korridorkreuzung war, hatte irgendwer meinen Namen festgestellt. An der zweiten hatten sie schon aus den Akten meine Personalien eruiert, und bei der dritten hatte sich irgendjemand an meinen alten Herrn erinnert. Und das Ganze ging dann sofort rein zu Dunleavy.

So soll das bei ihm immer funktionieren, hört man. Beispielsweise, wie er seine Frau kennenlernte. Die soll bei einem Empfang von Monsignore Flynn am anderen Ende des Saales gestanden haben, als er hereinkam, sie sah, und im gleichen Augenblick beschloß: die oder keine. Als sie bis zu ihm rübergegangen kam, habe er dann bereits ihr Alter, ihren Geburtsort und ihre Blutgruppe gewußt. Das ist eben sein spezielles Talent.

»Also, du interessierst dich für Umzüge und Demonstrationen?« sagt er schließlich. »Und ganz besonders für ganz besondere Demonstrationen?«

»Genau. Die vor der Abtreibungsklinik drüben auf der Sperry.«

»Sag' mir nichts, Junge«, grinst er. »Ich sag' es dir.« Und er macht weiter rote Linien auf seinen Plan. Wahrscheinlich legt er das Gelände für irgendein Stadion oder öffentliches Gebäude fest, wodurch hunderte, wenn nicht tausende Bürger ihre Wohnung verlieren und wegziehen müssen.

»Dieser Joe Asbach . . . Ja, dem haben wir eine Genehmigung gegeben. Wie hätten wir sie ihm verweigern sollen?«

»Sie wissen doch praktisch alles, was sich auf unseren Straßen tut, Mr. Dunleavy. Wußten Sie auch von dem Messer?«

»Mit dem Ketchup?«

»Und von der Katze?«

»Ohne Kopf?«

»Also, Sie wissen davon.«

»Und ich ziehe diese Genehmigung auch nicht zurück. Richtig. Weil ich keinen vernünftigen Grund dafür habe. Wir leben in einem freien Land. Und in einer freien Stadt.«

Diese Bemerkung ruft mir gewisse Vorfälle von 1968 in

Erinnerung. Von Bullen, die auf freie Bürger einprügeln, und so.

»Ich wollte nur gerne wissen, ob da vielleicht sonst noch jemand ein gutes Wort für Asbach eingelegt hat?«

»Die Hälfte der Bezirksfunktionäre in der Stadt hat ein gutes Wort für ihn eingelegt. Und warum auch nicht? Ist er vielleicht nicht auf der Seite der Engel?«

Captain Pescaro ist ganz gelassen.

»Unternehmen Sie eigentlich irgendwelche Anstrengungen betreffs dieses Asbach?« frage ich.

»Nur Ruhe und Geduld, Flannery«, sagt er. »Jeder Tag mehr, den er unter Beobachtung steht, macht die Beweise gegen ihn wasserdichter.«

»Hat die Vermißtenabteilung irgendeinen Hinweis über dieses tote Mädchen gekriegt?«

»Absolut nichts. Die Beschreibung ist raus, samt Fingerabdrücken. Aber da können Sie jede Wette eingehen, daß sie nicht in Chicago geboren und aufgewachsen ist. Außerdem müssen Sie natürlich schon einsehen, daß man sie nicht gleich unter ›Vordringlich‹ laufen lassen kann.«

»Deswegen kümmere ich mich ja darum«, sage ich.

»Wie groß ist Ihr Interesse daran eigentlich?«

»Ganz einfach. Sie ist jemand, der in meinem Bezirk umgekommen ist.«

»Besuchsweise.«

»Spielt keine Rolle. Sie war jedenfalls in meinem Haus. Folglich geht es auch um das Ansehen meines Hauses.«

»Kann ich verstehen«, sagt er. »Immerhin handelt es sich zufällig auch um meines.«

»Haben Sie ein Foto?«

Er zieht seine Schublade auf und blättert durch einen Aktendeckel. Daraus zieht er ein Foto, aufgenommen im

Leichenschauhaus, kurz, nachdem man ihr erst mal das Gesicht gewaschen hatte. Er gibt es mir und sagt: »Dürfte ich eigentlich nicht.«

»Läuft das unter kleiner oder großer Gefälligkeit?«

»Gratis. Aber wenn irgendjemand fragt, woher Sie das haben, von mir nicht, klar?«

Während ich abziehe, denke ich: Schon komisch. Wenn diese unidentifizierte Leiche nicht unter ›Vordringlich‹ läuft, wieso hat Pescaro dann ihren Akt direkt in seiner Schublade?

7

Ich gehe rüber zur Badger Street. Dort ist eine Baulücke an der Stelle, wo eigentlich die Hausnummer 208 hingehörte. Links und rechts davon sind zwei dreigeschossige Wohnhäuser und diesen leeren Platz benützen die Leute der Straße als Müllkippe. Irgendwo ragt eine rostige Matratzenfeder spiralig wie ein Zeigefinger aus dem Boden. Nebenan liegt ein ausrangierter Kühlschrank ohne Tür, das gibt ihm das Aussehen eines toten Riesen mit offenem Maul. Dort hat sich sogar wer die Mühe gemacht, zehn alte Autoreifen zu einem Turm aufeinanderzustapeln. Sieht alles ein wenig wie moderne Kunst aus. Warum zäune ich es nicht ein, denke ich, und zeige es einem von diesen Kulturknilchen, vielleicht kriege ich eine Prämie?

Dieser ganze Müll, denke ich, ist mindestens genau so interessant wie dieses Dings, das Picasso der Stadt geschenkt hat, unten an der Daley Center Plaza. Da weiß auch kein Mensch, was es mit seinen Stahlaugen sein soll, Vogel, Hund, Chicagoer Anwalt, oder was.

Ich bin gerade dabei, mich umzusehen, kommt so einer hinter mir heran. Ich greife ganz automatisch erst mal nach meiner Brieftasche hinten und trete einen großen Schritt nach vorne, ehe ich mich umdrehe, weil man ja nie wissen kann, will einen da einer von hinten angehen, oder was.

Er sieht aus wie ein Kranich, oder so. Er hat rotes Moos an, das soll eigentlich ein Pullover sein. Auf dem Kopf hat er sein eigenes Nest.

»Hab' ich gemacht, den Reifenturm«, sagt er.

»Ganz toll.«

»Aber ich bin ein verkanntes Genie.«

»Das braucht seine Zeit.«

»Früher mal brauchte man sich bloß ins Bein schießen, schon warste in *People* oder *Face the Nation*.«

»Das waren halt die guten alten Zeiten.«

»Haben alles Leute ruiniert wie dieser Kerl, der sich die Eier an den Hausstrom gehängt hat, oder diese Lady, die mit blanken Titten Cello spielt.«

»Irgendeiner übertreibt immer alles«, tröste ich ihn. »Das ist so. Kann's nix machen.«

Nachdem wir diesermaßen Übereinstimmung in unseren Ansichten betreffend die Avantgarde erzielt haben, hole ich das Foto raus und zeige es ihm.

»Das ist Helen«, sagt er prompt.

»Sie kennen sie?«

»Hab' sie kennengelernt, wie sie grade in Chicago angekommen ist. Direkt raus ausm Greyhound. Hab' ich ihr 'n Kaffee spendiert. Weil, ich hänge viel bei den Greyhounds rum.«

»Spezieller Grund?«

»Bahnhof ist zu groß, Flughafen zu weit weg.«

Die Art, wie er das sagt, bedeutet, eigentlich sollte

damit alles erklärt sein, also tue ich mal so. Der ist imstande und sieht mich sonst nicht mehr als seinen Bruder im Geiste an.

»Aha, Sie warten also drauf, ob irgendwie das Glück ankommt, so wie Helen?«

»Nu, warten werd' ich, daß mal drei Busse zusammenstoßen.«

»Sie haben Helen also mit zu sich genommen?«

Er sieht auf seine schäbigen Klamotten runter, als wüßte er ziemlich genau, daß ich als nächstes fragen werde: Wie in aller Welt geht eine junge Frau, die grade ankommt, mit einem Typen mit, der wie ein Lumpensammler aussieht.

»Das hier sind meine Arbeitsklamotten«, sagt er. »Wenn ich bei den Greyhounds rumhänge, schmeiß' ich mich natürlich in Schale. Diese Helen ist auf mich zumarschiert, als wär' ich der Lude, bei dem sich die Neuankömmlinge melden müssen. War ja auch nicht die einzige.«

»Aber Sie sind doch gar kein Lude?«

»Na ja . . .« sagt er. Man sieht, er will eigentlich diesen momentanen Eindruck, daß er ein toller Hecht ist, auf den die Weiber nur so fliegen, gar nicht so gern zerstören.

»Wenn Sie einer wären, hier in der Gegend«, sage ich ihm Bescheid, »dann wüßte ich das, wissen Sie.«

Da lacht er und zeigt ein Gebiß gelbe Zähne wie ein Gaul.

»Ach so, Sie sind ein Bulle«, sagt er. »Bin ich glatt reingefallen auf Sie. Normalerweise rieche ich Bullen zehn Meilen gegen den Wind.«

»Also, haben Sie sie nun abgeschleppt oder nicht?«

»O nein. Ich hab' ihr nur diesen Kaffee spendiert und ihr gesagt, sie soll lieber wieder heimfahren.«

»Wollte sie aber nicht.«

»Nee, wollte sie nicht. Keine will. Sie denken alle, jetzt sind sie in der großen Stadt und da wartet an jeder Ecke das große Wunder. Ich sagte ihr, so ist Chicago nicht. Sie sagt, egal, zurück fährt sie nicht mehr. Da hab' ich sie eben mitgenommen, damit sie wo schlafen kann diese Nacht, und nicht ihr bißchen Geld für eine Unterkunft ausgeben muß.«

»Sie sind ein wahrer Samariter.«

»Ich kenne meine Bibel schon«, sagt er. »Aber ein Wohlfahrtsinstitut bin ich schließlich auch nicht.«

»Wohnen Sie gleich hier?«

»Nee, einen Block da runter. Ich suche nur immer leere Bauplätze. Die sind für mich meine Leinwände.«

»Wie lange ist sie denn geblieben?«

»Woche. Vielleicht zwei.«

»Wie lange ist das her?«

»Eineinhalb Jahre. War Frühling damals.«

»Und nach dieser Woche oder zwei?«

»Hat sie sich was Eigenes genommen.«

»Wissen Sie, wo?«

Er sieht mich kopfschüttelnd an wie ein Idiot.»Sie hat gesagt, das ist nix mit uns, weil, ich bin ein Mann wie Bonbons und sie hat Angst, daß ich was von ihr will und das lenkt sie von dem ab, weshalb sie da ist.«

»Also haben Sie sie nie mehr gesehen?«

»Nein, nein. Sie kommt immer zu mir, wenn ihr gerade mal nach Bonbons ist.«

Er ist ja ziemlich versessen darauf, denke ich, mir klarzumachen, wie wild die Weiber tatsächlich auf ihn sind. Nun weiß ich auch, daß es heißt, wo die Liebe hinfällt. Aber schließlich hat alles seine Grenzen. Trotzdem will er mir mit Gewalt einreden, daß er mit Helen ein richtiges Techtelmechtel hat.

»Wie heißen Sie eigentlich?« frage ich ihn.

»Bo Addison«, sagt er.

»Hat sie Ihnen gesagt, wie sie heißt?«

»Marshall, sagte sie. Stimmt aber nicht.«

»Woher wissen Sie das?«

»Hab' mal einen Briefumschlag gesehen, den sie in der Tasche hatte.«

»Wie hieß sie also richtig?«

»Caplet.«

»Und die Adresse?«

»Postlagernd.«

Mary Ellen Dunne hat nur eine kleine Wohnung, aber sie hat sie pikkobello wie ein Foto aus einer Zeitschrift. Und sie ist selbst angezogen, daß es genau zur Einrichtung paßt, Eiche natur, kombiniert mit weiß, und alles ganz hell im Schein der Lampe von oben. Um die hat sie farbige Schals gelegt. Unter den Fenstern, die Jalousien haben, steht eine Liege mit massenhaft Kissen, jedes mit einem ordentlichen Knick, daß sie ausssehen wie Schmetterlinge. Oder so.

Auf einem Tisch stehen Keramiksachen und Kerzen. Im ganzen Zimmer gibt es genau zwei Holzstühle.

Dann steht an der Wand noch eine Kommode mit Schubladen. Sie nennt sie *chiffonier*. Auf ihr steht ein Marmeladenglas mit irgendwelchen Gräsern, die wie ein Blumenstrauß arrangiert sind.

Dann gibt es noch ein altmodisches Foto von einem Brautpaar. Der Mann hat einen Zylinder auf und sie trägt einen Schleier, hinten ganz runter, der oben auf dem Kopf von einem Blütenkranz gehalten wird. Alle zwei dunkelhäutig und dunkeläugig.

»Das ist an dem Tag aufgenommen, an dem meine Leute das Glas unterm Obstbaum gebrochen haben«, sagt sie. »Sehen ja, sie sind Itzigs.«

»Sie sollten so ein Wort nicht sagen«, sage ich. »Das ist eine Beleidigung.«

»Aber nicht, wenn es selber ein Jude sagt. Es ist genauso, wie wenn ein Schwarzer einen anderen einen *motherfucker* nennt.«

Sie steht aufgerichtet wie ein Gockel vor mir, ganz kampflustig. Leute, die einen unvermutet mit solchen Sachen schockieren, glauben immer, damit können sie dir dann die Wahrheit aus den Augen lesen. Sie spannen ihre Mausefallen und tun so, als hätten sie ein selbstverständliches Recht darauf, dich einen bigotten Arsch zu nennen, sobald du ›Au‹ sagst.

Aber ich sage lediglich: »Wie kommen Sie da zu dem Namen Dunne?«

»Na, weil ich mit einem Mann verheiratet war, der so hieß. Hat ein Jahr gedauert.«

»Und? Kulturschock?«

»So könnte man es auch nennen, ja. Ein Besoffener am Steuer hat ihn auf dem Weg zur Arbeit umgefahren. Vor zwei Jahren.«

»Ihr Aussehen und Ihr Name haben meinen Vater nicht irreführen können. Er sagt, ich soll Sie fragen, ob Sie irisch sind.«

»Aus mit meiner Chance, seine Familie zu unterwandern«, sagt sie.

»Ihr Mund«, sage ich, »ist die meiste Zeit sehr hübsch. Wenn Sie aber so blödes Zeug reden, nicht.«

»Also, falls Sie erwarten, daß ich Sie in mein Schlafzimmer bitte, können Sie das vergessen«, sagt sie und wedelt mit der Hand in Richtung Liege. »Das da ist mein Schlafzimmer.«

»Bist du hungrig?« fragt Mary Ellen.

Aber ich bin so vollgefressen von den Sachen, die wir auf dieser Liege von ihr angestellt haben, daß ich gar nicht richtig antworten kann. Ich brummle jedoch auf jeden Fall etwas. Nicht, daß sie meint, ich bin einer von den Typen, die sich hinterher rumdrehen und einschlafen. Sie stemmt sich hoch und beugt sich über mich. Ihre Brüste sind wie Äpfel. Sie berührt mit ihnen meine Brust. Ich weiß, daß sie auf die hübscheste Weise von der Welt in mein Gesicht starrt.

»Aber ich war vielleicht hungrig«, sagt sie, und sie meint natürlich nicht essen, sondern das hier.

»Na, ich doch auch«, sage ich. »Ich war auch mächtig hungrig.« Selbstredend meine ich das Gleiche.

»Brauchst mir nichts vorzumachen«, sagt sie. »Ich weiß schon, daß du der Typ bist, dem die Frauen Avancen machen.«

Ich mache die Augen auf. Ihr Gesicht ist so, daß sie nicht weiß, soll sie nun ernst sein oder Theater spielen.

»Wieso siehst du so aus, wie du aussiehst?«

»Meine Mutter hatte von meinem Vater drei Kinder. Sie sind alle gestorben oder sonstwie umgekommen. Da war sie vierzig und er fünfzig. Und er kriegte Mumps und wurde steril. Also konnte er ihr zu keinem neuen Baby mehr verhelfen. Aber sie hatten da einen Freund . . .«

»Du brauchst mir doch nichts zu erklären«, sage ich, »das geht mich doch gar nichts an.«

»Ich will's dir aber erzählen«, sagt sie. »Es sei denn, das, was wir eben gemacht haben, war bereits das Lebewohlsagen. Ich finde das nämlich eine sehr schöne Geschichte, ganz egal, was andere davon halten. Also, der Name dieses Freundes war Bannion. Und meine Mutter und mein Vater redeten miteinander. Sie hat mir erzählt, dieses Gespräch hat zwanzig Stunden am Stück gedauert. Jedenfalls, sie sind zu einer Einigung gekommen, die sich auf Bedürfnisse, Wünsche und Liebe gründete. Und meine Mutter und dieser Bannion fuhren also miteinander übers Wochenende aufs Land. Nur ein einziges Wochenende. Genau zur richtigen Zeit im Monat. Die nächsten drei Wochen blieb er in der Nähe, um jederzeit telefonisch erreichbar zu sein. Als sie ihn endlich anrief, sagte er, daß er Pläne habe, nach Cleveland zu gehen. Sie sahen sich niemals wieder. Mein Vater abonnierte die Zeitungen aus Cleveland. Nur kurze Zeit, ehe er selbst starb, sah er die Todesanzeige von Bannion. Auf die Weise habe ich in einem Jahr zwei Väter verloren.«

»Und was ist mit deiner Mutter?«

»Sie lebt noch immer. In Mount Prospect bei meiner Tante. Das ist ihre Schwester. Sie führen ein ganz koscheres Haus, aber du brauchst keine Angst zu haben, ich esse Spiegeleier mit Speck. Ich bin immerhin halb irisch. Siehst du? Dein Vater hat halb recht, und ich habe halb Glück.«

»Was soll das denn heißen?«

»Na, daß ich vielleicht nicht gut die Frau eines Iren werden kann, aber doch wenigstens seine Freundin«, sagt sie und schneidet eine Grimasse, als ob sie es nur ironisch meint.

Dieses so tun, als wäre es ironisch, macht sie, denke ich, weil es immer weh tut, wenn man sein Herz zu sehr gezeigt hat.

Und deshalb sage ich: »Das ist tatsächlich eine sehr schöne Geschichte, das von deiner Mutter, deinem Vater und Bannion. Aber können wir jetzt was essen?«

8

»Sie heißt Helen Caplet«, sage ich und schiebe Pescaro die Karte, auf die ich den Namen geschrieben habe, hinüber.

Er mustert mich, nickt, zieht eine Schublade auf und legt die Karte auf den Akt, der drin ist.

Hinter meinem Rücken geht die Tür auf und einer seiner Detektive steckt den Kopf zur Tür herein. »Tschuldigung, Captain . . .«, sagt er.

Pescaro macht ein Gesicht, als kriegte er plötzlich das Bauchgrimmen . . .

». . . aber Asbach führt sich auf wie verrückt. Er will einen Anwalt, sagt er.«

. . . zur absoluten Unzeit. Sowieso ist alles zu spät.

»Sie wollten mich auf dem Laufenden halten!« mosere ich.

»Nönönö«, winkt er ab, »davon war überhaupt keine Rede.«

»Ich möchte mit dem Mann reden. Ich möchte ihn an ein kleines Gespräch erinnern, das ich mit ihm hatte.«

»Benedetto, bringen Sie Flannery zu Asbach. Er kriegt genau fünf Minuten . . .«

»Soviel brauche ich gar nicht«, sage ich.

». . . und Sie bleiben anwesend, verstanden?« vollendete Pescaro.

»Jawohl, Captain.«

»Wenn Sie damit fertig sind, Flannery, kommen Sie doch noch einmal auf einen Augenblick zu mir herein.«

Benedetto führt mich ins Sprechzimmer. Dort sitzt Asbach und blickt heroisch in die Landschaft. Er sieht hoch zu mir, dann auf Benedetto. Er versucht zu begreifen, wie was womit zusammenhängt. Mit anderen

Worten, er versucht herauszubekommen, wieviel ich zu sagen habe.

Ich sehe Benedetto an.

»Ich hätte gern kurz unter vier Augen mit dem Mann gesprochen.«

»Sie haben doch gehört, was der Captain sagte.«

»Und Sie machen alles, was man Ihnen sagt?«

»Gefälligkeit gegen Gefälligkeit?«

»Ich kenne die Spielregeln.«

Benedetto macht die Tür vor sich zu und sagt: »Was für einen Mist Sie auch vorhaben, machen Sie's geräuschlos, ja? Ich muß ein Alibi haben. Und taub bin ich nicht.«

Ich stehe vor Asbach und starre auf ihn runter. Als er nicht aufsteht, weiß ich, daß ich ihn im Sack habe.

»Erkennen Sie mich wieder?« frage ich.

»Na sicher. Sie sind dieser Schuhpolierer, der überall rumturnt und sich in alles einmischt«, sagt er.

»Ich frage mich, wie Sie angesichts von zwei Toten noch so frech sein können. Drei sogar, wenn Sie das Baby im Mutterleib mitrechnen, für dessen Schutz Sie so kämpften. Mord zur Mordvorbeugung, das ist mir das Richtige.«

»Ich habe die Bombe nicht geworfen«, sagt er. »Ich war nicht mal in der Nähe. Dafür gibt es Zeugen.«

»Das mag schon sein. Vielleicht haben Sie sie wirklich nicht eigenhändig geworfen. Oder das Ketchupmesser selbst hingelegt. Oder höchstpersönlich der Katze den Kopf abgesäbelt. Aber jedenfalls hatten Sie Ihre Finger drin. Und das wird alles bereits fein säuberlich zusammengestellt und als Anklageschrift getippt. Wo, glauben Sie eigentlich, sind Sie? In Furzhausen? Oder in New York? Sie sind in Chicago! Und wenn hier einer was auf den Boden kleckert, leckt er das höchstpersönlich mit der eigenen Zunge wieder weg.«

Sein Gesicht wird daraufhin ziemlich krumplig. Wie

ein Butterbrotpapier, das zerknüllt wird. »Hören Sie«, sagt er, »ich habe wirklich nichts mit alledem zu tun. Weder direkt noch indirekt. Ich habe sie auch nicht bestellt . . .«

»Das mit dem Messer haben Sie doch bereits zugegeben! Sie haben doch alles davon gewußt . . .«

»Gut, ja, das Messer. Richtig, das habe ich gemacht. Aber das war ein rein symbolischer Akt.«

»Es war eine Drohung.«

»Es war ein Zeichen, im Namen Christi.«

»Lassen Sie bloß den aus dem Spiel! Dazu sind Sie am wenigsten legitimiert. Versuchen Sie nicht, mit mir was auszuhandeln. Sie haben doch in den New Yorker Zeitungen groß getönt, daß Sie für jeden Bombenleger und Brandstifter Verständnis haben!«

»Aber ich habe auch gesagt, daß ich keinen von ihnen ermutige oder unterstütze.«

»Nein, Sie sagten nur: ›Was macht es schon, wenn so ein bißchen Grundbesitz beschädigt wird. Das fällt doch überhaupt nicht ins Gewicht.‹

Er packt mich am Ärmel. Ich lasse es ruhig geschehen. Bitte, soll er versuchen, sich zu verteidigen.

»Das mit der Katze waren Sie?« sage ich.

»Gott sei mein Zeuge . . .«

»Wollen Sie die ganze Familie der Reihe nach anrufen, oder was?«

»Ich habe dem Vieh den Kopf nicht abgeschnitten.«

»Woher wissen Sie dann alle Einzelheiten darüber? Stand das auch alles in den Zeitungen? Oder hat es wer an die Wände gesprüht?«

»Eines von den neueren Mitgliedern könnte es vielleicht gewesen sein«, bot er an. »Die erst letzte Woche zu uns gestoßen sind.«

»Zum Beispiel?«

»Ich habe keine Namen im Kopf. Das müssen Sie doch

verstehen, ich kann doch nicht jeden einzelnen Namen jedes neuen Mitglieds auswendig wissen.«

»Aber es gibt immerhin doch wohl Listen, oder?«

»Ich beschaffe sie Ihnen, sobald ich an sie kommen kann.«

»In Ordnung, abgemacht«, sage ich. »Ist gekauft.«

Captain Pescaro wartet in seinem Büro schon auf mich.

»Da bin ich wieder«, sage ich.

»Ich sehe es«, antwortet er. »Sie brauchen sich nicht erst die Mühe zu machen, nochmal Platz zu nehmen. Es geht ganz schnell. Es war sehr gut, daß Sie den Namen des Mädchens eruiert haben . . .«

Er fragt mit keinem Wort, wie ich das geschafft habe.

». . . also können Sie es nunmehr uns berufenen Hütern des Rechts überlassen, die Arbeit zu tun, für die wir bezahlt werden. Es ist völlig in Ordnung, daß Sie sich um Ihre Leute kümmern. Aber es ist nicht in Ordnung, daß Sie den Polizisten spielen.«

»Aha«, sage ich.

»Mehr habe ich dazu nicht zu sagen«, erklärt er. »Allenfalls noch, daß Ihr Herr und Meister Sie zu einem dringenden Gespräch erwartet.«

»Was soll das denn heißen? Was für ein Herr und Meister?«

»Na, Sie sind doch Delvins Kläffer, oder nicht?«

Ich habe mal jemand Delvin ›avunkulär‹ nennen hören. Das schien mir sehr gut für ihn zu passen. Bis man mir sagte, daß das ›onkelhaft‹ bedeutet, ›den Onkel betreffend‹. Ich hatte auf etwas mit Elefanten getippt.

Nicht so sehr, weil er fett ist. Mehr wegen der Art, wie ihm die faltige Haut über den Kragen fällt, diese blaugräuliche Gesichtshaut, die ständig unrasiert aussieht. Und wie ihm die Hose über die Schuhe und im Schritt herunter hängt. Und wie seine Augen pausenlos tränen.

»Du suchst in letzter Zeit wenig Kontakt mit mir, Jimbo«, sagt er, während er sich mit einem weißen Taschentuch über die Augen wischt.

»Weil nichts war, was ich Ihnen hätte vortragen müssen.«

»Ich bin an allem interessiert, was vorgeht. Und alles, was in deinem Bezirk vorgeht, sollte dein Interesse finden. Und alles, was in meinem Ressort vorgeht, sollte ich auch erfahren. Seit du das letzte Mal eine kleine Besorgung für mich erledigt hast, hast du dich nicht mehr bei mir blicken lassen.«

»Ich war auch sehr dankbar für diesen Auftrag.«

»Das weiß ich schon. Schließlich waren dein alter Herr und ich fünfzig Jahre lang Kumpels. Ich habe dich doch schließlich aus der Kanalisation rausgeholt, oder?«

Reden wir mal gar nicht davon, daß er auch derjenige war, der mich zuerst in sie reinsteckte.

»Also«, sagt er, »hast du irgendwelche Probleme, die vielleicht an mein Ohr dringen sollten?«

»Ich wollte, ich hätte etwas. Sie haben Ihren Bezirk derart souverän im Griff, alles läuft wie geschmiert. Da kann ich mir schon denken, daß Sie manchmal ganz wahnsinnig werden, weil nichts passiert und auf Ihren Schreibtisch kommt. Und Sie bloß zuhören brauchen, wie es im Bienenkorb geschäftig summt.«

Er wischt sich wieder die Augen und die werden, wenn sie bisher gemütlich waren, jetzt ganz klein und gemein. Delvin will natürlich der einzige sein, der hier Komplimente austeilt, wenn schon. Scheiße, ich muß aufpassen, daß ich mich nicht in die Nesseln setze und mir nicht unnötige Schwierigkeiten einbrocke.

»Eine gute Bekannte von mir ist umgekommen«, sage ich also schnell.

»Jemand aus unserem Lager?« fragt er.

»Gute Demokratin. Hat immer zuverlässig wunschgemäß gewählt.«

»Hast du Blumen geschickt?«

»Nein.«

»Siehst du? Haben wir es schon. Hättest du doch tun müssen. Blumen von mir und von der Partei.«

»Ja, aber Mrs. Klutzman war Hebräisch-Orthodoxe. Bei denen sind Blumen nicht üblich.«

»Redest du von der alten Dame, die da mit hochging?« fragt er und nickt wie der weise alte Elefant, der nach meinem damaligen Glauben genannt wurde.

»Sie wissen davon?«

»Jemand im Siebenundzwanzigsten kommt durch einen Gewaltakt um, und davon soll ich nichts wissen? Aber Jimbo! Da kannst du mich gleich fragen, ob ich schon was von der Leiche gehört habe, die in meinem Wohnzimmer liegt.«

»Ich habe jedenfalls getan, was ich konnte. Sie hatte niemanden.«

»Da war auch noch eine junge Frau namens Helen Caplet.«

»Das wissen Sie auch?« sage ich.

Er wischt sich schon wieder die Augen. »Sicher«, sagt er. »Ich weiß alles über das kleine irregeleitete Mädchen, das närrisch genug war, sich an einem solchen Ort aufzuhalten, gerade als einige übereifrige Christen einer Fehleinschätzung unterlagen.«

»Fehleinschätzung?«

»Na sicher doch. Du nimmst doch wohl nicht im Ernst an, Junge, oder, daß jemand die ausdrückliche Absicht hatte, eine schwangere Herumtreiberin umzubringen?

Oder daß jemand ganz wild drauf war, eine freundliche alte jüdische Großmutter ins Jenseits zu befördern?«

»Immerhin hat jemand der Katze der Krankenschwester, die dort teilzeitarbeitet, den Kopf abgeschnitten«, sage ich hitzig.

»Eine Katze ist schließlich kein Mensch, Jim, oder?« sagt er. Er sagt ausdrücklich nicht ›Jimbo‹ und ist ausdrücklich überaus avunkulär. »Wir dürfen da nicht das richtige Augenmaß für die Dinge verlieren. Und damit lassen wir doch die Geschichte jetzt auf sich beruhen. Beschäftige dich mit was anderem, Junge. Du weißt, du kannst immer auf mich zählen. Ich bin immer da, wenn du Hilfe brauchst.«

»A propos helfen«, sage ich da rasch, »meinen Sie, wir können was in dem Fall der Witwe dieses Feuerwehrmanns namens Warnowski tun, der . . .«

». . . voll war wie eine Haubitze . . .«

». . . ein loyaler Diener der Stadt war dreißig Jahre lang, minus einen einzigen Monat vor seiner Pensionierung.«

». . . und seinen verdammten Wagen in den Bach fuhr und obendrein noch einen Lichtmast ruiniert hat.«

». . . und beim Versuch, im letzten Moment noch einer unvermutet auf der Straße auftauchenden Katze auszuweichen, den Tod fand.«

»Wer sagt das?«

»Es gibt einen Augenzeugen«, sage ich.

»Davon weiß ich ja gar nichts.«

»Auch ein Mann, der alles weiß, kann nicht alles wissen. Jedenfalls nicht von Details wie Katzen, mit Verlaub«, sage ich.

»Also, was willst du?«

»Daß seine Witwe die volle Pension kriegt.«

»Tja, ich weiß nicht recht. Wo soll man da die Grenze ziehen? Ein Mann stirbt dreißig Tage vor seiner Pensionierung. Und man macht eine Ausnahme. Dann kommt der nächste, der stirbt sechs Wochen oder vielleicht sogar zwei Monate vor der Pensionierung. Vielleicht drei Monate. Was macht man dann mit dem? Kriegt dann künftig ein jeder die Ausnahmeregelung, oder was? Außerdem war dieser Warnowski ein Säufer.«

»Mir ist aber nichts davon bekannt, daß darüber irgendwo etwas vermerkt ist.«

»Aber er war doch einer, oder?«

Das ist mir so zu direkt, daß ich mich jedes Kommentars enthalte. Weder bestreite noch bestätige ich es.

»Du weißt doch gut, wie der Bürger heutzutage auf Trunkenheit am Steuer reagiert, nö?«

»Wie es nicht mehr als recht und billig ist«, sage ich.

»Also«, sagt Delvin, als wäre das sein alles entscheidendes Argument.

»Warnowski«, sage ich, »entstammt der polnischen Arbeiterklasse, wie Sie und ich der irischen. Denken Sie doch daran, womit wir aufwuchsen! Ein Mann mußte einfach einen ordentlichen Stiebel trinken können. Und wenn er das konnte, dann sagte man, jedenfalls solange er nicht seine Frau schlug und die Kinder vernachlässigte: Der alte Stash, der olle Kumpel, kann wirklich einen wegsaufen, aber niemals wischt er seiner Ollen eine, niemals kümmert er sich nicht um die Kinder, und noch nie hat er auch nur einen Tag die Arbeit versäumt, selbst wenn er mächtig einen draufgemacht hatte.«

»Lieber Mann, Jimbo-Boy, du kannst es aber. Also, irisch bist du ja, da kann man nichts sagen.«

Und auf die Weise leben eben die alten Legenden immer weiter fort. Darüber, wie die Iren sind. Und wie die Juden sind. Und wie die Schwarzen sind. Weil es mir nämlich schnurz ist, ob jemand sagt: die ewigen alten Klischees. Ich will meine Fälle gewinnen und aus.

»Na ja«, sagt Delvin, »ich meine, dreißig Tage. Wieviel sind dreißig Tage?«

»Ganze vier Wochen«, sage ich.

»Ein ganzer Monat«, sagt er.

Wir sind also konkret am Verhandeln.

»Also gut«, sagt Delvin, »ich will zusehen, was sich machen läßt.«

»Und wie ist es mit der lobenden Erwähnung?«

»Mit der was?«

»Ich denke ja gar nicht an eine Medaille. Nur so eine kleine Erwähnung von seinem direkten Feuerwehrhauptmann.«

»Aus welchem Scheißgrund sollen wir den Arsch auch noch ehrend erwähnen, möchte ich wissen?«

»Na, er hatte doch den Polizeifunk in seinem Wagen. Er kann doch einen dringenden Ruf gehört haben und eiligst zu seinem Feuerwehrhaus gerast sein, um seine Pflicht zu tun, obwohl es eigentlich sein freier Tag war«, sage ich.

Delvin sieht mich mit aufrichtiger Bewunderung an. »Du bist wirklich ein Hund, Jimbo«, sagt er, »du machst glatt aus nichts einen Haufen.«

Aus alten Nummern der *Chicago Tribune* habe ich herausklamüsert, daß Asbach im Essex House Hotel wohnt. Ich bemühe mich also dort hinüber und laufe direkt in Harry Chickering rein, der dort der Hausdetektiv ist.

»Wollen Sie einen Gutschein?« sage ich.

»Fünfzig Mäuse sind mir lieber«, sagt Chickering. »Aber es kommt natürlich darauf an.«

»Auf was?«

»Auf den Gefallen, den ich Ihnen tun soll.«

»Ich will in ein Zimmer rein.«

»Aber nicht zum Klauen, oder?«

Ich ignoriere das einfach. Es gibt nicht einen Menschen in der ganzen Stadt, der nicht wüßte, daß ich nicht einmal eine Stecknadel klauen würde. Ich gebe ihm also einen zusammengefalteten Zwanziger.

»Ich will die Zimmernummer und den Schlüssel. Der Name ist Joe Asbach.«

Chickering ist ein Mensch, dem jedes Vertrauen in den Mitmenschen fehlt. Er faltet tatsächlich den Schein erst auseinander.

»Ich will das Zimmer ja nicht kaufen«, sage ich deshalb, »ich will lediglich reinschauen, verstehen Sie?«

»Drei-null-fünf. Ich nehme den Zwanziger, aber dann habe ich noch einen halben Gutschein gut.«

Chickering ist einer von denen, die immer nochmal nachkassieren wollen. Wie zum Teufel löst man einen halben Gutschein ein?

Ich gehe also ins Asbachs Zimmer. Er ist ein sehr ordentlicher Mensch. Sämtliche Papiere sauber in einer ausfaltbaren Dokumentenmappe. Ich finde darin auch die komplette Mitgliedsliste Chicago. Bis auf drei Namen am Schluß alles fein säuberlich getippt. Von den drei ganz unten sind zwei Frauen. Der dritte Name ist ein Mann, ein gewisser Gino Ciccone, wohnhaft auf der West Side, in Vito Velletris Fünfundzwanzigstem.

Das Telefon klingelt, und ich hebe ab.

»Asbach ist auf dem Weg nach oben«, sagt Chickering. »Jetzt schulden Sie mir also einen ganzen Gutschein.«

Als der Aufzug sich öffnet und Asbach herauskommt, stehe ich direkt davor. Zuerst sieht er ziemlich verblüfft aus, dann aber sehr selbstzufrieden.

»Ich bin wegen dieses Namens da«, sage ich. »Weil, ich habe schon gehört, daß man Sie auf Kaution herausgelassen hat.«

»Darauf ist gepfiffen«, sagt er kühl. »Einen feuchten

Kehricht von Kaution. Sie haben mich so gehen lassen müssen, ohne alles.«

»Was, die Bullen haben Ihnen Ihr Alibi geglaubt? Sie haben Ihren Zeugen geglaubt?«

»Es gibt keine Anklage gegen mich.«

»Ist unter Ihren Zeugen zufällig jemand, den ich kenne?«

»Meine Zeugin ist eine junge Dame, von der ich zweifle, daß Sie jemals die Gelegenheit hatten, sie kennenzulernen.«

»Bleiben Sie noch in der Stadt?«

»Vielleicht bleibe ich, vielleicht reise ich ab. Ich bin ein ehrenwerter Bürger, der sich nach Belieben frei bewegen kann. Die Polizei hat nicht einmal etwas davon erwähnt, daß ich die Stadt nicht verlassen dürfe oder solle.«

»Dann hoffe ich sehr, Sie bleiben noch«, sage ich, »weil nämlich wir zwei beide noch nicht fertig sind miteinander.«

»O doch, das sind wir. Sie sind nämlich so bescheuert, daß Sie nicht einmal wüßten, wie sie umfallen und sich auf dem Boden rollen sollten, wenn Sie niedergeschossen würden.«

9

Dan Blatnas Kelbasse mit Kohl schmeckt mir heute überhaupt nicht. Jedenfalls habe ich keinen Appetit.

»Bist du vielleicht verliebt?« fragt mein alter Herr.

Diese Bemerkung gibt mir einen Stich, als hätte er mir eine heiße Nadel hinten reingepiekt. Erst jetzt, wo er das sagt, wird mir nämlich klar, daß ich mir – und das nach nur einmal! – mehr aus Mary Ellen mache als zuvor aus irgendeiner Frau nach einem ganzen Monat Glückundsonnenschein.

»Kleinen Herzbrand abgekriegt, vielleicht«, sage ich.

Da grinst er in seinen Kohl und sagt: »Aber sie ist nicht irisch, wie?«

»Altes Adlerauge, du!«

»Na, also, was ist sie denn? Nu' red' schon.«

Aber ich will Mary Ellens Geschichte nicht erzählen, nicht einmal meinem alten Herrn. Nicht, weil das vielleicht kompromittierend für sie wäre. Nein, die Sache ist die, mir kann ein jeder eine Geschichte erzählen, und sie ist in meinem Busen begraben wie das Geheimnis der Welt, solange man mir nicht ausdrücklich sagt, ich kann sie oder soll sie weitererzählen.

Also sage ich bloß: »Sie ist halbe-halbe.«

»Und die andere Hälfte?«

»Hebrä.«

»Na, jedenfalls, ganz irisch oder nicht, ich weiß, was in Ordnung ist, wenn ich was sehe. Jetzt, wo du auch weißt, was ich schon längst weiß, kannst du auch ruhig essen.«

Da hat er tatsächlich recht. Mein Appetit ist sofort wieder da, komischerweise. Also fange ich auch an, an andre Dinge zu denken als an das komische Gefühl, das da schon die ganze Zeit so um mein Herz rumwuselt und von dem ich die ganze Zeit eher denke, es sind Magenbeschwerden, während ich jetzt auf einmal rausgefunden habe, daß es Liebe ist.

»Tust du mir einen Gefallen?« frage ich.

»Du mir dann auch?«

»Klar«, sage ich.

»Also, frag'.«

»Du kennst doch jeden Feuerwehrmann in der ganzen Stadt?«

»Na, wer denn, wenn ich nicht.«

»Kannst du mal rumfragen, worauf der Alarm in der Klinik losging? Ich meine, was für eine Bombe? Wie groß? Wo lag sie?«

»Wieso fragst du sie nicht selber? Es ist nur eine einzige Feuerwehr hingefahren, und das war die aus deinem Bezirk.«

Darauf antworte ich erst mal nicht.

»Na, so ist es doch, oder?« sagt mein Alter. »Also, wer mauert da?«

»Delvin hat mich kommen lassen.«

Jetzt wird mein alter Herr nachdenklich.

»Joe Asbach haben sie ohne jede Kaution wieder rausgelassen«, sage ich. »Der sitzt frei wie 's Vögelchen zu Hause, und sie haben noch nicht mal eine richtige Ermittlung angefangen.«

»Weißt du, was sein könnte? Es könnte sein, daß Delvin diese Klinik nicht mag und was sie da machen, und daß er deshalb diesen Asbach ein bißchen eingespannt hat.«

»Ich mag sie auch nicht, aber deswegen geht mich das alles noch lange nichts an. Und ich glaube auch nicht, daß Delvin meint, es geht ihn was an. Doch was oder wie auch immer, man kann doch schließlich einen, der eine Bombe legt, nicht einfach völlig ungeschoren lassen, oder?«

»Delvin hat keine Kinder, siehst du, und deshalb ist er ganz verrückt mit Kindern. Wie du noch ganz klein warst, hat er dir jedesmal, wenn er dich sah, einen Quarter geschenkt.«

»Ja, er hat den Grundstein für mein Vermögen gelegt«, sage ich auf das hin.

»Rede mal gefälligst nicht so mit deinem alten Herrn, wenn er dir paar Dinge erklärt.«

Daraufhin falte ich artig meine Patschhändchen und

sehe ihn so treuherzig an wie einstens immer vor dem Sonntagsessen, während meine Mutter – Gott hab sie selig – das Tischgebet sprach.

»Vielleicht ist es nämlich so, daß der gute alte Delvin sich Gedanken macht, und jedes einzelne von diesen kleinen Würmern vor sich sieht, die nicht auf die Welt kommen dürfen. So wie eins von denen, die er selbst nie kriegen konnte.«

»Jedenfalls nach dem, was man so hört, ist er schließlich ganz alleine dran schuld, daß er keine hat.«

Diese Bemerkung wiederum bewirkt, daß mein alter Herr mich ansieht, wie er mich immer anzusehen pflegte, wenn ich was angestellt hatte, das ihm das Herz brach, damals, als ich aufwuchs. Ich meine, sehr oft war es nicht nötig, daß er so blickte, und es ist seit dem letzten Mal auch schon ziemlich her.

»Nun isses genug, Jim«, sagt er. »So habe ich dich aber nicht erzogen. Ich hab' dich zu Sanftmut und Nachsicht erzogen. Es gibt auf der ganzen Welt nicht einen, der nicht jeden Tag in seinem Erdenleben einen Fehler macht, oder zwei. Die meisten Fehler sind Gottseidank schnell vergessen und ohne Wirkung. Aber ein paar gibt es nun mal, für die man ewig büßen muß.«

»Willst du damit sagen, daß der alte Delvin büßt, indem er feste zur Seite sieht, wenn einer eine Abtreibungsklinik wegräumen will, auf die Art, wie es geschehen ist?«

»Nein. Falsch ist falsch, ganz gleich, wer es tut. Ich sage nur, daß, wenn Delvin dir die Sache aus der Hand genommen hat, dann deshalb, weil er vielleicht Sachen weiß –«

Mich reißt es fast. »Mir aus der Hand genommen?«

»– die du wahrscheinlich nicht weißt.«

»Einen Moment mal! Wer bin ich denn? Immerhin sind zwei Leute umgekommen!« Ich rede ziemlich laut, ich schreie fast. »Da bin ich aber schon der Ansicht, daß das ein Fehler ist, für den jemand büßen soll!«

»Und völlig zu Recht, Junge, klar. Ich sage ja auch nur: der Ordnung halber räume deinem Boss ein, daß er schließlich Zweifel haben darf, und bringe ihm etwas Vertrauen und Loyalität entgegen!«

»So?« sage ich. »Also kuschen soll ich, meinst du?«

Mein alter Herr schweigt. Er schweigt von oben bis unten. Er hat eine Art, so total zu schweigen wie eine Katze, wenn sie'n Buckel macht. Seine Augen sehen so blau aus, daß es mich nicht wundern würde, wenn jeden Moment Blitze aus ihnen fahren würden und mich direkt zwischen die Augen treffen.

»Ich habe noch nie vor jemand gekuscht«, sage ich. »Ich war immer der Mann des Bürgermeisters. Aber niemals ein Bürgermeistermann. Und niemals Daleys Mann. Und ich will auch überhaupt nicht, daß du kuschen sollst. Ich will lediglich, daß du loyal bist.«

Und nach dieser Rede steckt er ganz wild seine Gabel in seine Kelbassewurst.

»An der Sache«, sage ich, »hängt möglicherweise mehr dran.«

»Nämlich?«

»Jemand kannte dieses Mädchen ziemlich gut, diese Helen Caplet. Vielleicht Delvin selbst. Vielleicht ein anderer, oder ein paar andere. Vielleicht haben sie sie sich rumgereicht wie den Geheimtip von einem neuen Restaurant. Vielleicht hat sie mit einer ganzen Menge Großkopfiger rumgemacht und hat angefangen, irgendwelche Ansprüche zu stellen. Vielleicht hat sie den alten Knaben, mit denen sie zugange war, ein bißchen die Daumenschrauben angesetzt. Und die angebliche Abtreibung war ein kleines Droh- oder Erpressungsmanöver.«

»Ja, und möglicherweise möchtest du die menschliche

Natur verändern«, sagt mein Vater Mike, aber mit einem Ton, als will er mir den Kopf runterreißen.

»Ich zahle heute«, sage ich.

»Du mußt mich nicht kaufen«, sagt er, »so beleidigt bin ich nun wieder nicht.«

»Nein, ich will nur für einen guten Rat bezahlen.«

»Gut, wenn es so ist, will ich noch einen Whisky.«

Nach einer Weile sage ich: »Also, wie ist es, redest du nun mit den Feuerwehrleuten? Nur, damit die liebe Seele Ruh' hat?«

»Es wird mich nicht umbringen«, sagt mein Alter.

10

»Du streichelst mich, als wenn ich eine Katze bin«, sagt Mary Ellen. »Gleich fange ich zu schnurren an.«

»Du hast eine Haut wie Saffianleder«, sage ich.

»So, also jetzt bin ich schon ein Handschuh?« triezt sie mich.

»Oh, Mary Ellen«, sage ich daraufhin und nehme ihre Hand, »du bist viel mehr. Du bist eine ganze Ausstattung.«

»Hurensohn von Süßholzraspler, du«, sagt sie.

»He, he, sag' solche Wörter nicht«, sage ich.

»Tut mir leid, James. Hab' ich nicht so gemeint.«

»Weiß ich schon. Aber die Leute gehen heutzutage so sorglos mit solchen Ausdrücken um.«

Sie liegt ohnehin schon auf mir drauf und jetzt legt sie auch noch ihren Mund auf den meinen. Dann sagt sie: »Paß mal auf, James. Sieh mir mal direkt und richtig in die Augen. Damit du siehst, wie ehrlich ich es jetzt meine. Du hast mich wieder ins Leben zurückgeholt, Flannery.«

»Was heißt das?«

»Du bist in mein Herz geschloffen.«

»Wie war das?« sage ich, als höre ich schlecht.

»Ich liebe dich, du Affe.« Und sie starrt mich Nase an Nase an. »Sag' es, du Heiligensohn, oder ich beiß' dir die Nase ab.«

»Bitte«, sage ich, »wenn das so ist. Ich möchte, daß du zu mir ziehst. Ich habe dreieinhalb Zimmer mit Bad.«

»Und ich kriege das Bad und du das halbe?«

»Geritzt«, sage ich.

»Wie ist das Bett?«

»King Size.«

»Und ich kriege die rechte Seite und du die linke?«

»He, was ist das hier, Kontraktverhandlungen oder was?«

»Die kommen noch«, sagt sie. »Dies hier sind nur die einleitenden Informationsgespräche.«

»Kannst dir's aussuchen«, sage ich, »ich unterschreibe alles.«

»Nein«, sagt sie, »ich will gar nicht, daß alles gleich so leicht geht.«

Gut, sie bringt einiges von ihren Sachen in meine Wohnung, aber nicht alles. Sie will es auf einen Versuch ankommen lassen, aber die Tatsache, daß sie in meinem Bett schläft, heißt noch lange nicht, daß wir aneinander gekettet sind. Sie ist da zurückhaltender als ich. Gefällt mir aber. Denn wenn sie das nicht gewesen wäre, hätte ich womöglich mein Angebot wieder zurückgezogen.

Als wir am ersten Morgen wie ein Ehepaar beim Frühstück sitzen, wer kommt reinmarschiert? Stanley. Er bleibt stehen und starrt Mary an wie ein Zuckerpüppchen.

Ich stehe auf und sehe an der Tür nach. Ich habe die Vorlegekette, die nachts immer dran ist, weggemacht, als ich runterging, um die Milch zu holen, und sie hinterher nicht wieder vorgelegt, gut. Aber das Yaleschloß schließt noch immer. Ich gehe also zurück in die Küche, wo Stanley noch immer wie angewurzelt steht und Mary anstarrt.

»Wie machst du das?« frage ich.

Stanley sieht mich nur stumm an.

»Ich meine, durch zugeschlossene Türen gehen, wie machst du das, Stanley?«

Er ist stur wie ein Holzklotz und starrt mich einfach nur an, als wollte er sagen, nicht einmal ein Verhör dritten Grades bringt einen zähen Burschen wie ihn zum Reden.

Mary sieht ihn irgendwie ganz hingerissen an.

»Stanley, dies ist meine Freundin Mary Ellen Dunne.«

Mary streckt ihm die Hand hin.

»Hallo, Stanley, freut mich«, sagt sie.

»Ha-o, May-en Dann«, sagt er, sieht mich an und sagt: »Kanns mir nichts e-sähln, Jimbly. Die's nicht deine Fweundin. Du bumsie doch boß.«

Den Abend kommt mein alter Herr vorbei, um mir zu erzählen, was er bei der Feuerwehr rausgekriegt hat, und da sieht er natürlich, daß Mary bei mir eingezogen ist. Einen Augenblick denke ich, jetzt fängt er gleich mit einer Moralpauke an, weil wir hier so in Sünde zusammenleben, also ohne den Segen des heiligen Sakraments der Ehe. Schließlich kommt es nur selten vor, daß alle Teile eines Menschen gleich schnell mit seiner Zeit mitwachsen.

»Wundere dich nicht und stelle auch keine Fragen«, sage ich, »von heiraten ist überhaupt noch keine Rede.«

»Nun stelle dich mal nicht so altmodisch an«, sagt er daraufhin tatsächlich. »Wir leben schließlich nicht mehr in den dreißiger Jahren.«

Was er mir von der Feuerwehr zu berichten hat, ist nicht viel. Die Bombe war aus einem Rohr selbstgebastelt. Hauptsächlich mit Streichhölzern. Das Rohr ganz eng vollgepackt damit und gezündet mit Gummiband und Schmirgelpapier. Sollte wohl mehr Feuerwerk machen als Schaden verusachen, aber es war ein altes und innen schon ganz verrottetes Rohr, ist also geplatzt wie eine Granate.

Viel weiß ich also nicht, aber mehr als gar nichts ist es. Könnte vielleicht sogar reichen, diesen Ciccone zu bluffen, der eines der neuesten Mitglieder von Asbachs Kreuzzugbrigade ist. Ich lasse also Mary und meinen alten Herrn, die wie die Hühner miteinander gackern, allein und gehe los.

Ciccone wohnt im Hinterhaus von einem Bonbonladen. Irgendwo rummelt und klingelt ein Flipperautomat.

»Ich find' das toll«, sage ich, als er die Tür aufmacht, »daß man das heutzutage noch hört, wo es nur noch Laser und Elektronikpfeifer und so was gibt.«

»Haben Sie mich rausgeklingelt, um mir das zu sagen?« fragt er.

Er ist ein dürrer kleiner Bursche, mit solchen Segelohren. Oben kriegt er schon fast eine Platte, obwohl er eigentlich kaum älter sein kann als ich. Er hat nur die Unterwäsche an.

»Eigentlich gar nicht«, sage ich, »ich rede mal gleich frisch von der Leber weg. Ich komme, weil ich von Ihnen wissen möchte, was in der Abtreibungsklinik drüben auf der Sperry passiert ist.«

»Was soll passiert sein? Sind Sie ein Bulle?«

»Soll ich Ihnen mal sagen, was mein Vater mir immer sagte, wenn ich vor der Tür stand? Was hast du da vor, sagte er, das Freie heizen?«

»War ein toller Spaßvogel, Ihr Vater«, sagt er.

»Er lebt noch immer«, sage ich, »und er ist ein alter Freund von Vito Velletri. Und jetzt bitten Sie mich mal rein.«

»Ich habe mit keinem Vito Velletri was zu tun«, sagt er, tritt aber zur Seite, um mich hineinzulassen.

Drinnen ist eine junge Frau, klapperdürr, halb angezogen im Slip. Sie sitzt in einem kaputten vollgepackten Sessel und starrt auf den Farbfernseher, der so teuer ist wie die ganze übrige Einrichtung zusammen. Sie wirft mir grade mal einen trägen Blick zu und starrt dann weiter in die Glotze.

Die Wohnung ist keineswegs besonders groß, aber man kommt sich darin so leer vor wie in einem aufgeblasenen Lagerhaus oder einer Bahnhofstoilette. Die einzigen Bilder an den Wänden sind religiös. Blutendes Herz in Dornen. Gekreuzigter Christus, der aussieht wie gaga vor Schmerzen. Noch eines nur mit SEINEM Gesicht mit geschlossenen Augen; wenn man nahe und scharf hinsieht, gehen sie auf und erschrecken einen halb zu Tode.

Es ist derart heiß und feucht, daß sie eine Sauna aufmachen könnten. Ich ziehe den Mantel aus und nehme den Hut ab.

»Sie wollen doch wohl nicht bleiben«, sagt Ciccone.

»Nein, nein«, sage ich, »aber ich will auch nicht schmelzen. Ist euer Heizkessel geplatzt?«

»Das verdammte Dings ist direkt hinter der Wand«, sagt er.

Und tatsächlich hat die Wand Flecken und schwitzt, als regnet es hier drinnen.

»Heizt das ganze Haus, aber die Heizungsrohre sind direkt hinter der Wand installiert. Und sie sind undicht«, erklärt er mir.

Über uns ist jede Menge Herumgetrample. Ich werfe einen Blick nach oben. Die kaputte Deckenlampe schwingt richtig ein bißchen.

»Ist da oben ein Zoo?« frage ich.

»Nö«, sagte die Dürre. »Nur ein Puff. Deswegen muß ja auch so geheizt sein. Die rennen doch ständig nackig rum.« Während sie mir diese Information gibt, sieht sie mich nicht einmal an.

»Ach Quatsch«, sagt er, »meine Frau weiß ja nicht, wovon sie redet. Sie hält sich auch für einen Mordsspaßvogel, wissen Sie.«

»Kaufen Sie eigentlich eine Menge Streichhölzer?« frage ich.

»Was soll das heißen?«

»Na, Sie wissen doch sicher, was ich meine. Diese Küchenstreichhölzer, die mit den blauweißen Köpfen.«

»Natürlich kenne ich die. Aber ich brauche keine. Wozu sollte ich Küchenstreichhölzer brauchen?«

»Zum Feuermachen.«

»Das geht automatisch.«

»Na, dann nicht zum Feuermachen. Was kann man denn sonst noch mit Küchenstreichhölzern tun?«

»Agnes«, sagt er daraufhin, »geh' ins Schlafzimmer und verriegel' die Tür.«

Ich kann es ihm ja gar nicht übelnehmen. Er meint natürlich, ich bin ein Verrückter, und er hat Sorge um seine Frau.

»Und mein Programm?« jammert sie wie ein Hündchen, dem man den Knochen wegnimmt.

»Was de da schon versäumst.«

Sie steht auf und geht nach nebenan. Sie schlurft wie ein Kind und biegt ihren wenig aufreizenden Korpus herum, als wenn sie mich so verrückt machen will, daß ich sie auf der Stelle auf den Teppich sowie auf ihr Kreuz lege, hier vor ihres Ollen Nase.

»Sie haben mir meine Frage noch nicht beantwortet«, sagt dieser, sobald sie weg ist.

»Welche Frage?«

»Ich habe Sie gefragt, ob Sie ein Bulle sind.«

»Bin ich nicht, nein.«

»Dann scheren Sie sich gefälligst hier raus.«

»Ich bin ein besorgter Bürger.«

»Na, dann gehen Sie mal schön wählen.«

»Ich bin auch der Bezirksobmann vom Siebenundzwanzigsten, in welchem dieses Mädchen umkam.« Und damit hole ich meinen Geldklemmer heraus, ziehe einen Zwanziger davon ab und reiche ihm diesen. »Was sind schon ein paar Fragen?«

»Ist«, sagt er und nimmt den Zwanziger, »diese Bombe, die in der Klinik hochging, etwa mit Streichholzköpfen gebastelt worden?«

Und da sehe ich ziemlich überrascht drein. Weil ich es nämlich bin.

»So einfach geben Sie alles zu?« sage ich. »Sie sind bereit, dem nächstbesten Unbekannten, der zu Ihnen reinmarschiert kommt und Ihnen zwanzig gibt, ein volles Geständnis abzulegen?«

»Spinnen Sie? Ich habe überhaupt nichts weiter getan, als daß ich zu Sperry runterging, um nachzusehen, ob dieses Mädchen es wirklich macht oder nicht.«

»Was macht?«

»Na, das Baby weg. Oder was denken Sie, daß die da unten machen? Mühlespielen?«

»Nein, ich weiß sehr gut, was die da machen. Und was die Leute machen, die draußen rummarschieren. Ich weiß zum Beispiel, daß sie tropfend rote Messer auf die Stiegen legen. Und Katzenköpfe absäbeln.«

»Was sehen Sie mich so an? Ich war's nicht. Alles, was ich getan habe . . .«

»Sie sind dem Haufen beigetreten, nicht?«

». . . ich habe ihnen einen Gefallen getan. Was sollte ich denn tun, Mensch. Kommt so eine Rothaarige, mit einem Leberfleck am Kinn zu mir, drückt mir eine Mitgliedskarte in die Hand und fünf Dollar und sagt, ich soll unterschreiben.«

»Wofür sollten die fünf Eier denn sein?«

»Was weiß denn ich. Vielleicht haben die einen Wettbewerb gehabt und ihr Boß setzt einen Preis für den aus, der die meisten Mitglieder wirbt, oder so. Wie sie's bei den Immobilienfirmen machen und im Gebrauchtwagenhandel. Verkäufer des Monats und so.«

»Gut, also Sie haben den Fünfer genommen und unterschrieben.«

»Ja, und dann bin ich reingegangen, nachsehen, ob das Mädchen im Warteraum sitzt.«

»Und, saß sie?« frage ich und warte darauf, daß er mir bestätigt, das Mädchen, nach dem er sehen will, ist die mit der alten Frau.

Aber er sagt: »Nö, hab' sie nicht gesehen.«

»Wen nicht gesehen? Ich meine, wie hieß'n das Mädchen, nach dem Sie schauen gingen?«

»Helen Addison. War aber nicht ihr richtiger Name.«

»Und wer wollte das wissen?« frage ich.

»Na, der Lude da oben.«

»Weshalb? Wollte er wissen, ob sie es auch wirklich wegmachen läßt?«

»Er hat mir einen Zwanziger gegeben. Das ist nicht so viel, daß ich noch groß über seine – Motivation nachdenke.«

Und in seinem Gesicht geht ein Lächeln an und aus

wie eine Lampe, die man an- und ausknipst. Er hat ein neues Wort gebraucht, ohne sich die Zunge zu brechen.

»Und wo war das Mädchen tatsächlich?« frage ich weiter.

»Na, in dem anderen Zimmer drinne wohl, oder? Andernfalls wäre es ja wohl nicht möglich gewesen, daß sie in die Luft fliegt, nicht?«

»Und was haben Sie gemacht, wie die Bombe losging?«

»Na, was wohl. Nichts wie raus. Oder meinen Sie, ich habe für einen Zwanziger auch noch Lust, die ganze Nacht mit den Bullen zu quatschen?«

»Haben Sie eine alte Dame gesehen?«

»Glaub' schon. Saß mit einer anderen Kleinen und wartete, daß –«

»Die meine ich nicht. Ich meine eine andere. Sie hatte wahrscheinlich einen weißen Kittel an oder eine Schürze.«

»Ja, hab' ich gesehen. Wie ich auf dem Flur war, ging sie in einen Raum, an dessen Tür ›OP‹ stand.«

»Hat sie Sie gesehen?«

»Nein, sie hat niemand angesehen. Und ich bin ja da auch nicht rumgestanden. An einer anderen Tür hat wer am Türknopf gerüttelt. Ich habe mich umgedreht und bin zurück zum Warteraum gegangen. Da habe ich mich hingesetzt. Ich wollte auf Helen warten, bis sie wieder rauskommt.«

»Haben Sie sie gekannt? Gewußt wie sie aussieht? Ein Foto von ihr gehabt?«

»Nein, nein. Ich kannte sie schon. Hatte Sie schon mal da oben gesehen.«

»Aha. Sie meinen, manchmal arbeiten Sie gegen bar, manchmal gegen Ware?«

»Manchmal«, grinst er. »Ist nicht schlecht.«

Ich gehe zur Tür.

»He«, sagt er, »wo wollen Sie denn hin?«

»Nach oben.«

»Meinen Sie nicht, daß das, was ich Ihnen erzählt habe, noch einen Zwanziger wert ist?«

»Ich halte Sie doch für einen Mann, der nicht nach schnödem Mammon fragt, wenn er nur seine Staatsbürgerpflicht tut.«

»Also zehn.«

»Ich schicke Ihnen eine städtische Belobigung.«

»Sie brauchen doch nicht da rauf gehen, wenn Sie sich bißchen amüsieren wollen. Meine Olle wartet da hinter der Tür, Mann. 'n Fünziger.«

Ich nehme alles zurück. Er sorgt sich nicht wegen seiner Frau. Nur darum, wie er sie ausnützen kann.

»Sie setzen sich besser nicht in die Nesseln«, sage ich. »Da verbrennen Sie sich nur den Arsch.«

11

Oben ist am Ende eines langen Korridors mit beiderseits zugemalten Fenstern eine Holztür mit einem Guckloch drin. Ich klopfe und das Guckloch wird aufgeschoben. Eine schwarze Murmel in einer Art Eiweiß starrt mich an. Die Tür geht einen Spalt auf. Ungefähr in Höhe meines Bauchnabels höre ich eine Stimme. Sie kommt aus einem Gesicht, das so schwarz ist wie ein Brikett.

»Sie können hier nicht rein«, sagt die Stimme einer Frau, die tut, als wäre sie ein Mann. Oder umgekehrt, ist ja egal.

»Wenn du mich nicht reinläßt, Jessie«, sage ich, »hole ich tief Luft und puste dir das ganze Haus weg.«

»Hauen Sie doch ab, Flannery. Sie machen immer nur Schwierigkeiten«, sagt Jessie.

»Der Meinung warst du aber gar nicht, wie ich deinen Bruder aus dem Knast geholt habe, als es um diesen Bruch ging.«

»Das war mal, und jetzt ist jetzt.«

»Jessie, du willst doch nicht, daß ich zur Sitte gehe und dir von denen die Bude aufbrechen lasse, oder?«

Es dauert ein Weilchen, aber dann geht die Tür auf. Dahinter steht auf einer dreistufigen Leiter Jessie Acacia. Sie ist sehr klein und rund wie ein Faß und hat Haare auf dem Kopf, die manchmal gelb und manchmal grün aussehen.

»Die Sitte brauchen Sie nicht holen gehen«, sagt sie. »Die kommt von Zeit zu Zeit ganz allein für einen kleinen Handel. Warten Sie ein Weilchen und Sie sehen es.«

»Zeig' mir, wo der Mann ist, Jessie, und geh' mir aus dem Weg.«

»Also, Moment mal . . .«

»Oder ich such' ihn mir alleine.«

»Sie irischer Bastard, Sie. Auf Sie spucke ich. Und ich breche Ihnen die Kniescheiben.«

»Für Zärtlichkeiten habe ich jetzt keine Zeit«, sage ich und gehe an ihr vorbei auf eine Tür ganz hinten zu, vor deren Glasscheibe ein Vorhang ist.

»Machen Sie schnell«, sagt sie. »Sie müssen mir noch einen Gefallen tun.«

Ich gehe in das Büro hinein, das einmal die Küche war, als Bo Addison eben den Telefonhörer auflegt.

Dieser Bo Addison hier trägt Krokoschuhe für vierhundert Dollar, einen pfirsichfarbenen Samtanzug samt Seidenhemd mit goldenen Manschettenknöpfen. Und er riecht wie ein ganzes Veilchenfeld.

»Aha, Sie haben gebadet«, sage ich.

Er bleckt mir die Zähne entgegen. Sie sind lange nicht

mehr so gelb wie noch vor ein paar Tagen, als er als armer Müll-Objektkünstler ging. Ich muß fast glauben, der Mann ist ein Chamäleon, dermaßen verändert ist er.

»Sie haben mich angelogen, Bo«, sage ich. »Sie haben mir versichert, Sie sind kein Lude, obwohl Sie wie einer geredet haben, was aber, wie Sie behaupteten, ein Lude nicht täte.«

»Wenn ich Bo wäre«, sagt er, »hätte ich Sie nicht angelogen. Ich hätte Ihnen einfach nur gesagt, Sie sollen sich verziehen.«

Daraufhin beuge ich mich vor, um ihn genauer zu mustern. Er ist tatsächlich nicht Bo.

»Dann haben Sie einen Zwillingsbruder«, sage ich.

»Ich habe einen Spinnerbruder«, sagt er.

»Na gut. Dann sagen Sie mir, wie ich Sie anreden soll.«

»Mr. Addison wäre passend. Was kann ich für Sie tun, Mr. Bezirkshäuptling Flannery?« Er grinst und zeigt mit seinem sauberen und manikürten Finger auf den Boden, wo unten Ciccones Wohnung ist.

»Ihr Ruf eilt Ihnen voraus«, sagt er.

»Was hat Ihr Bruder drüben in der Badger Street gemacht?«

»Da wohnt meine Großmutter. Sie ist nicht zu bewegen, wegzuziehen, was ich auch versuche.«

»Das kenne ich. Mein alter Herr ist auch so ein Sturkopf. Alte Bäume kann man eben nicht verpflanzen, wissen Sie. Wer ist das, Ihre Großmutter?«

»Hester Bowling.«

»Die kenne ich.«

»Ja, das sagt sie. Sie hat mir Ihren Namen gesagt, wie ich Sie vom Fenster aus mit meinem Bruder reden sah. Wir haben ihr gerade ein paar Arbeiten erledigt.«

»Macht Ihnen Ihr Bruder den Zutreiber?«

»Ab und zu stecke ich ihn in einen guten Anzug und

lasse ihn an den Greyhounds oder in den Parks arbeiten.«

»Und Sie lassen ihn auch mal Neue für sich selber abschleppen?«

Darauf lacht er, als sei ihm etwas Lustiges eingefallen. »Bumsnachwuchs«, sagt er. »Bo nimmt, was er kriegen kann.«

»Und er hat sich in Helen Caplet verknallt?«

»Ich habe ja auch nie behauptet, daß er viel Grips hat.«

»Wie Sie, zum Beispiel.«

»Wie ich«, nickt er, »richtig.«

»Sie sind ein Lude, und Luden haben Grips, meinen Sie das?«

Jetzt lacht er nicht mehr.

»Ich bin Sozialunternehmer«, sagt er. »Ich versorge den Markt mit Gesellschaft und Unterhaltung . . .«

»Ein Unzuchthändler sind Sie.«

». . . für alle Bereiche und Gelegenheiten und für . . .«

»Ein Ausbeuter und Geldschneider . . .«

». . . zahlreiche bedeutende Persönlichkeiten aus Politik und Wirtschaft.«

». . . aber bitte, das ist Ihre Sache. Wie Sie Ihr Geld verdienen, geht mich im Grunde nichts an. Ich bin auch gar nicht hier, um moralische Urteile über Sie zu fällen.«

»Muß ich Ihnen dafür die Hand küssen?«

»Kommen die hierher?«

»Was?«

»Diese bedeutenden Persönlichkeiten. Kommen die hierher?«

»Manchmal kommen Sie hierher. Obwohl dies hier eher so eine Art Basis-Lager ist, wenn Sie verstehen, was ich meine. Die meisten der Mädchen hier sind noch in der Ausbildung, sie sind noch ungeschliffene Rohdiamanten.«

»Wer kommt hierher?«

»Ach, machen Sie doch, daß Sie hier rauskommen, Flannery. Dies hier ist ja nicht einmal Ihr Bezirk. Sie mögen vielleicht drüben im Siebenundzwanzigsten eine große Nummer sein, aber hier sind Sie gar nichts. Hier ist der Fünfundzwanzigste, und der geht Sie überhaupt nichts an. Dies hier ist Velletris Bezirk.«

»Wie gibt es das, daß ein Schwarzer sich Velletri als Chinamann hält?«

»Nun machen Sie aber mal halblang, ja? Noch nie was davon gehört, daß hier in Chicago Black Power regiert? Haben Sie sich schon mal die Hautfarbe des Bürgermeisters angesehen?«

»Ja, aber auch Velletri ist noch da.«

»Selbst Versuchskaninchen gehen gern beichten, ehe sie in die Kirche gehen.«

»Kurz, Sie wollen mir keine Namen geben.«

»Und auch sonst nichts.«

»Dann sollte ich wohl mal hinüber in die Badger Street gehen und Ihrer Großmutter erzählen, auf welche Weise Sie ihr den Lebensunterhalt verdienen«, sage ich.

Diese Bemerkung hat auf ihn die Wirkung, als sei er zornig und traurig zugleich. Er reißt seine Augen von mir los und richtet sie irgendwo nach oben, wo vielleicht irgendein Dämon sein könnte, der gleich auf mich herunterfährt.

Ich sage doch immer, ein jeder hat seinen schwachen Punkt. Bei Addison ist es eben seine Großmutter.

»Was hatte Helen Caplet . . . Addison . . . oder wie sie sich sonst noch nannte, denn da drüben in der Sperry Avenue wegen einer Abtreibung zu suchen?«

»Na, glauben Sie vielleicht, Huren passiert so etwas nicht auch mal?«

»Jedenfalls, glaube ich, nicht so oft wie früher mal. Aber ich glaube auch, daß selbst Huren zuweilen sentimental werden und Hunger auf einen Ehemann und ein Baby kriegen. Ich glaube, sie fangen die falschen Träume bei den falschen Freiern zu träumen an. Und vielleicht fällt einer von ihnen auf die Liebesmasche herein. Warum auch nicht? Macht doch alles viel schöner, wenn man daran glaubt. Vielleicht ist er der Träumer. Vielleicht fängt die Hure an, nichts mehr zu verlangen, weil er Süßholz raspelt von gemeinsamer Zukunft und so. Und der Freier fühlt sich dann ganz toll.«

Das bringt ein rollendes Lachen aus Addisons Brust hervor: Als wenn er nicht am besten wüßte, was für Narren Männer aus sich machen können, wenn es um Weiber geht. Selbst um Weiber, mit denen sie außer dem Bett überhaupt nichts am Hut haben.

»Ja, da wissen Sie Bescheid, wie?« sage ich. »Halb Chicago will ja schließlich Lude sein, ein toller Weiberkönig, und einen Pferdchenstall haben, mit einem Dutzend Weiber, die sich aufs Fingerschnippen hinlegen.«

»Die meisten wären dem Streß doch gar nicht gewachsen«, sagt Addison, »und wüßten doch überhaupt nicht, wie man so einen Laden schmeißt.«

»Oder vielleicht hat Ihr Bruder ihr das Kind gemacht. Aber Sie wollten nicht, daß Sie deswegen gleich ein gutes Pferdchen aus dem Stall verlieren? Und auch nicht, daß Ihr Bruder mit einem Hurenkind dasitzt.«

»Ach Gott, wenn das wirklich so gewesen wäre, hätte er sie doch haben können. Meinen Sie, so etwas macht mir was aus? Mann, Huren kriegt man jeden Tag mehr, als man brauchen kann.«

»Aber nicht Brüder.«

»Bo lebt sein eigenes Leben. Da mische ich mich nicht ein.«

»Na schön, also wer war dann der Gauner, der den Gauner begaunerte, der Hurentreiber, der die Huren umdrehte? Wer war diese Helen und wer war ihr Beschützer?«

»Weiß ich nicht.«

»Ach, kommen Sie!«

»Nein, wirklich nicht.«

»Und das soll ich Ihnen wohl glauben, wie?«

»Helen gehörte nicht zu meinem Stall. Sie war selbständig. Kam und ging, wie sie wollte. Ich habe ihr lediglich die Lokalität dazu zur Verfügung gestellt. Und ihr auch mal paar Freier zugeteilt, wenn meine Mädchen überlastet waren.«

»Wieso sollten Sie denn Ihre Zeit mit einer Frau verschwenden, die Ihnen nicht gehört?«

»Nicht jeder Fisch beißt auf denselben Köder an«, sagte Addison. »Die größte Tugend eines guten Anglers ist Geduld. Die Zeit kommt schon . . .«

Sie kommt immer.

». . . wo sie eine Gefälligkeit verlangt. Vielleicht einen Tausender für einen Pelzmantel braucht. Oder einen Schuß. Ich kann warten. Ich hab' es nie nötig gehabt, Flannery, mit auch nur einem der Weiber jemals grob zu werden.«

»Aber sie hat einen Festen gehabt.«

»Kann sein. Kann sehr gut sein.«

»Sie hat Ihnen doch sicher eine Telefonnummer gegeben, wo sie erreichbar war, wenn sie als – Aushilfe gebraucht wurde?«

»Sie tat mir den Gefallen, jeweils am Morgen anzurufen, wenn sie an diesem Tag arbeiten wollte.«

»Sie haben Ciccone einen Zwanziger gegeben . . .«

»Einen Zehner.«

». . . damit er kontrolliert, ob Helen auch wirklich die Abtreibung machen läßt.«

»Das habe ich im Auftrag eines Mannes gemacht, der mich deshalb anrief.«

»Eines Freiers?«

»Ich kannte die Stimme nicht.«

»Aber es hätte einer Ihrer Kunden sein können?«

»Na, sicher. Aber genausogut auch einer aus Helens ganz persönlicher Kundschaft.«

»Eben. Und warum also geben Sie dann allein wegen eines anonymen Anrufs gleich einen Zehner aus?«

»Sehr einfach, weil er per Boten einen Hunderter geschickt hat. Ich bin schließlich Geschäftsmann.«

»Und das ist alles, was Sie mir sagen wollen?«

»Das ist alles, was ich selbst weiß.«

Das glaube ich nun wieder nicht. Ich glaube vielmehr, man hat ihm gesagt, die Klappe zu halten. Als ich hereinkam, hing er eben am Telefon. Nachdem es Ciccone nur Augenblicke kostete, ihm über mich Bescheid zu sagen, habe ich ihn vermutlich dabei überrascht, wie er sich bei jemandem anderen Verhaltensmaßregeln einholte. Andernfalls hätte er mir doch ohne weiteres sagen können, was er über eine tote Hure wußte, und von mir dafür einen Gutschein bekommen, der ihm irgendwann einmal nützlich sein konnte.

Ich habe so ein Gefühl, als warte jetzt bereits unten vor dem Haus irgendein schneller Kurier auf mich. Wie ich dann sehe, daß doch niemand wartet, atme ich so rasch und tief auf, daß es mir durchs ganze Rückgrat zieht.

12

Mein alter Herr ist bereits nach Hause gegangen, als ich heimkomme. Meine Wohnung sieht inzwischen anders aus und riecht auch anders. Es erinnert mich an etwas, was mein Vater vor langer Zeit mal sagte: »Frauen haben große Macht«, sagte er. »Sie werden noch die ganze Welt verändern.«

Ich verstehe jetzt, was er gemeint hat. Meine Welt.

»Du warst aber lange weg«, sagt Mary. »Hast du wenigstens erreicht, was du wolltest?«

»Du hättest nicht warten müssen«, sage ich.

Sie nimmt mir Mantel und Hut ab und drückt mich in den großen Sessel. Dann setzt sie sich auf den Boden und zieht mir die Schuhe aus.

»Hör' mir mal zu, James«, sagt sie. »Ich mische mich nicht in deine Sachen ein. Ich jammere auch nicht, daß du manchmal so ewig lang unterwegs sein mußt. Ich verlange nicht einmal, daß du mir Dinge erzählst, von denen du glaubst, daß sie mich nichts angehen. All das sollst du ganz alleine für dich entscheiden können. Aber ich tue auch, was ich für richtig halte. Und eines der Dinge, die ich für richtig halte, ist, auf dich zu warten, bis du heimkommst, solange wir unter einem Dach leben. Wenn ich allein lebe, dann gehe ich auch alleine schlafen. Aber wenn ich mit dir lebe, dann gehe ich nicht alleine schlafen. Niemals. Jedenfalls nicht, solange ich das selbst bestimmen kann. Klar?«

»Ich muß mich erst daran gewöhnen«, sage ich daraufhin. »Ich bin seit acht Jahren immer in eine leere Wohnung zurückgekommen, in der nicht mal eine Katze war.«

»Willst du was essen?«

Auf diese Frage hin bemerke ich zu meiner Überraschung, daß ich tatsächlich Hunger habe. Diese Frau weiß wirklich alles, auch solche Sachen. Wird nicht mehr lange dauern und sie legt mich an ihre Schulter, bis ich Bäuerchen mache. Bitte, mir soll es recht sein.

Sie macht mir ein Rührei mit Schinken. Während ich esse, erzähle ich ihr alles, was ich gemacht habe. Es ist ganz erstaunlich: es ist ein prima Gefühl, wenn man mit jemand quatschen kann.

Dann klingelt das Telefon.

»Es ist zwei Uhr nachts«, sagt Mary.

»Dann kann es nichts Gutes sein«, sage ich.

Wie ich den Hörer abnehme, habe ich zuerst das Gefühl, es ist einer von diesen stummen Perversen dran. So ein Stöhner. Dann aber sagt seine Stimme: »Der Sache müßte man mal nachgehen. Da war eine Kugel in Helen Caplet.«

Ich habe einen Freund unten im Leichenschauhaus. Wir sind zusammen zur Schule gegangen. In die Grundschule.

Wie wir dreizehn und vierzehn waren, sind Eddie Ferguson und Dick Hodgson und ich nach der Schule immer zusammen rumgezogen. Softball spielen. Papierkörbe umschmeißen. An Sheila Colettis mordsgroßen Titten rumfummeln, auf der Treppe vor der Schule, wenn es schon dunkel war, im Sommer. Wir waren die Drei Musketiere und kauften uns genau gleiche Jacken, schwarz mit rotem Besatz. Allerdings, eine richtige Gang wie andere, die Scheiß machen, das waren wir nicht.

Außer einmal. Als wir beschlossen haben, was zu klauen.

Mr. Fidel hatte einen Bonbonladen an der Ecke. Wir flipperten dort immer und tranken seine greulichen

Kirschdrinks mit Phosphat drin. Er ist ein Knicker und ziemlich jähzornig. Laufend schmeißt er welche aus seinem Laden raus und gibt ihnen Hausverbot. Auf immer und ewig. So an die fünfmal pro Woche. Er hätte bald keine Kunden unter zwanzig mehr, wenn ihn irgendwer wirklich ernst nähme. Aber immer kommen alle bereits am nächsten Tag wieder. Und der einzige, den er wirklich mag, ist Eddie, weil Eddie der netteste Gauner ist, den man sich vorstellen kann. Und das schon mit vierzehn.

Fidel hält sich einen Jungen, Ernie Kepler, der geschickte Hände hat und Uhren reparieren kann und Toaster und solche Sachen. Er setzt ihn sich in ein Hinterzimmer, wo er Reparaturen ausführt; dafür nimmt Fidel 50 Prozent. Die reine Ausbeutung. Und der Steuer erzählt er von diesen Nebeneinnahmen auch nichts. Klarer Fall von Betrug. Und diesen ganzen undeklarierten Zaster versteckt er obendrein auch noch in der Eiskremmaschine. Die glatte Verführung.

Also kommen wir zu dem Schluß, daß wir etwas gegen ihn in der Hand haben, und daß er eine Lektion kriegen muß, damit er Ernie Kepler nicht ausbeutet und die Regierung der Vereinigten Staaten nicht betrügt. Also machen wir eines Tages im Sommer diesen Plan, daß wir bei ihm einbrechen, hinten vom Hof her durch ein Fenster, und dann durch die Verbindungstür in den Laden. Zu dem hat Eddie, sagt er, einen Nachschlüssel.

Überhaupt, das alles arrangiert Eddie. Er sagt, er vergißt absichtlich seinen Softball samt Handschuh im Hinterzimmer, es fällt ihm schon was ein, warum, und dann kommt er zurück ihn holen, grade als Fidel den Laden zusperren will, und dabei macht er dann den Riegel vom Hinterzimmerfenster unbemerkt auf, und wir brauchen dann später nicht das Fenster kaputtschlagen.

Nach dem Abendessen sage ich zu Hause meinen

Eltern, ich geh' noch mal raus, bißchen Dosenkicken mit den anderen Jungs. Ich treffe mich mit Dick und zusammen holen wir dann Eddie, der in einem Haus mit Veranda im Oberstock wohnt. Und auf die kommt er raus und ist im Pyjama, und sagt, Scheiße, seine Tante, bei der er lebt, läßt ihn nicht weg, weil er irgendwas vergessen hat, was er für sie tun sollte. Mann, der große Meisterdieb, der sein Ding nicht drehen kann, weil ihn die Tante nicht wegläßt! Das ist vielleicht ein Hammer!

Es wäre natürlich am gescheitesten gewesen, wir hätten auf Grund dieser bescheuerten Situation die ganze Geschichte abgeblasen. Aber Eddie wirft uns den Schlüssel runter, für den Laden, und sagt, wir sollen es einfach ohne ihn machen. Und damit hat er natürlich Dick und mich bei der Ehre gepackt. Wir verdrücken uns also und wir werden das nie im Leben mehr vergessen. Das nur zur Illustration, wie bescheuert Dick und ich sind.

Gut, wir gehen die Straße runter und Dick steigt durch das offene Fenster ein, das Eddie aufgemacht hat wie geplant. Und ich hocke mich draußen auf der dunklen Straße hin und stehe, beziehungsweise hocke, Schmiere, mit einem Jagdmesser in der Hand, von dem ich keine Ahnung habe, was ich mit ihm machen würde, käme wirklich wer daher. Dann streckt Dick den Kopf zum Fenster heraus und sagt, der Schlüssel von Eddie sperrt überhaupt nicht. Folglich holt er sich einen Hammer und einen Schraubenzieher aus Ernie Keplers Werkzeugschrank und versucht die getrocknete Farbe von den Türangeln wegzukratzen, damit wir sie herausheben können.

Wie ich so dahocke mit dem doofen Messer in meiner schwitzigen Hand, und mein Herz klopft derart laut, daß ich kaum noch die Klopferei von Dick drinnen hören kann, und der rumort dort wirklich mächtig herum, geht die Küchentür unten auf und heraus kommt Mrs. Fidel, die zwar ziemlich schwerhörig ist, aber das reine Adlerauge hat. Sie stellt die leeren Flaschen für den Milchmann morgen früh raus. Mann, wenn die jetzt hochblickt und mich sieht! Aber sie tut es nicht und geht wieder rein.

Daraufhin stecke ich den Kopf zum Hinterfenster hinein und sage zu Dick, Scheiße, hauen wir lieber ab. Er schnappt sich also noch einen Karton Zigaretten und eine große Schachtel harte Bonbons. Und dann gehen wir runter zu den Frachthöfen, um uns die Beute zu teilen. Die Zigaretten sind in Ordnung. Aber die Bonbons sind total alt und steinhart. Sie schmecken wie Seife.

Und das war das erste und letzte Mal, daß Dick und ich irgendsowas anstellen. Aber nicht Eddie. Womöglich, weil er diese Angst nicht durchgemacht hat, die ich erlebt habe, versucht er es später auf eigene Faust, alleine. Er plündert einen Autozubehörladen aus und wird nicht erwischt. Und dann macht er pausenlos weiter mit dieser Klauerei, ohne daß er jemals reinrasselt, und fühlt sich deshalb natürlich schon als der ganz große Ganove.

Bis sie ihn dann natürlich eines Tages doch schnappen und mächtig einbuchten. Zu der Zeit habe ich bereits einigen Einfluß. Ich verteile also, sogar überall in der ganzen Stadt rum, eine ziemliche Menge Gutscheine und löse noch mehr ein, was alles mein einschlägiges Konto erheblich strapaziert, aber gut, jedenfalls kriege ich ihn im Rahmen eines Resozialisierungs- und Arbeitsbeschaffungsprogramms ziemlich schnell auf Bewährung raus und besorge ihm diesen Job im Leichenschauhaus, der ihm nicht schlecht gefällt.

Und damit habe ich selbstverständlich einen Gutschein fürs Leben bei ihm.

Wie er aus dem Leichenkühlhaus kommt mit seinem

weißen Kittel, ist er so fröhlich wie immer und sagt: »Also, was kann ich für dich tun?«

»Du hast doch da ein totes Mädchen in einer dieser Schubladen.«

»Ich hab' da eine Menge Mädchen.«

»Ich meine die von der Sperry Avenue, die in die Luft geflogen ist.«

»Die war so jung und sah so gut aus«, sagt Eddie, »es ist eine Schande.«

Ich verkneife mir die Frage, ob er vielleicht glaubt, daß es keine Schande wäre, wenn sie statt jung und schön alt ist oder häßlich. Oder vielleicht daran gewohnt, in die Luft gejagt zu werden.

»Kann ich die mal sehen?« frage ich ihn.

»Du immer«, sagt er. »Komm' mit.«

Wir gehen also rein in diesen Raum mit diesen ganzen blitzblank polierten Schubladen aus Stahl an der Wand. Er geht auf eine zu und zieht sie heraus. Sie liegt unter einem grünen Laken. Er zieht es weg und entblößt sie bis fast zu den Fußknöcheln hinunter. Ein besonders schöner Anblick ist sie wirklich nicht. Sie ist seziert worden.

»Jesus, Maria und Joseph.«

Aber sie haben sie immerhin soweit wieder zusammengeflickt, daß man ihr zumindest ins Gesicht sehen kann. Das sieht gar nicht mal so schlimm aus. Nicht gerade, wie man so sagt, als schliefe sie nur. Aber man kann hinsehen.

Sie hat ein hartes Gesicht. Da ist nichts Weiches an ihr. Um den Mund hat sie eine Menge rasierklingenscharfer Fältchen. Wie alle diese Frauen, die man zu früh und zu häufig nur benutzt hat. Selbst im Tod sieht sie noch aus, als runzelte sie die Stirn und warnte alle Welt, daß sie sich auf keinen Fall irgend etwas gefallen lassen werde, wenn man nicht auch auf sie ein bißchen Rücksicht nehme.

»Kann ich mal den ärztlichen Bericht sehen?«

»Nein, kannst du nicht.«

»Was? He, Eddie!«

Ich meine, wegen so einer Kleinigkeit will ich ihn natürlich auch nicht gleich daran erinnern, wieviel er mir schuldet. Das wäre gegen die Spielregeln.

Aber er sagt: »Ich würde ihn dir ja zeigen, doch es geht tatsächlich nicht. Er ist fortgeflogen.«

»Was denn? Verlorengegangen?«

»Oder so. Verlegt. Geklaut, was weiß ich«, sagt er. »Obwohl ich ja auf geklaut tippe.«

»Hast du ihn gelesen?«

»Ich lese sie alle, Mann«, sagt Eddie. Er grinst und freut sich, weil er mich mal wieder ein wenig triezen konnte. »Zeit genug habe ich schließlich dafür.«

»Gut. Also, was war die Todesursache?«

»Na, was meinst du?«

»Kugel.«

Eddie zeigt auf ein kleines rundes Loch in der Mitte einer Wunde direkt unter ihrer linken Brust, zur Rumpfmitte hin.

»Wo ist die Kugel?« frage ich.

»Vom Winde verweht. Wie der Bericht. Woher weißt du denn das mit der Kugel? Das stand nicht im Bericht.«

»Ein kleines Vögelchen hat's mir ins Ohr gezwitschert.«

»Wie heißt'n das kleine Vögelchen?«

»Eine Weile dachte ich, du seist es gewesen, Eddie.«

Da schüttelt er aber heftig den Kopf. »Hätte durchaus sein können, wenn ich gewußt hätte, daß es dich interessiert. Aber woher sollte ich das wissen?«

»Deck' sie wieder zu«, sage ich.

Eddie zieht das Laken wieder über sie bis hinauf zum

Hals. So sieht sie ganz friedlich aus. Genauso friedlich wie die alte Mrs. Klutzman. Dann zieht er ihr das Laken auch noch über den Kopf.

13

Ich gehe rüber zur Sperry, zur Klinik. Die Rechtaufleben-marschierer marschieren noch immer auf und ab, aber sie sind nur noch zu dritt, darunter natürlich die Rothaarige mit dem Leberfleck. Kaum tauche ich auf, kommt sie schon auf mich zu und hält mir eine Mitgliedskarte unter die Nase.

»Mit fünf Dollar sind Sie Teilnehmer an einem heiligen Kreuzzug.«

»Vor ein paar Tagen haben Sie aber einem Freund von mir fünf Dollar gegeben, damit er Mitglied werden soll.«

»Tatsächlich?«

»Warum haben Sie das getan?«

»Weil ich zehn Dollar für jeden angeworbenen Kreuzfahrer bekommen habe.«

»Aha?«

»Na ja, Mr. Asbach brauchte möglichst lange Mitgliederlisten, damit die kapitalkräftigeren Sponsoren mitziehen.«

»Und jetzt braucht er keine mehr?«

»Wir haben es inzwischen doch in die Medien geschafft«, sagt die Rothaarige ganz erstaunt, als kann sie gar nicht meinen absoluten Mangel an Information über den Stand der Dinge begreifen.

»Aha, und jetzt muß man also wieder zahlen, um reinzudürfen?« sage ich.

»Wollen Sie rein?«

»Wenn ich Mitglied werde, wozu werden dann meine fünf Dollar verwendet?«

»Um Rundschreiben zu drucken. Und Tafeln für Demos zu machen.«

»Und Bomben?« frage ich.

»Ach so, Sie sind das«, sagt sie. »Sie haben doch auch Mr. Asbach gedroht . . . dabei ist der Mann ein Heiliger. Sie haben mich angelogen. Sie sagten, Sie gehörten zu uns.«

»Stimmt doch. Wir sind alle miteinander des Herrn Kinder, oder?« sage ich.

»Sind Sie Christ?«

»Da haben Sie verdammt recht.«

»Aber kein Katholik?«

»Wieso, sind die etwa keine Christen?«

»Ist der Papst vielleicht kein Polack?«

»Hören Sie, können wir mal miteinander reden?«

»Worüber?«

»Über ein paar Mitgliedschaften, vielleicht vier oder fünf, oder so.«

Da reckt sie wie von der Tarantel gestochen den Hals und sieht sich erst mal hastig um, ob auch keiner von ihren Marschierkollegen mitgehört hat, was ich hier für Reichtümer verheiße.

»Da drüben«, sagt sie und läuft voraus zu einem Telefonmasten. Ihr Demoschild klattert sie hinter sich her wie ein kaputtes Paddel.

»Jetzt mal ganz ehrlich«, sagt sie dann, »Sie haben doch nicht wirklich die Absicht, dem Haufen beizutreten?«

»Jetzt mal Sie ganz ehrlich«, frage ich dagegen, »das wäre Ihnen doch völlig wurscht, oder? Sie machen das doch nur zum Geldverdienen, stimmt's?«

»Ich muß mir zu meinem kleinen Einkommen etwas dazuverdienen«, sagt sie.

»Für wen demonstrieren Sie noch?«

»Für jeden, der mich gegen Provision Mitglieder anwerben läßt.«

»Wieviel kriegen Sie da?«

»Manchmal halbe-halbe. Manchmal zahle ich eine Grundgebühr und kann alles behalten, was ich dann einnehme. Hängt vom Einzelfall ab.«

»Manchmal zahlen Sie also sogar die Hälfte von dem, was der Veranstalter Ihnen zahlt, um neue Mitglieder anzuwerben, so wie neulich?«

»Nur, wenn es ganz zäh geht.« Und dann meint sie ziemlich sarkastisch: »Sie kapieren das alles wirklich fabelhaft schnell. Vielleicht sollte ich Sie zu meinem Partner machen.«

Aber ich gehe darauf nicht weiter ein und frage: »Und wie ist das jetzt mit der neuen Abmachung mit Asbach? Jetzt, wo er es nicht mehr nötig hat, neue Mitglieder gegen Bezahlung anzuwerben?«

»Fifty-fifty.«

»Fifty-fifty von einem Fünfer ist nicht mehr als für eine Wurst am Imbißstand. Und fifty-fifty von zwanzig oder fünfundzwanzig, das wäre aber schon ziemliche Ausnützung Ihres Entgegenkommens.«

»Meinen Sie auch, nicht?«

»Klar doch. Wer will denn schon überhaupt beitreten? Passen Sie auf. Ich bezahle Ihnen vier Mitgliedschaften. Und Sie behalten sie.«

»Dann sagen wir doch gleich fünf.«

Gut, ich gebe ihr zwei Zehner und einen Fünfer.

»Was kann ich also für Sie tun?«

»Dieser Asbach –«

»Der Mann ist ein Heiliger.« Sie grinst wie ein Kind. »Das ist meine Platte, hören Sie.«

»Das ist auch 'ne tolle Nummer«, sage ich. »Also, dieser Asbach . . . wo war der eigentlich, als die Bombe losging?«

»Hier nicht. Wollten Sie das wissen? Nein, hier nicht. Aber er war da, bevor sie losging.«

»Wie lange zuvor?«

»Halbe Stunde. Sagen wir, dreiviertel Stunde. Ich zähle nämlich beim Marschieren immer. Er kam vorbei und sagte uns, wir sollten ja nicht nachlassen. Der doppelzüngige Hurensohn.«

»Doppelzüngig? Wie doppelzüngig?«

»Na, hören Sie. Läßt uns hier rumhopsen und die armen Frauen belästigen, die Pech gehabt haben und nichts als eine Last loswerden wollen. Wo es für die meisten sowieso nicht leicht ist und ihnen in der Seele weh tut. Sie sieht ein Blinder. Man sieht es in ihren Augen.«

»Schon gut«, unterbreche ich sie, »aber wie ist das nun also mit dem doppelzüngig?«

»Schreit rum und führt sich auf. Was diese armen Mädchen getan haben und wie sie reingefallen sind, weil sie einfach zu faul sind, aufzupassen, und . . .«

Möglicherweise meint sie mit ›faul‹ einfach nur unerfahren oder vertrauensselig. Aber bei ihr muß alles dramatisch sein. Weil sie wahrscheinlich Angst hat, sonst ausgelacht zu werden.

». . . und hinten in seinem Taxi hat er dabei selber ein Nüttchen drin, der geile Bock. Und mit ihr zieht er wieder ab, um sich auf die faule Haut zu legen, oder so, während wir hier weiter rummarschieren müssen.«

»Ist er direkt in die Klinik reingegangen?«

»Nein.«

»Hat er mit sonstwem außer mit euch hier geredet?«

»Nein.«

»Ich sage Ihnen was«, sage ich, »wenn Ihnen die Füße

weh tun, geben Sie ein Viertelpfund Epsom-Salz in eine Schüssel heißes Wasser, und bißchen Thymian und Salbei dazu, wie für den Braten. Es wirkt Wunder, können sich drauf verlassen.«

»Gut, ich versuch's mal«, sagt sie und sie nimmt sogar die Hand aus der Tasche, in der sie noch immer meine Geldscheine hat, so spontan gerührt ist sie darüber, wie ich über ihre Füße besorgt bin, und sie erwägt sogar, scheint's, ob sie mir meine Piepen nicht zurückgeben soll. Aber bevor sie sich vergißt und einen solchen Blödsinn macht, schließe ich meine Hand über die ihre und lächle sie an.

»Und vielleicht sollten Sie sich ein paar Lammfellsocken kaufen.«

»Sie sind in Ordnung«, sagt sie.

»Wählen Sie demokratisch«, sage ich.

Was soll's, eine Stimme für die Partei ist eine Stimme. Selbst wenn ich nicht mal weiß, ob sie überhaupt in meinem Bezirk wohnt.

Ich gehe hinein.

Chapman steht im Unterhemd da. Er hat Arme wie lederverkleidete Wasserrohre. Ich sehe ihm zu, wie er sich eben ein Wandpaneel greift, als wäre es nur eine Tapete, und in einen Raumteiler einpaßt. Eine kleine Frau mit einem Werkzeuggürtel ist sofort mit Hammer und Nägeln zur Stelle und nagelt es auf eine Art an, daß man sieht, sie versteht was davon. Sie nagelt die ganze Reihe runter wie eine Maschine, tacktacktack, wie nichts.

Er dreht sich um und greift sich mit einem Schritt nach hinten das nächste Paneel, mit einer Grazie, als wäre er ein Tänzer. Dann sieht er mich und unterbricht sich. »Noch was?« fragt er.

Die Frau mustert mich von oben bis unten. Sie hat ein ganz hübsches Gesicht. Wie ein Mond mit rosa Tupfen auf den Wagen.

»Das ist Gloria. Meine Frau«, sagt Chapman.

Ich strecke ihr die Hand hin. »Jim Flannery«, sage ich. Sie zieht sich ihren Arbeitshandschuh aus und schüttelt meine hingestreckte Hand. Die ihre ist warm und trocken und fest wie Stein. Dann zieht sie sich auch noch die Kappe, die sie auf hat, ab und schüttelt das Haar frei, jede Menge Gelocks, rund ums ganze Gesicht rum.

»Vielen Dank«, sagt Chapman.

»Wofür?«

»Daß sie nicht überrascht taten. Nicht mal mit der Wimper zuckten.«

»Ich glaube, ich mag Sie nicht«, sage ich, »Sie haben es dauernd mit der Dankbarkeit.«

»Man kann nur so sein, oder pausenlos sauer«, sagt Gloria. »Cal kann sich nur nicht entscheiden.«

»Ich habe genau dasselbe Problem«, antworte ich. »Dabei bin ich nicht mal schwarz.«

»Also, was kann ich für Sie tun?« schneidet Chapman weitere Erörterungen des Themas ab.

»Ich möchte, daß Sie jemand für mich identifizieren.«

»Wen?«

»Den Burschen, den Sie in den Warteraum haben kommen sehen, als sie über den Korridor gingen, auf dem Weg in Ihr Büro.«

»Ist er festgenommen worden?«

»Weshalb? Nein, ich weiß, wo er wohnt. Ich möchte einfach nur, daß Sie ihn sich ansehen.«

»Jetzt sofort?«

»Nein, es hat schon etwas Zeit. Wie wär's mit heute abend? Warum kommen Sie und Ihre Frau nicht zu mir und wir essen zusammen, mit meiner Freundin? Hinterher könnten wir dann rüber in den Fünfundzwanzigsten gehen, wo er wohnt.«

Chapman zögert, als ob er nicht so übermäßig auf privaten Umgang mit mir erpicht ist.

»Meine Freundin ist übrigens Mary Ellen Dunne«, sage ich also. »Wir können die Ladies ja beim Plauschen alleine lassen, während wir nachsehen gehen.«

Jetzt lächelt Chapman. Wußte ich's doch. Ganz freundlich und offen und nett. »Was ist das!« sagt er. »Sie meinen im Ernst, sie gehen mit Mary Ellen Dunne aus?«

»So könnte man es nennen«, sage ich. »Haut Sie das so um?«

»Nein, nein, das nicht. Aber das ist wie so eine Art Gütesiegel auf ihrer Stirn, Mann, wenn Mary Ellen Dunne Ihnen vertraut. In meinen Augen, meine ich. Sie kann den Menschen direkt ins Herz schauen.«

»Wann?« fragt Gloria.

Ich schaue auf die Uhr. »Wie wär's um sechs?« sage ich.

»In Ordnung.«

Ich ziehe jetzt meinen Mantel aus und nehme meinen Hut ab und lege alles auf einen Stuhl. Chapman sieht mir dabei zu, als amüsiert ihn das ebenso wie es ihn verblüfft. Dann kremple ich mir die Ärmel hoch.

»Doch nicht mit Ihrem guten Anzug«, sagt Gloria.

»Meinen Sie das auch im Ernst?« fragt Chapman. »Das ist harte Arbeit, mein Lieber, für einen, der es nicht gewohnt ist.«

»Na und? Sie sind Arzt, sind Sie's gewohnt?«

»Ich habe schon mehr als meinen Teil getan.«

»Meinen Sie vielleicht, ich bin mit der dicken Zigarre im Mund auf die Welt gekommen und mit der Melone aufm Kopp? Zehn Dollar Prämie in der Hand, Stimmzettel in der anderen? Oder was?«

Wie ich Mary sage, Chapman kommt mit seiner Frau zum Essen, lächelt sie und fragt, was ich denn über uns erzählt habe.

»Gar nichts.«

»Sollen wir tun, als wär' nichts?« fragt sie.

»Nein, nein. Ich meine nur, abgesehen von meinem Vater ist es allein meine Sache, wem wir sagen, daß wir zusammenleben. Was meinst du?«

»Ach, weißt du, ob du es ihnen nun sagst oder nicht, Gloria sieht es auf jeden Fall, selbst wenn Dr. Chapman nichts merkt.«

»Doktor? Nennst du ihn so? Soll ich ihn vielleicht auch so anreden?«

»Nun, das ist im Dienst nun mal so üblich, aus Höflichkeit.«

»Weiß ich ja.«

»Aber ich nehme an, wir können ihn Calvin nennen, nachdem es eine private Angelegenheit ist.«

»Gut, du nennst ihn Calvin, ich sage Cal zu ihm«, sage ich.

Sie kommen auf die Minute pünktlich. Gloria hat einen kleinen Blumenstrauß mitgebracht. Chapman kommt mit einer Flasche in einer Papiertüte. Alles ist zufrieden und glücklich. Und gehemmt.

Gloria freut sich, weil, wenn eine Weiße einen Schwarzen heiratet, dann sieht sie so gut wie nur noch Schwarze.

Chapman freut sich, weil er hoffen kann, möglicherweise dauert der Zustand doch nicht ewig, daß die Welt hier schwarz dort weiß eingeteilt ist – wie seit der Zeit, als seine Mutter noch Tag und Nacht Böden und Stiegen putzte, damit er auf die Schule gehen konnte. Vielleicht werden unsere Generation und die danach farbenblind sein. Mary freut sich, weil sie ein Geheimnis hat, von dem sie gerne hätte, daß die ganze Welt es erfährt, und diese Leute hier sehr nette Nachrichtenverbreiter sein werden.

Und ich freue mich auch wie ein Schneekönig, weil alles so ist, als wären wir schon eine ganze Zeit verheiratet, und wir haben es gemütlich und ein paar Leute sind zum Essen da und die Wohnung sieht netter aus als jemals.

»Also, dann essen wir«, sage ich. »Mögt ihr Irish Stew?«

»Ungarisches Gulasch«, korrigiert Mary.

Als er den zweiten Teller leergegessen hat, sagt Chapman: »Bester Eintopf seit langem.«

Auf die Art, scheint's, können sonst getrennte Leute Freunde werden.

Mary denkt gar nicht daran, dazubleiben, als ich dann sage, Chapman und ich wollen noch rüber in den Fünfundzwanzigsten, damit sich Chapman dort mal Ciccone ansehen kann. Und weil wir schließlich Gloria nicht alleine hier sitzen lassen können, fahren wir am Ende alle miteinander in Chapmans Wagen rüber in den Fünfundzwanzigsten. Weil in seinem einfach mehr Platz ist als in meinem. Wobei er ganz schön mutig ist, das zu tun. Einfach durchfahren kann ein Schwarzer in diesem Teil des Fünfundzwanzigsten jederzeit. Aber dann halten und aussteigen, und gar noch, selbst von einer Parkbucht, bis zu einer Tür gehen, ist schon eine weniger gute Idee. Falls überhaupt Folgen mit der Tatsache verbunden sind, wenn eine Stadt einen schwarzen Bürgermeister hat, dann die, daß es dann in gewissen Gegenden und Teilen von Gegenden für Schwarze noch riskanter ist als früher. Mit Addison, dem Zuhälter, ist das etwas anderes; er ist ja nützlich.

In dem Bonbonladen wird am Flipper gespielt, oben

lacht eine Frau kreischend wie ein Papagei. Ich klopfe an Ciccones Wohnungstür.

Die Tür geht auf und wieder kommt eine Hitzewolke wie aus einer Waschküche heraus, die mich fast umhaut. Ciccone steht in der Unterwäsche da.

»Was ist denn jetzt schon wieder los?« schimpft er. »Bin ich eine Kuriosität oder was? Verkaufen Sie doch gleich Eintrittskarten zum Michanglotzen. Und wozu bringen Sie einen Nigger in mein Haus?«

»Wenn Ihnen irgendein Schwarzer einen Zehner für einen Job gibt, haben Sie nichts gegen Farbige.«

»Es war ein Zwanziger«, sagt Ciccone.

»Es war ein Zehner, also erzählen Sie mir nichts«, sage ich.

»Das ist nicht der Mann, den *ich* im Flur sah«, sagt Mary daraufhin.

»Sie haben ein böses Mundwerk«, sagt Gloria.

Daraufhin haut mir Ciccone die Tür vor der Nase zu.

Wir gehen zurück zum Wagen.

»Augenblick«, sage ich. »Ich muß schnell noch jemand oben eine Frage stellen. Wartet ihr mal im Wagen.« Ich sehe Chapman eindringlich an. »Ich meine damit, *im* Wagen.«

Oben hat Jessie ihr Adlerauge am Türspion, sobald ich nur klopfe, und macht sofort auf.

»Bin nicht dazugekommen, Sie um den Gefallen zu bitten«, sagt sie.

»Dann tun Sie's doch jetzt.«

»Hab' vergessen, was es war. Aber ich will sehen, ob es mir wieder einfällt.«

»Aber Jessie. Sie sammeln Kaugummipapier auf der Straße, und jeden Faden, den Sie finden. Da werden Sie doch nicht einen Gefallen vergessen, den man Ihnen tun kann. Sie meinen, ich bin Ihnen einen schuldig, bloß weil sie mir die Tür öffnen, auch wenn Sie mich um gar keinen Gefallen bitten können. Also schön, Sie haben einen gut. Sie können ihn jederzeit abrufen, innerhalb eines Monats.«

»So wie Sie rumschnüffeln und sich überall einmischen, ist es ganz unsicher, ob Sie noch so lange leben«, sagt Jessie.

»Kommen Sie zur Beerdigung?« frage ich.

»Ich pinkle auf Ihr Grab, daß Sie's wissen«, sagt sie.

Ich gehe den Flur entlang und in Addisons Büro, ohne anzuklopfen. Er grinst gerade eine weiße Nutte an, die auf seinem Schoß sitzt. Er hat seine Hand an ihren Titten.

»Hören Sie damit auf«, sage ich, »ich muß Ihnen eine Frage stellen.«

»Hat Ihnen denn Velletri nicht alles gesagt?«

»Haben Sie neulich abends angerufen?«

Er antwortet nicht, steht aber immerhin auf, so daß die Hure von seinem Schoß rutscht und grade zu tun hat, daß sie nicht hinfällt. Sie schert sich raus, ohne daß er ihr ausdrücklich sagen muß, sie soll sich rausscheren.

»Rufen Sie ihn wieder an?« frage ich.

»Ich habe meine Anweisungen«, sagt er.

»Wie heißt'n das Spiel?«

»Was meinen Sie'n damit?«

»Sie haben schließlich ihren Bruder runtergeschickt, daß er mir Helen Caplets Namen sagt.«

»Mag schon sein, daß Sie das glauben, aber wie kommen Sie darauf?« sagt er.

»Weil vielleicht Sie selbst es sind, der sein reines Herz an eine Nutte verloren hat.«

»Sie spinnen doch, Flannery.«

»Und was ist mit der anderen Sache, die Sie mir erzählt haben?«

»Was für 'ne Sache?«

»Na, die Kugel in Helen Caplets Brust.«

»Ach Gott«, sagt er und läßt mich sein superweißes

Waschmittel-Lächeln sehen, »Sie wollen mich doch bloß reinlegen. Von mir erfahren Sie nichts.«

»Ich sage Ihnen mal was. Ich habe ein Gehör wie ein Musiker. Ich spiele sogar selbst die Harmonika. Ich verstehe Ihren Namen sogar, wenn Sie flüstern. Aber es ist mir tatsächlich erst eingefallen, wie ich grade da unten stand. Das waren Sie, am Telefon.«

Er steht auf und zeigt mir deutlich, wie ich und meine Tricks ihn langweilen. »Wissen sie was?« sagt er und wedelt mit seiner rosa Handfläche vor meinem Gesicht herum. »Denken Sie doch, was Sie wollen.«

»Eine Frage noch.«

»Ich habe keine Antworten für Sie.«

»Gefallen gegen Gefallen. Sie beantworten meine Frage. Und ich sage Velletri nichts davon, daß Sie nach beiden Seiten flüstern.«

Er starrt mich an, als bin ich der Dreck auf seinen Schuhen, den er wegwischen wird, eines Tages. »Sie haben, scheint's, immer noch Wachs in den Ohren. Ich habe Ihnen deshalb nichts über eine Kugel in Helen gesagt, weil ich nichts von einer Kugel in Helen weiß.«

»Da gibt es einen gewissen Joe Asbach . . .«

»Richtig. Ein Kunde. Der kommt ab und zu.«

»Ist er wirklich nur ein Kunde? Oder mehr?«

Addison macht auch diesen Trick mit dem Hochziehen der Augenbraue.

»Können Ihre Kunden auch Mädchen mitnehmen, wenn die einverstanden sind?« frage ich.

»Sie können tun, was sie wollen. Hören Sie schlecht? Weiße Sklaverei gibt's spätestens seit den dreißiger Jahren nicht mehr, wußten Sie das nicht?«

»Wer war das Mädchen, das er an dem Tag, als die Bombe hoch ging, bei sich hatte?«

»Mavis Concord. Die ich eben hier auf dem Schoß hatte.«

Ich drehe mich um, als hoffte ich, sie stünde in der Ecke, damit ich gleich mit ihr reden kann.

»Nein, nein, die ist schon weg, Flannery. Schon lange.«

Wieder zu Hause trinken wir Kaffee und essen Kuchen. Gloria und Mary tun miteinander, als wären sie schon Schwestern. Chapman und ich sind zwar noch nicht wie Brüder, aber es ist eine angenehme Atmosphäre in der Küche, weil wir mögen, wie der andere ist.

Immer mal wieder kommt Glorias Hand zu Chapman rüber und faßt ihn an, als will sie ihm zeigen, ich bin da. Und Mary fängt an und macht genau das gleiche bei mir; als wenn sie genau die gleiche Absicht hat.

Ich sehe in Chapmans schwarzes Gesicht und in Glorias hübsches weißes und frage mich, warum es eigentlich diesen ganzen Mist gibt. Haben die Menschen noch nicht genug Gründe, einander umzubringen? Müssen sie es auch wegen der Hautfarbe tun oder wegen der Sprache oder wegen ihrem lieben Gott gegen den lieben Gott der anderen?

Grade, wie sie am Gehen sind, kommt mein alter Herr hereingeschneit. Er gibt Chapman die Hand und sieht ihm tief ins Auge und versprüht scheibendick Charme an Gloria.

Als die Tür hinter ihnen zu ist und Mary draußen in der Küche das Geschirr ins Spülbecken schichtet, sagt er: »Wieso holst du dir einen Nigger ins Haus, sag' mal?«

Ich starre ihn eine ganze Weile völlig perplex an, als sehe ich ihn zum ersten Mal. »Wie kommst du denn nur dazu, solche Sachen zu sagen?«

»Das kann ich dir genau sagen. Wie ich noch bei der Feuerwehr war und wir in die Negerviertel mußten oder im Sommer die Hydranten immer abdrehen, die sie immer aufgedreht hatten . . .«

». . . damit sie etwas Kühlung vor der verdammten Sonne bekamen . . .«

». . . ja, wenn sie nur kühl geworden wären, wozu sie ein Recht haben, sicher«, sagt mein Vater unbeirrt weiter und sieht mich ziemlich von oben her an. »Aber immer hat mich mein damaliger direkter Vorgesetzter, Willy Hanrahan, der jetzt auch schon zwanzig Jahre tot ist – Gott sei seiner Seele gnädig –, er hat mich gewarnt, daß ich mich ja vorsehe und mich nicht irgendwo schneide, weil ich mir sonst von diesen Leuten alle möglichen Geschlechtskrankheiten hole, die sie dauernd haben.«

»Das gibt's ja wohl nicht, o Gott!« sage ich. Was, bitte, soll man sonst sagen, wenn einem jemand so etwas mitten ins Gesicht sagt und man an seinem Gesicht sieht, daß er das tatsächlich ernst meint?

»Nimm Seinen Namen nicht in den Mund, wenn es nicht sein muß!« sagt mein Alter aber auch noch.

»Ich rufe ihn an, damit er die Bigotten rettet!« sage ich daraufhin. »Außerdem, was redest du da herum, daß du die Schwarzen nicht leiden kannst? Und wer war die ganzen vierzig Jahre bei deiner Feuerwehr da drüben dein bester Freund? Kein anderer doch als der Hausmeister. Amos Washington. Und mit wem hast du Stunden und Stunden verquatscht, wenn er seinen Karren rumschob und Trödel sammelte? Mit Whistling – Sam und keinem anderen.«

»Das war ganz was anderes mit den beiden – Gott hab' sie selig alle zwei –, verstehst du? Erstens war Amos der beste Christ, den ich je kannte, und zweitens hat Sam mit seiner Trödelsammelei es geschafft, drei Kinder durchs College zu bringen. Mit seinem Karren. Nicht einem Truck. Nicht mit einem Gaul und einem Fuhrwerk. Nein, mit einem gottverdammten einfachen Karren zum Schieben. Und obendrein hatte er die Arthritis. Manchmal war es so schlimm, daß er sogar vor mir vor Schmerzen weinte.«

»Drei Kinder durchs College?« sage ich.

»Genau. Einer Rechtsanwalt, einer Collegeprofessor, einer Arzt.«

»Sieh mal an. Calvin ist auch Arzt«, sage ich.

»Fängst du schon wieder an?« sagt mein Alter in einem Ton, als sei das ein Beweis für das, worum es ihm geht. Das aber ist etwas, was ich schon längst wieder vergessen hatte.

»Du kennst doch diesen Feuerwehrmann Warnoski?« sagt er nun nämlich, um mir keine Zeit zu lassen, darüber nachzudenken, wie toll er meine Argumentation zur Sau gemacht hat. »Heute früh habe ich mit deinem Vorgesetzten Delvin gesprochen. Er hat mir erzählt, wie absolut toll du dich für diesen Diener der Öffentlichkeit eingesetzt hast, der mit dem Auto in den Fluß gefahren ist und dabei zu Tode gekommen ist. Weil er eiligst einem Alarmruf folgen will. Und sein Reifen platzt ihm, weil er heftig einem Kind ausweichen will, das plötzlich über die Straße läuft. Und er hat es dem Commissioner vorgelegt. Und sie geben Warnowskis Witwe jetzt nicht nur die volle Pension, sondern er kriegt auch eine Belobigung, die der Bürgermeister unterschreibt. Und es ist sogar die Rede davon, daß Warnowski Feuerwehrmann des Jahres wird.«

14

Wie ich aufstehe, ist Mary schon weg, zur Arbeit im Hospital. Drunten vor Pakulas Lebensmittelladen wartet ein dicker schwarzer Sedan. An der vorderen und hinteren Stoßstange hängen zwei Gorillas herum, mir persönlich bekannt als Ginger und Finks. Der eine mit dünnem Lippenbärtchen, der andere ohne. Ich warte gar nicht erst lange auf die Einladung. Ich gehe einfach runter, mache die Tür auf und steige ein.

»Immer flink, was, Jimmy?« sagt Finks.

»Habe ich Ihnen erlaubt, mich mit dem Vornamen anzureden?« sage ich.

»Mr. Flannery«, sagt er daraufhin, »Sie haben mehr im Schwanz als im Hirn.«

Vito Velletri, der große Meister des Fünfundzwanzigsten, hat ein Büro, das aussieht wie das eines Präsidenten einer Versicherungsgesellschaft. Holzgetäfelt und poliert, so dicke Teppiche und Kupferlampen. Die Vorhänge an den Fenstern verdecken eine häßliche Aussicht und sind außerdem aus rotem Samt. So.

Und Velletri selbst? Der sieht aus wie ein Monsignore aus dem Vatikan, ungelogen. Klein, wie aus dem Ei gepellt. Ruhige Hände wie eine Nonne und das natürliche Selbstbewußtsein eines Kardinals. Er ist vor zirka sechzig Jahren in Sizilien auf die Welt gekommen, hat also einen sanft und glatt abgerundeten Akzent. Außer, wenn er wütend ist. Dann hat er ein Mundwerk wie ein Matrose. Aber sonst hebt Velletri seine Stimme niemals über ein etwas lauteres Flüstern hinaus. Nicht mal die Gentlemen aus der Unterwelt wagen es, grob mit ihm umzugehen. Er ist eben ein Diplomat. Er ist ein guter Hirte seiner Schafe.

Velletri ist kein Krimineller, obwohl man ihn regelmäßig jedes Wahljahr beschuldigt, daß er sich der Unterwelt bedient. Er hat zugesagt, daß der Fünfundzwanzigste bei den 83er Vorwahlen natürlich an Richard Daley junior geht. Aber dann hat ihn sich der schwarze Kandidat geholt. Wahrscheinlich zum ersten Mal in seinem Leben ist er auf diese Weise mit den wirklichen Tatsachen konfrontiert worden. Die Schwarzen, die alle die Jahre geduldig und still waren, als die Weißen auch in den schwarzen Gegenden alle Jobs Weißen gaben, haben mittlerweile geduldig und still Babies produziert und schwarze Einwanderer aus anderen Teilen der Stadt und selbst aus anderen Staaten blockweise übernommen. Und plötzlich war dann der Fünfundzwanzigste schwarz, und jetzt weiß er es wenigstens endlich. Daher Typen wie Addison. Velletri richtet sich auf die Verhältnisse ein, aber man munkelt, daß es ihm keinen rechten Spaß mehr macht. Die Maschinerie beginnt rostig zu werden und schadhaft, und vielleicht ist es doch besser, man gibt das Steuer freiwillig aus der Hand, ehe einem alles unterm Hintern explodiert und man sich im Dreck wiederfindet.

Nur, Macht ist halt eine harte Droge, man kommt verdammt schwer von ihr wieder runter. Die härteste überhaupt. Und solange er sie denn überhaupt noch hat, will er sie auch benutzen. Und will Gefälligkeiten erweisen. Er möchte, daß die Leute dadurch in seiner Schuld stehen, obwohl er vermutlich niemals in die Lage kommen wird, ihre Gegenleistungen einzufordern – weder durch Wählerstimmen noch durch direkte Gegengefälligkeiten. Er trifft sich zu Fastenfrühstücken mit dem Kardinal und zu Spaghettifestfressen mit den Gangsterbossen, so ist das.

Denn selbstverständlich hat er Verbindungen zur Unterwelt. Jeder, der in Chicago mit Politik zu tun hat, hat sie, und muß sie haben. Mehr noch, schlechterdings ein jeder in der Society von Chicago muß das. Wie sollte das auch ohne gehen, wenn man im öffentlichen oder im Geldwesen tätig ist?

»Wieso kommen Sie ohne meine Erlaubnis in mein Revier, Mr. Flannery?« fragt er mich.

Es gefällt mir nicht, daß er mich Mr. Flannery nennt. Schließlich kennt mein alter Herr ihn schon eine ziemliche Zeit, und ich selbst kenne ihn auch schon, seit ich zwanzig bin. Gut, wir treffen uns nicht gleich regelmäßig zum Essen, aber immerhin haben wir schon gemeinsam Brot und Salz bei allen möglichen Hochzeiten, Taufen und Geldbeschaffungsveranstaltungen geteilt. Es wäre also angebracht, daß er etwas persönlicher mit mir umgeht. Was er aber nicht tut. Folglich meint er es wirklich ernst. Dienst ist Dienst und Schnaps ist Schnaps.

»Mr. Velletri, in meinem Distrikt ist etwas passiert, in das jemand aus dem Ihren verwickelt ist.«

»Mr. Ciccone, meinen Sie?«

»Ja, Ciccone. Und ein Zuhälter, der seinen Betrieb direkt über ihm hat.«

»Mr. Addison, meinen Sie?«

»Eben den. Und ein Mädchen, das sich von Zeit zu Zeit in seinem Etablissement betätigt hat.«

»Miss Caplet, meinen Sie?«

»Richtig. Und sie war das Mädchen, das drüben in der Sperry Avenue in die Luft geflogen ist.«

»Sie war das Opfer«, sagt Velletri. »Und wenn wir sagen, jemand sei in etwas verwickelt, meinen wir üblicherweise dies nicht damit.«

»Sie ist noch mehr darin verwickelt, als wir üblicherweise mit verwickelt meinen. Sie ist darüber in die Luft geflogen.«

»Nun ja, dieser Joe Asbach ist eben ein Fanatiker.«

»Und die Polizei hat ihn ohne jede Kaution laufen lassen. Das hat er mir selbst gesagt, stolz wie der Gockel auf dem Mist.«

»Gott, die Polizei hält ihn an der langen Leine, das ist alles.«

Darauf kann ich nur mit den Schultern zucken. Was soll man dazu schon groß sagen? Soll ich ihm vielleicht auch noch zustimmen, daß die Polizei ganz ungeheuer clever ist, und sich sehr profihaft verhält? Soll ich ihm vielleicht erzählen, daß ich im Leichenschauhaus war und die Schußwunde in Helen Caplet gesehen habe? Und daß die dazugehörige Kugel verschwunden ist, samt dem Autopsiebericht? Und wenn man nicht scharf aufpaßt, womöglich demnächst auch noch Helen Caplet selbst? Vielleicht ebenfalls verlorengegangen, oder verirrt, oder gestohlen? Soll ich ihm erzählen, daß dieses Mädchen ganz kaltblütig ermordet worden ist, weil sie eine ganze Menge mehr ›verwickelt‹ war, als was wir üblicherweise meinen, wenn wir verwickelt sagen?

»Es ist durch nichts bewiesen, daß diese Helen Caplet, wenn sie also so hieß, in meinem Bezirk wohnte«, sagt Velletri.

»Jedenfalls hat sie in Ihrem Bezirk von Zeit zu Zeit gearbeitet, Mr. Velletri«, erkläre ich. »Und ich habe keinen anderen Ansatzpunkt als den Fünfundzwanzigsten, um nach den Leuten dieses Mädchens zu suchen.«

»Das verstehe ich«, stimmt er mir bereitwillig zu. »Was ich jedoch nicht verstehe, ist, aus welchem Grund Sie sich so wegen einer kleinen Hure engagieren, die nicht mal zu Ihren Leuten gehörte.«

»Weil sie in meinem Bezirk starb – ich wollte sagen, ermordet wurde, deshalb.«

»Ach so, der Ruf Ihres Hauses. Verstehe ich, ja. Verstehe ich ebenfalls. Nur, was genau haben Sie denn dabei im Auge? Sind Sie Robin Hood, der Rächer der Entehrten? Falls das Ihr Motiv ist, junger Mann: dafür sind Sie gar nicht zuständig. Es liegt in der alleinigen Kompetenz der Familie des Mädchens. Und wenn sie keine hat, der des Gesetzes. Und wenn nicht in dessen, dann in meiner.«

»Es geht mir nicht um Rache«, sage ich daraufhin. »Auf diese Art beginnen schließlich alle Kriege. Ich bin durchaus für Gefälligkeit gegen Gefälligkeit. Aber das heißt nicht, auch für Blut gegen Blut. Nein, Mr. Velletri, mir geht es nicht einmal um Rache für die alte Dame, die tatsächlich eine von meinen Leuten war und nie irgend jemandem etwas zuleide getan hatte. Sie geriet völlig unschuldig in diese Sache, und ich betrauere ihren Tod sehr. Aber nicht im Traum denke ich nun daran, ihren Mörder zu jagen. Ich möchte lediglich, daß irgend jemand damit beauftragt wird, diese beiden Morde aufzuklären. Weil ich nicht möchte, daß die Leute glauben, jeder, dem es einfällt, kann in meinen Bezirk reinlaufen und tun, was ihm grade paßt. Außerdem –«

»Können wir vielleicht zu Helen Caplet zurückkommen?«

»Ich bin ja dabei. Ich will ihre Familie ausfindig machen. Wenn sie keine hat oder sonst niemand auffindbar ist, möchte ich nicht, daß sie in der Armenecke der Namenlosen verscharrt wird. Für diesen Fall übernehme ich sie und sorge für ein anständiges Begräbnis mit allem, was dazugehört. Samt einem ordentlichen Grabstein.«

»Sehr edelmütig«, sagt Velletri, »aber wollen Sie das bitte mir überlassen. Sie haben dieses Mädchen zu Ihrem Fall gemacht. Aber bis – und falls – wir herausfinden, daß sie tatsächlich woanders lebte, hat sie für mich in meinem Bezirk hier gelebt, und der Fünfundzwanzigste wird folglich schon dafür sorgen, daß Recht geschieht. Und damit dürften alle Erörterungen über Ihre Ausflüge in meinen Distrikt erledigt sein. Womit ich nicht gesagt haben möchte, daß Sie, in anderen Angelegenheiten, hier nicht durchaus willkommen wären.«

Mit anderen Worten, ich soll mich gefälligst verziehen.

Ich bin bereits an der Tür, als er noch sagt: »Jimmy! Habe ich dein Wort, daß du die Sache mir überläßt?«

Ich überlege ein wenig. Eigentlich bin ich da nicht so sicher. Er hat mir ausdrücklich gedroht, mich nicht um Dinge im Fünfundzwanzigsten zu kümmern. Gut, er hat das Recht dazu. Es ist immerhin sein Revier. Aber Tatsache ist nun einmal auch, daß jemand in meinem Revier einen Mord begangen hat. Und ich mir nach wie vor nicht so sicher bin, daß ich da wirklich einfach Fünfe grade sein lassen kann.

»Geben Sie mir Bedenkzeit, Mr. Velletri«, sage ich also.

Velletri sieht mich an, dann nickt er langsam und gravitätisch. Als segnete er mich väterlich. Oder aber überlegte, welches meiner Beine er mir brechen sollte.

Am Abend erzähle ich Mary alles.

»Und, tust du's?« fragt sie.

»Was?«

»Was Velletri will, natürlich.«

In meinem folgenden Schweigen liest sie wie in einem offenen Buch.

»Bist du denn nicht damit zufrieden, daß du immerhin getan hast, was du konntest?«

»Was meinst du denn dazu?«

»Was ich meine? Ich denke, daß du alles getan hast, was du nur tun konntest. Entweder kommt Helen Caplet in die Vermißtenfahndung, oder nicht. Beides fällt es in die Zuständigkeit von jemand anderem.«

»Da ist ja auch noch Mrs. Klutzman.«

»Die liegt unter der Erde. Du kannst mir dann und wann Geschichten von ihr erzählen, das ist in Ordnung. Ich weiß ja, daß die Leute in deinem Distrikt deine Familie sind, deine Kinder. Und das ist auch das Beste, was du für sie tun kannst.«

»Findest du es in Ordnung, daß Leute, die Bomben schmeißen, ungeschoren davonkommen?«

»Natürlich nicht. Es ist besonders dann nicht in Ordnung, wenn Leute Gewaltakte verüben, die die ganze Zeit mit der Parole herumrennen und demonstrieren, daß Gewalt gegen ungeborene Kinder verhindert werden müsse. Aber sind sie schlechte Menschen? Ich weiß nicht. Sie tun unrecht, sicher. Oder sind im Irrtum befangen, möglicherweise. Aber ob sie schlecht sind, möchte ich nicht beurteilen. Und wenn sie eine Bombe legen, die zur unrechten Zeit losgeht, nämlich, wenn noch immer Leute in der Klinik sind, dann kann ich mir durchaus vorstellen, daß sogar Richter und Geschworene heftig darüber nachdenken müssen, wie man sie nun dafür bestrafen soll. Ich würd's wahrscheinlich ebenso.«

Ich erzähle ihr nicht, daß der Zünder für die Bombe einfach nur ein sich aufdrehendes Gummiband war und nicht etwa ein präzises Uhrwerk, das man immerhin auf eine bestimmte Stunde hätte einstellen können, zu der keine Menschen mehr in der Klinik gewesen wären. Und daß die Bombe einfach nur das Ablenkungsmanöver für die Kugel war. Eine richtige Schnapsidee. Und dann paßte der Bombenleger auch noch nicht auf und deshalb mußte eine alte Frau, die nur ein wenig ihre Hilfe zur Verfügung stellen wollte, sterben. Ganz abgesehen davon, daß es Mary selbst ja auch leicht hätte erwischen können.

»Schließlich bist du kein Bulle«, sagt Mary.

»Ja, du hast ja recht«, sage ich.

Ich suche Pescaro und laufe ihm zufällig drüben in einem Delikatessenladen auf der Powell in die Arme. Er ißt grade ein Pastrami mit warmen Pickles, die sie ihm im Dampfbad heiß gemacht haben. Außer von Pescaro habe ich so etwas noch nie von irgendwem erlebt oder gehört. So was macht ihn richtig nachdenklich.

»Darf ich mich dazusetzen?« frage ich.

»Sicher«, sagt er. »Von mir aus können Sie was essen, wenn Sie wollen. Solange ich nicht dafür bezahlen muß.«

»Warum haben Sie Joe Asbach laufen lassen?«

»Weil wir nichts gegen ihn in der Hand haben. Er hat ein bombensicheres Alibi. Das können Sie wörtlich nehmen. Bombensicher. Er hat eine Augenzeugin dafür . . .«

»Eine Nutte.«

». . . eine professionelle Dame, die jedenfalls schwört, daß sie zur Tatzeit bei ihm war. Und eben diese professionelle Dame hat außerdem Freunde, die auf ihre Ehrlichkeit jeden Eid leisten. Sie sagen, sie macht vielleicht manchen Blödsinn und führt sich auf, aber lügen tut sie niemals.«

»Wer sind denn diese Freunde?«

»Nicht mal bei Beugehaft würden Sie das aus mir rauskriegen«, sagt Pescaro aber nur. »Nun seien Sie doch mal vernünftig. Was hoffen Sie denn wirklich für Beweise dafür zu finden, daß dieser Asbach die Bombe auf dem Kerbholz hat?«

»Na, man könnte doch diese Leute . . .«

». . . oder einen davon?«

». . . vorladen und verhören.«

»Ich sage Ihnen doch, wir haben rein nichts in der Hand. Lassen Sie es doch dabei bewenden. Und mehr habe ich mit Ihnen nun nicht mehr zu bereden, sofern dieses Thema Ihr einziges Gesprächsthema ist.«

»Da müssen Sie schon Nachsicht mit mir haben«, sage ich. »Sie wissen doch, Iren sind neugierig wie Katzen. Ich habe Sie auch gar nicht gesucht, um Ihnen Fragen zu stellen. Velletri hat bereits mit mir gesprochen und mir klargemacht, daß er sich persönlich um diese Morde kümmern wird. Er hat gesagt, er sorgt schon dafür, daß dem Recht Genüge getan wird.«

Ich beobachte Pescaro dabei wie einen Vogel mit einem Wurm. Aber er zuckt mit keiner Wimper. »Ich bin an dem Thema also gar nicht mehr interessiert«, sage ich.

»Warum rücken Sie mir dann sogar noch beim Essen auf die Pelle?«

»Um Ihnen für Ihre Gefälligkeit zu danken.«

»Ich habe Ihnen eine Gefälligkeit erwiesen?«

»Als ich Ihnen das Messer brachte, haben Sie der Klinik auf der Sperry Ihre besondere Aufmerksamkeit angedeihen lassen.«

»Ich habe lediglich angeordnet, daß ab und zu eine Streife dran vorbeifährt.«

»Ich meine den Mann drinnen.«

»Ich habe keinen Mann hineingeschickt.«

»Er hatte aber eine Dienstmarke.«

»Ach Gott. Geben Sie mir einen Zehner und ich kaufe Ihnen eine solche Marke in jedem Kostümverleih«, sagt Pescaro. »Wollen Sie einen Pickle?«

Ich schneide nur ein Gesicht.

»Was für eine Marke?« fragt er.

Ich sehe ihn wieder nur an.

»Hören Sie mal, Sie großer Privatdetektiv«, sagt er, »das kann irgendeine gewesen sein. Hilfssheriff oder was weiß ich. Oder vielleicht eine Mickymausmarke.«

Wie ich heimkomme, macht Mary grade Abendessen.

»Alle die Jahre jetzt«, sage ich, »habe ich nur in Kneipen gegessen oder aus der Konservendose. Ich weiß nicht, ob ich so richtige Hausmannskost überhaupt noch vertrage.«

»Das riskiere ich«, sagt sie. »Ich mache dich schon gesund.«

Ich trete näher und lege die Arme um sie und strecke meine Nase in ihren Hals und sage: »Ich fresse gleich dich zum Abendessen.«

»Ich bin kein Abendessen, sondern ein Imbiß zur späten Nacht«, sagt sie.

»Beantwortest du mir mal eine Frage?«

»Nur zu.«

»Denke nicht groß drüber nach. Sage einfach ganz spontan, was dir dazu einfällt.«

»Ja?«

»Du bist also im Korridor und dieser Kerl, der sich als Bulle ausgibt, zieht seine Marke.«

»Stimmt.«

»Was für eine Marke?«

»Vom Sheriff«, sagt sie, ohne nur einen Augenblick zu zögern. Dann sieht sie drein, als sei sie jetzt selbst über diese Tatsache ziemlich überrascht.

»War sie in irgendwas drin, die Marke?«

»In so einer Lederklapptasche, in der die Leute ihren Ausweis haben. So eines von den Dingern, weißt du, die man so mit einem Griff aus der Tasche ziehen und gleichzeitig aufflippen kann, bittesehrhiermeinausweis.«

»Und die Nummer der Marke?«

»Zwei . . . nein, die zwei war in der Mitte.«

»Wieviele Ziffern?«

»Irgendwas zwei irgendwas. Drei. Glaube ich.«

Ich zwicke sie.

»He, laß mich nachdenken. Vielleicht geht's noch besser.«

»Glaub' ich nicht. Bei dieser Methode klappt es nur entweder sofort auf Anhieb ohne Nachdenken, oder gar nicht.«

»Worum geht's denn eigentlich?«

»Ich glaubte, dieser Kerl, mit dem du da im Korridor geredet hast, sei ein Stadtpolizist, den der Captain hingeschickt hatte. War er aber nicht.«

»Ein Schwindler?«

»Nein, glaube ich nicht. Pescaro murmelte was, daß er so eine Marke überall für zehn Piepen kriegt. Aber ich glaube, der Bursche zog einfach irgendwas, was er ohnehin bei sich hatte, heraus und hielt es dir unter die Nase, als du in ihn reingerannt bist.«

Nach dem Essen sagt Mary, sie will mal rüber in die Benjamin Alley in ihre eigene Wohnung und noch ein paar von ihren Sachen holen.

»Warum nicht gleich alles?« frage ich.

»Und wohin damit hier?«

»Einen Teil deiner Möbel können wir einlagern. Der Rest könnte hier rein. Warum doppelt Miete zahlen?«

»Moment«, sagt sie, »haltstopp. Schließlich sind wir immer noch in der Probezeit, ja? Und die Miete ist nicht das Problem. Ich hab' untervermietet. Eine neue Schwester bei uns in der Klinik brauchte dringend eine Wohnung. Da überließ ich sie ihr, solange, bis wir hier klar sind. Oder nicht.«

»Ich komme mit«, sage ich.

»Wozu? Das kann Stunden dauern, bis ich alles mögliche zusammengesucht habe.«

»Und wie willst du die schweren Stücke transportiern?«

»Na, hör' mal, ich bin doch keine kleine Meise . . .«

»Eine was?«

»Und Joan ist auch kein klein Vögelchen.«

»Nein, nein, ich komme mit«, beharre ich, »ich lasse dich nicht spätabends alleine herumlaufen.«

»Ich habe eine ganze Weile durchaus allein gelebt.«

»Aber jetzt nicht mehr.«

Während Mary ihren Mantel holt und ich auf der Suche nach dem meinen bin, klopft es an der Tür. Ich mache auf, draußen steht Pakula mit irgendwelchen Formularen in der Hand.

»Tut mir leid, wenn ich störe«, sagt er, mit Blick auf Mary, stellt aber keine weiteren Fragen und enthält sich auch jeden Kommentars – bis hin zum nicht mal Hallo sagen; als wäre sie überhaupt nicht vorhanden, solange ich sie nicht ausdrücklich erwähne. » – aber irgendein Kreissteuermensch schickt mir dieses Zeug da. Ich habe keine Ahnung, was das ist und was ich tun soll. Könnten Sie mir da helfen?«

»Sicher, er hilft Ihnen«, sagt Mary sofort.

»Joseph Pakula.«

». . . Mr. Pakula.«

»Ihm gehört der Laden unten«, sage ich zur Erläuterung.

»Ich bin Mary Ellen Dunne. Ich glaube, wir haben uns schon gesehen. Als ich einkaufte.«

»Joe, ich glaube, jetzt –«

»James hilft Ihnen selbstverständlich gern«, fällt mir Mary ins Wort. »Das ist ja gerade seine Stärke.«

Sie küßt mich und Pakula wird darüber ganz rot, und weg ist sie.

»Tolle Frau!« sagt Pakula voller Bewunderung.

Die Formulare sind der übliche Papierkram, der ständig mehr wissen will, als wirklich nötig ist, seitenlang, daß kein Mensch mehr dazu kommt, seinem Verdienst nachzugehen. Wir sitzen noch keine zehn Minuten darüber, als das Telefon klingelt. Irgendwie läuft es mir sogleich kalt den Rücken runter und stellen sich mir die Nackenhaare auf. Über einem Grab tanzen irische Totengeister.

Marys Stimme kommt sehr gepreßt.

»Komm rüber zu mir, James. Sofort. Bitte.«

»Was ist los, Mary?« sage ich, und mein Herz schlägt mir auf einmal bis zum Hals.

»Ich bin nicht verletzt, es ist alles in Ordnung mit mir. Ich kann dir nichts erzählen. Du mußt es selbst sehen. Bitte, komm. So schnell es geht. Bitte.«

15

Ich habe ein rotes Blinklicht mit einem Magneten unten, das man aufs Autodach stellen kann, wenn ich mal so fahren will, wie ich normalerweise nicht fahre. Ich habe auch eine Sirene unter der Motorhaube. Auch die benütze ich höchstens zwei- oder dreimal im Jahr. Jetzt benütze ich beide Dinger und bin in kaum drei Minuten bei Mary drüben und renne die Treppe hinauf. Die Tür ist nicht verriegelt und steht sogar einen Spalt offen. Ich bin so verschreckt, daß ich ihr deswegen den Kopf ordentlich waschen will. Man läßt doch die Tür nicht unverriegelt, geschweige direkt offen, ganz gleich, was drinnen los ist. Es laufen schließlich genug Verrückte in dieser Stadt herum.

Ich stoße die Tür auf. Mitten auf dem Teppich in der Mitte des Zimmers liegt eine Frau. Ihre Haarfarbe ist fast die gleiche wie die von Mary. Auch sonst hat sie ungefähr ihre Figur. Sie hat eine weiße Schwesterntracht an, die allerdings vorne voller Blut ist. Ihr Kopf ist zur Seite gedreht, von mir weg. Ein Arm liegt oben, die Hand eingebogen. So wie Babys schlafen.

Mary sitzt davor auf der Tagesdecke des Bettes und hat die Beine hochgezogen. Sie hat sich selbst im Arm und starrt mit leerem Blick zum Fenster hinaus. Sie ist starr wie eine Statue.

»Mary«, sage ich.

Sie sieht mich an, und eine Sekunde lang sieht sie so verängstigt aus, wie ich noch nie wen gesehen habe. Dann verliert sie die Fassung und heult los wie ein Schloßhund.

Ich mache vorsichtig einen Kreis um die tote Frau und nehme Mary in die Arme. Ich habe einen solchen Zorn auf den Kerl, der das getan hat, daß ich mich fühle, als sei ein Riesenballon in meiner Brust, der rasch anschwillt wie verrückt, so daß ich gleich platzen werde. Meine Augenlider sind schon wie Feuer.

Mary heult schreiend wie ein arabisches Klageweib, so ganz hoch und auf und ab. Wie ein Hund. Oder ein Mensch, der furchtbare Schmerzen erleidet. Durchdringend, rauf und runter wie eine Sirene. In der Tür laufen bereits andere Leute von der Etage zusammen. Sie sind angezogen, wie man eben abends zu Hause angezogen ist, im Pulli, oder im Unterhemd oder im Bademantel. Wieso nehme ich das überhaupt alles so genau wahr, während sich mein Mädchen die Lunge aus dem Leib schreit?

Mein Blick begegnet dem eines großgewachsenen Mannes mit dem hunde- oder pferdelangen Gesicht eines Beerdigungsunternehmers.

»Können Sie die Polizei anrufen?« sage ich.

Er nickt und geht. Die anderen stehen weiter da wie eine Mauer und gaffen. Mary hört nach einer Weile zu heulen auf und schnieft nur noch, bis es ganz vorbei ist.

»Wieso habe ich das gemacht?« sagt sie und ihre Stimme ist wie ein Reibeisen.

»Den Kummer«, sage ich.

»Ich kannte sie doch kaum.«

»Man beweint jemand. Aber in Wirklichkeit sich selbst. Du willst es zwar von dir wegschieben, aber du weißt, du selbst könntest es sein, die da liegt.«

Ich sage das nicht, weil ich sie noch zusätzlich verschrecken will. Aber ich will und muß ihr klarmachen, daß die Frau, der sie ihre Wohnung untervermietet hat, tatsächlich irrtümlich umgekommen ist. Und daß dies kein zufälliger Mord von einem ist, der einfach irgendwo reinrannte, irgendein Verrückter oder Blödian, der ein bißchen Amok lief.

»Das galt in Wirklichkeit dir«, sage ich knüppelhart.

Ich mache ihr das klar, weil vorsätzlicher Mord etwas ist, was einem Anhaltspunkt gibt, während irgendein Amok-Zufallsmord wie ein Blitz aus heiterem Himmel kommt. Und wie kriegt man einen Blitz zu fassen? Woher soll man wissen, ob oder wann er noch einmal niederfährt?

Sie starrt mich an und nickt und ihr Mund wird ganz ruhig. Sie hat sich wieder in der Gewalt. Und ich bin schließlich auch da.

»Was hat es zu bedeuten?« fragt sie.

»Was schon«, sage ich. »Man hat mich gewarnt, die Finger von der Sache zu lassen. Zweimal bin ich gewarnt worden. Aber ich löchere die Leute immer noch mit Fragen. Man hat mich mit dir gesehen. Wer aber weiß von unseren persönlichen Beziehungen? Vielleicht denkt wer, ich habe mich an dich rangemacht, damit du dich an irgendwas erinnerst, das du zwar gesehen, aber vergessen hast. Oder gehört. Vielleicht hängt es auch nur damit zusammen, daß du den Kerl mit dem Ausweis gesehen hast.«

»Ich weiß überhaupt von nichts, das ich weiß und nicht mehr weiß«, sagt sie, und wenn man es genau nimmt, ist das sicher ein bißchen verquer ausgedrückt.

»Ich bin im Leichenschauhaus gesehen worden. Man hat mich wohl auch in dem Delikatessenladen mit Pescaro reden gesehen. Ich bin beobachtet worden, wie ich diesen Ciccone zu identifizieren versucht habe. Also sind irgendwelche Leute der Ansicht, daß ich, da ich nicht hören will, fühlen muß. Weil ich wohl, glaubt man, meine Finger nicht davon lassen kann. Und man glaubt also, es sei besser zu verhindern, daß es so weit kommt, daß du dich an irgendein Gesicht erinnerst und es mir zeigst.«

Und da kommt bereits Pescaro zur Tür herein, zusammen mit O'Shea und Rourke. Er sieht Mary neben mir stehen und irgendwie sieht er danach etwas erleichtert aus.

Und dann ist die ganze Bude voller Uniformierter, und der Leichenbeschauer höchstpersönlich erscheint und beugt sich über die Tote.

Die Nachbarn werden in ihre Wohnungen gescheucht. »Halten Sie sich zur Verfügung«, sagt ihnen Pescaro lediglich. »Man wird Ihnen allen noch heute abend einige Fragen stellen.«

»Ich muß früh zur Arbeit«, sagt der Mann mit dem langen Gesicht, »ich muß meinen Schlaf haben.«

»Seien Sie froh«, antwortet ihm O'Shea, »die Frau da geht nie mehr zur Arbeit. Sie schläft auf immer und ewig.«

»Bitte«, schaltet sich Rourke ein, »mein Kollege meint

nur, wir bitten Sie um Ihre Mitarbeit. Wir machen so schnell und kurz es geht.«

Pescaro besieht sich die Leiche noch einmal und kommt dann zu Mary und mir herüber. »Ich dachte, es war Ihre Lady, als wir angerufen wurden.«

»Sollte es wohl auch sein.«

»Das haben Sie nun von Ihrer verdammten irischen Neugier!« sagt Pescaro.

»Und ich sage, gottverdammte Untaten und Vertuschungen!« antworte ich ihm.

»Sie wollen sich beschweren? Sie stecken doch mitten drin!«

Und irgendwie hat er ja recht. Ich kann ihm nichts antworten, aber ich denke mir, wie grausam es ist, daß immer wieder gute Arbeit schief geht, und Gutes sich zum Schlechten wendet. Irgendwie habe ich das blöde Gefühl, daß sich die Welt, so jung ich noch bin, verändert hat, als ich grade wegsah.

»Ich bin froh, daß Sie in Ordnung sind«, sagt Pescaro zu Mary.

»Schon gut«, belfere ich, vielleicht ein bißchen zu scharf, »aber meinen Sie nicht auch, daß es *jetzt* vielleicht doch allmählich Zeit wird, nach einem Täter zu fahnden?«

»Hüten Sie Ihre Zunge, Flannery«, sagt er.

»Weil nämlich der, der dies hier getan hat, auch die Bombe auf dem Kerbholz hat«, fahre ich dessenungeachtet fort.

»Das wissen wir noch nicht.«

»Das hätten wir aber wissen können, mein Lieber, wenn wir die Chance gehabt hätten, diese Kugel hier mit der zu vergleichen, die Helen Caplet tötete. Nur leider ist die spurlos verschwunden.«

»Verflucht nochmal, Flannery, halten Sie sich künftig

gefälligst aus dem allem raus!« Er funkelt Mary an. »Schließlich geht es hier nicht nur um Ihren Arsch!«

Ich nehme Mary am Arm und führe sie hinaus, durch die ganze Menge von Bullen, die sich die größte Mühe geben, so zu tun, als sammelten sie ganz wild alle nur vorhandenen Spuren über den Kerl, der daran schuld ist, daß hier eine junge Frau tot auf dem Teppich liegt.

Rourke lehnt draußen im Flur im Türrahmen.

»Vielen Dank, Rourke«, sage ich.

»Ach, bitte, bitte«, sagt er etwas überrascht und unsicher.

»Ich meine das ernst.«

»Wofür denn?«

»Daß Sie mir gesagt haben, daß man eine Kugel in der toten Helen Caplet gefunden hat.«

»Da danken Sie aber dem Falschen«, sagt er.

»Sie wollen also meinen Gutschein gar nicht?«

»Nicht für nichts.«

Mein alter Herr sitzt bei mir zu Hause in der Küche und sieht gut und gern zehn Jahre älter aus als er ist. Der gute Mike war ja nun im Laufe seines Lebens auch in ganz schöne Kämpfe verwickelt, aber nie ging das soweit, daß dabei direkt sein Leben in Gefahr geriet oder das von jemand, der ihm nahestand oder lieb und teuer war. Die ganze Zeit, die wir reden, faßt er immer mal wieder nach Marys Hand und drückt sie. Und er hat eine Menge zu tun, die Tränen zurückzuhalten, die ihm immer wieder kommen wollen.

Er sagt ›der Hurensohn‹ und entschuldigt sich sofort danach bei Mary. Und er sagt ›Jesusmariaundjosef‹ und bekreuzigt sich anschließend.

»Wer es auch war, es wird ja nicht lange dauern, bis er

herausfindet – oder vielleicht weiß er schon – daß Mary Ellen Dunne immer noch lebt«, sagt er.

»Soll ich vielleicht auch noch Marys Unterwäsche zusammen mit meinen Unterhosen hinaushängen«, fahre ich ihn wütend an, »damit ja alle wissen, wir leben zusammen? Oder was?«

Er sieht mich verletzt, aber nachsichtig und vergebend an. Wie eine alte Katze, die man wegen nichts und wieder nichts vom Teppich vor dem Ofen gejagt hat.

»Ich meine . . . wenn sie mit mir zusammenlebt und die sich sorgen, weil sie was auszuplaudern hat, dann wissen sie doch auch, daß das Risiko, daß sie reden könnte, noch weiter zunimmt . . . Und sie haben also um so mehr Grund, noch einmal hinter ihr her zu sein.«

»Du mußt ein Interview für die Zeitung geben«, sagt Mike. »Du bist der Distriktshäuptling der Partei in dem Bezirk, in dem diese schlimmen Dinge passiert sind«, sagt er. »Wir holen uns Delvin, der muß das arrangieren. Und du konstatierst für die ganze Öffentlichkeit, daß es dir äußerst leid tut, was da eine irregeleitete Person in der Klinik angestellt hat, oder mehrere. Ja, daß du sogar überaus aufgebracht bist. Und daß dies eine schlimme Untat war, und daß du für ihre Seelen betest. Und daß du mit dem Personal in der Klinik gesprochen hast, vom Doktor bis zur Schwester, aber auch mit den Demonstranten draußen. Und daß du ganz sicher bist, niemand weiß irgendwas.«

Ich starre meinen Alten an und glaube, ich höre nicht recht. Was er mir da zumutet, ist nichts anderes, als daß ich den, der Helen Caplet und Mrs. Klutzman und jetzt auch noch die arme Schwester in Marys Apartment auf dem Gewissen hat, anbetteln soll, uns nichts zu tun.

»Und dann sagst du auch im Fernsehen in den Sechsuhrnachrichten nochmal das Gleiche und stellst ganz klar, daß sich alle darin einig sind, daß niemand irgendwas weiß.«

»Aber sonst fehlt dir nichts?« sage ich. »Du meinst doch nicht wirklich im Ernst, ich soll vor Leuten in aller Öffentlichkeit in die Knie gehen, die schwangere Mädchen abknallen und alte Damen in die Luft jagen und eine harmlose Schwester einfach niederschießen?«

»Du sagst einfach, du bist zwar der Distriktshäuptling, der sich um sein Viertel und dessen Menschen berechtigte Sorgen macht, aber daß du schließlich kein Polizist bist. Und daß du folglich die ganze Geschichte der dafür auch von Amts wegen zuständigen Polizei überläßt. Und daß du sicher bist und weißt, wenn diese fragliche Person noch in der Stadt ist, daß sie gefangen wird, und zwar von den dafür zuständigen Bullen – Polizisten.«

Und da beuge ich mich über das Wachstuch auf dem Tisch so weit vor, daß ich fast mit dem Kinn auf diesem Tuch liege. Ich möchte sicher sein, daß mein Alter auch genau hört, was ich jetzt zu sagen habe. Und außerdem bin ich so wütend, daß ich fast keine Luft mehr kriege und kaum noch ein Wort raus. Der Geruch des Wachstuchs erinnert mich an meine Kindheit, als ich mich mit dem Kinn immer darauf stützte, wenn meine Mutter – Gott sei ihr gnädig und hab' sie selig! – die Kruste von einem Kuchen abschnitt.

»Jetzt hör' mir mal gut zu. Ich war bereit, die Sache fallen zu lassen. Ich war schon dabei, der ganzen Geschichte von einer Hure, die sich ein Baby aus dem Bauch kratzen lassen wollte, und von einer alten Dame, die ihr dabei nur die Hand halten wollte, den Rücken zu kehren. Weil mich mein Chinamann und noch ein großer, daran interessierter Bonze darum dringend ersucht haben. Aber dann geht der Schweinekerl, der das alles getan hat, ehe ich überhaupt Zeit habe, mich umzudrehen, hin und macht eine Krankenschwester kalt, von der er nur glaubt, sie könnte unter Umständen was ausplaudern. Oder noch schlimmer, sie nehmen sie aufs Korn, weil sie herausgefunden haben, daß sie mir eine ganze Menge bedeutet und daß dies eine gute Gelegenheit wäre, mir eine Lektion zu erteilen, und . . .«

»He, Jimmy«, sagt mein Alter.

»Halt' mal die Luft an«, sagt auch Mary.

»Pescaro hat mich Delvins Hund genannt. Wir selbst, Pap, haben ja auch schon einige Gespräche über dieses Thema gehabt. Ich sagte, ich bin kein Hund. Falsch. Ich bin einer. Ich bin ein Müllplatzhund. Und sie werden sehr bald merken, daß ich auch genauso bösartig wie ein Müllplatzhund sein kann.«

»Schäm' dich«, sagt mein Alter. »Und ich muß mich schämen. Für einen Sohn, der wirklich zu glauben scheint, Mike Flannery wünsche sich einen Sohn, der den Schwanz einzieht und Fersengeld gibt, nachdem jemand versucht, einem, der ihm lieb und teuer ist und nahesteht, Böses anzutun.«

»So, und was hast du mir dann eben die ganze Zeit erzählt?«

»Ich habe gesagt, was du öffentlich sagen sollst! Damit der Schweinekerl, der da rumläuft, sich einen Tag oder zwei beruhigt. Während wir inzwischen herauszufinden versuchen, was herauszufinden ist. Das hab' ich gesagt!«

»Oh, Pap, was bin ich für ein Idiot!« sage ich und lege meinen Kopf ganz auf das Wachstuch des Tisches.

Und Mary legt mir die Hand auf den Kopf und die fühlt sich an wie die meiner Mutter.

16

Ich mache es also und gehe ins Fernsehen und sage mein Sprüchlein auf. Und dann rede ich auch mit den Reportern, in Delvins Büro – er steht dabei in der Ecke und grinst sich eins – und wiederhole es auch ihnen. Und ich hoffe, daß es die beabsichtigte Wirkung hat. Nämlich, daß der, der geglaubt hat, er habe Mary umgebracht, dadurch hoffentlich überzeugt davon wird, wie mächtige Manschetten ich habe.

Nach dem Interview mit den Damen und Herren von der Presse lade ich Jackie Boyle, als gerade niemand hersieht oder sonst lange Ohren macht, zu einem Kaffee ein. Er ist Kolumnist bei der *Sun-Times*, aber nicht so scharf wie seine Kollegen Kupcinet oder Royko, mithin also auch geeigneter für Gegengeschäfte in punkto Gefälligkeiten.

Ich hole eine Handvoll Kleingeld aus der Tasche und spiele damit in den Händen herum. Das meiste sind Nickels.

»Soll das so eine Art Wink mit dem Zaunpfahl sein, oder was?« sagt Boyle.

Ich nehme einen Nickel und lege ihn auf den Tisch zwischen uns. »Ich bin ein armer Mann, aber ich zahle trotzdem immer im voraus.«

»Schön«, sagt er, »falls dies hier kein Nickel ist, was stellt es dann vor?«

»Mein Pfand.«

Er legt einen Finger auf den Nickel und zieht ihn so ungefähr eine Handbreite zu sich hin. Was bedeutet, er legt sich in keiner Weise fest.

»Ich möchte, daß Sie sich die Liste des Sheriffs über

seine Aushilfskräfte sowohl mit Marke wie mit Waffe durchsehen.«

»Also Sie haben nur Rauchzeichen gegeben«, sagt er.

Ich lege noch einen Nickel auf den Tisch. Sein Finger kreist darum herum, aber er rührt ihn nicht an.

»Behalten Sie das für sich. Ich möchte nicht, daß irgendjemand es erfährt. Genau deshalb will ich mir die Liste nicht selbst ansehen.«

Sein Finger macht keinen Mucks. Wir starren uns ein bißchen an.

»Jemand hat versucht, die Frau umzubringen, die mir alles bedeutet«, sage ich.

Sein Finger legt sich auf den Nickel und zieht ihn wie den anderen näher.

»Ist Ihnen klar, daß diese Liste wahrscheinlich verdammt lang ist?«

»Ach, wissen Sie, an sich interessieren mich eigentlich nur die Namen aus Velletris Fünfundzwanzigstem. Außerdem solche, deren Markennummer aus drei oder allenfalls vier Ziffern besteht und eine 2 in der Mitte hat.«

»Großer Gott«, sagt er ganz erschrocken und schiebt mir eilends meine beiden Nickels zurück, als wären sie heiße Kartoffeln, »wissen Sie, wovon Sie reden? Von der Unterwelt. Und von deren ehrenwerten Mitgliedern munkelt man immerhin, daß sie mehr Metall mit sich rumschleppen als sämtliche Kriminale zusammen.«

»Ach, kommen Sie. Die haben doch damit nichts zu tun. Haben die doch gar nicht nötig. Schon gar kein Bumbum-Metall. Aber es gibt Leute mit Verbindungen zu diesen Kreisen, oder auch mit politischen Kontakten, die ab und zu ganz gerne ein wenig polizeiliche Amtsanmaßung betreiben. Die überall ihre Finger drin haben, wie die übereifrige Feuerwehr, die schon losrast, wenn sich einer nur eine Pfeife anzündet.«

Ich lege nunmehr zwischen die beiden Nickels auf dem

Tisch einen Quarter und signalisiere ihm damit, daß er unbegrenzten Kredit bei mir haben kann. Schließlich ist ihm bekannt, daß ein Bezirkshäuptling mit meinen Verbindungen eine Menge für einen Mann tun kann, der eine Kolumne schreibt. Aber er zögert tatsächlich noch immer.

»Haben Sie irgendeine Ahnung, nach wem Sie suchen?« fragt er.

»Nicht die Bohne. Ich trage erst mal nur Mosaiksteinchen zusammen. Ich suche einfach einen und noch einen und noch einen, und vielleicht kriege ich irgendwann wenigstens zusammen, daß eins und eins zwei sind.«

Und damit lege ich noch einen Quarter hin.

Er schichtet die Münzen aufeinander.

»Den Kaffee bezahle ich«, sagt er.

»Ist das nicht ein Zufall, daß der Kaffee hier nur 30 Cents die Tasse kostet?« sage ich.

»Na, dann bezahle ich eben das Trinkgeld«, antwortet er und legt noch fünfzehn Cents aus seiner Tasche dazu.

Mein alter Herr kommt, nachdem er ein paar Dinge für mich erledigt hat, zurück in meine Wohnung. Er wirft die Liste auf den Tisch. Die, auf die ich ihm die Namen von so ungefähr jedem geschrieben habe, der meiner Meinung nach dafür in Frage kommt, daß er von der Kugel in Helen Caplet hätte wissen können. Und mir den Gefallen getan haben könnte, mich anzurufen und es mir zu sagen.

»Hab' alles gemacht, was du wolltest«, sagt er. »Und Benedetto ausgehorcht und Jackson und alle anderen. Nicht einer schaut auch nur auf, als ich sage, daß du bereit bist, dem, der dir diesen Gefallen erwiesen hat, einen Eins-A-Pfand-Gutschein zu geben. Und wer lehnt das schon ab, für lau? Sogar Pescaro habe ich angespitzt.

Aber der hat mich zuerst bloß angesehen, als ob ich schon leicht senil bin. Dann hat er sich mächtig aufgeregt, und ich konnte grade noch sagen, daß es alles ein großes Mißverständnis war, ehe ich mich schleunigst verzogen habe.«

Das Telefon klingelt. Es läutet auf eine Art und Weise, daß ich mich frage, wissen Telefone eigentlich, wenn was Wichtiges telefoniert wird und läuten dann bereits entsprechend anders?

»Helen Caplet«, sagt die gleiche Flüsterstimme von neulich, »ist gar nicht Helen Caplet. Die Fingerabdrücke haben es bewiesen, aber die Bullen halten es geheim. Es handelt sich um eine gewisse Helen Brickhouse und sie hat draußen in Cicero gewohnt. Drei-fünf-neun Mercer Street. Oberster Stock.«

Ich notiere es mir hastig auf das Wachstuch.

»Was wollen Sie?« frage ich. »Keiner tut nichts für nichts.«

»Raten Sie mal«, sagt er und hängt auf.

»Wer tut uns diese Gefälligkeiten?« fragt der Alte.

»Vielleicht tut man diese Gefälligkeiten gar nicht uns«, sinniere ich daraufhin. »Vielleicht tun sie sie sich selber.«

17

In Chicago gibt es Gegenden, wo es ausgesprochen riskant ist. Das geht auf die alten Zeiten zurück, als noch Capone und sein Haufen regierten, bis ihn dann Denver aus der City rausschmiß und nach Cicero hinaus vertrieb, wo, heute noch, schlicht alles geht. Mein eigener

Siebenundzwanzigster, mit dem Kiez mittendrin, ist ja auch nicht gerade eine Klosterschule. Aber verglichen mit Cicero ist er immer noch das reine Mädchenpensionat. Dort herrscht, kurz und schlicht, die Mafia, da beißt die Maus keinen Faden ab. In Cicero draußen kann keiner auch nur furzen – wenn Sie mein Französisch entschuldigen wollen –, ohne daß die ›Familie‹ es nicht im nächsten Augenblick hört und riecht. Wenn ich hier von Familie rede, dann meine ich damit keineswegs die Art Familie, an die Sie denken, wenn Sie Familie sagen oder hören, oder was ich persönlich denke, wenn ich von meiner Familie rede.

Ich finde das dreistöckige Haus in der Mercer Street ohne Schwierigkeiten. Es ist eine arme, aber anständige Gegend. Polen, Iren, die aus Chicago herauszogen, weil sie hier mehr Grün zu finden hofften, vor zwei Generationen, und denen dann der Dampf ausging.

Das Schloß an den beiden Türen unten ist kaputt, ich brauche also nicht erst zu klingeln. Ich kann ungehindert reingehen, die Treppe rauf und an die Tür klopfen.

Ein Mann im Unterhemd und mit Hosenträgern, dem der Bierbauch über den Bund hängt, kommt zur Tür mit einer Zeitung in der Hand. Er sieht mich an und sagt: »Ja?«

»Mr. Brickhouse?«

»Is' was?« sagt er.

»Ich heiße Jimmy Flannery«, sage ich, »und ich komme, um mit Ihnen über Ihre Tochter zu reden, Helen.«

»Tochter? Hab' ich nicht«, sagt er.

Hinter ihm im dunklen Flur steht im Gegenlicht der Küchentür eine schlampige Frau. Sie hat so eine Hauswickelschürze an und wischt sich die Hände an einem Geschirrtuch ab.

»Bitte, Marty«, sagt sie, geradezu flehentlich.

Er beugt sich etwas nach hinten, als will er einen besseren Überblick von mir haben, faltet dann seine Zeitung auf und schaut hinein.

»Sie sind der?« fragt er.

»Der bin ich.«

»Kuck mal, Flo, eine echte Berühmtheit. Kommt zu uns«, sagt er. »Also, dann kommen Sie rein. So stehen wir nur im Zug.«

Ich folge ihm durch den Flur und merke, wie ich dabei fünfundzwanzig Jahre in der Zeit nach rückwärts gehe. Runtergerissen eine Wohnung wie die, in der ich aufwuchs, bis wir in ein Haus zogen. Erste Tür links, das Bad. Eine geschlossene Tür rechts zum zweiten Schlafzimmer. Danach das Eßzimmer und ein Sitzraum hinter dem Durchgang rechts. Die Schiebetür dorthin ist zu, damit man nicht so viel heizen muß. Die Tür vom Eßzimmer zum zweiten Schlafzimmer wird sicher auch zu sein, falls sie nicht, außer Helen, noch andere Kinder haben. Links hinten dann die Tür zur Küche. Da drin sind, kann ich schwören, vergammelte Mülleimer und ein Küchentisch mit Stühlen in der Mitte. Und natürlich Wachstuch auf dem Tisch. Gleich neben dem Küchenschrank die Tür zum Elternschlafzimmer. Auch zu.

»Setzen Sie sich doch«, sagt Flo und wird ganz rot dabei wie ein junges Mädchen. So verwelkt und verblüht sie ist, man sieht doch deutlich, warum Helen unter ihrer ganzen Härte und Malfarbe so hübsch war. Aus Wohnungen wie der hier wachsen Frauen raus, die es mit einer jeden aufnehmen können, die im Fernsehen für Seife wirbt. Abgesehen mal davon, wie die Glückskarten gefallen sind.

»Wenn Sie Kaffee möchten«, sagt sie.

»Aber gern«, sage ich.

»Und vielleicht 'n Stück Hefezopf? Ist zwar nicht

selbergebacken, aber ganz frisch von der Bäckerei, heute morgen.«

Ich esse also ein Stückchen von dem Hefezopf und trinke ein Schlückchen von dem Kaffee. Es gehört sich so, aus Anstand. Man kann nicht einfach mit der Tür ins Haus fallen. Trotzdem wartet Brickhouse natürlich sehr ungeduldig, bis ich mit Anstandskaffeeundzopf fertig bin. Weil er sich denken kann, mit was Gutem komme ich sicher nicht. Und dabei weiß er noch nicht mal, wie wenig gut es ist.

»Gut, also«, sagt er.

»Ein Mädchen namens Helen Caplet wurde . . .«

»O nein!« flüstert Flo und hält sich die Hand vor den Mund.

». . . bei einer Explosion in einer Klinik auf der Sperry Avenue getötet. Das ist mein Bezirk, nämlich der Siebenundzwanzigste.«

Nach dem Wort ›getötet‹, starrt mich Flo reglos an, als wäre ich einer, der ihr einen Eispickel mitten durchs Herz gehauen hat, und als könnte sie überhaupt nicht verstehen, warum ich das getan habe.

»Und was hat diese Helen Caplet mit uns zu tun?« fragt Brickhouse.

»Sie hatte genau die Fingerabdrücke Ihrer Tochter. Mit anderen Worten, es war ihre Tochter Helen Brickhouse.«

Brickhouse starrt mich jetzt ebenfalls regungslos an, verzieht allerdings keine Miene. Dafür werden seine Augenränder ganz rot, und ein Farbüberzug legt sich auch über seinen kräftigen Hals und sein Kinn. Er ist so um fünfundfünfzig und er sieht mir verdammt danach aus, als könnte er jeden Augenblick eine Herzattacke kriegen.

»Was für 'ne Klinik?« fragt er mit einer ziemlich belegten Stimme.

»Eine Klinik, in der Mädchen, die in Schwierigkeiten geraten sind, geholfen werden kann.«

»Ich habe es dir gesagt, was sie ist, Flo. Ich hab's dir gesagt«, murmelt er, sieht dabei aber seine Frau nicht an. »Du wolltest mir nicht glauben, als ich dir sagte, was sie war und warum ich sie nicht mehr hier im Haus sehen wollte.«

»Großer Gott, Marty, nicht, was sie war, sondern was sie werden könnte.«

Das ist oft so, daß Frauen die kleinen Unterschiede erkennen, die Männer nicht sehen. Für Flo war Helen ihr kleines Mädchen, mit glänzendem Haar und rosigen Bäckchen und kindlicher Unschuld, und würde es immer bleiben, ganz gleich, was aus der erwachsenen Helen einmal werden würde. Für ihn sah es sich hingegen so an, daß alles, was er für seine Hoffnungen erhalten hatte, zerstörte Träume und Schande waren.

»Sie war eine Hure, Flo«, sagt er. Und daraufhin schießen ihm die Tränen aus den Augen. Ich habe sowas noch nicht erlebt. In seinem Gesicht bewegt sich kein Müskelchen, er zwinkert noch nicht mal mit den Augen. Aus denen läuft einfach nur das Wasser wie aus einem Brunnen, rollt die Wangen hinunter und versiegt irgendwo in den Bartstoppeln an seinem Kinn. Er gibt nicht die Spur eines Lautes von sich. Ich habe schon viele schlimme Dinge gesehen, aber das hier gehört zu den schlimmsten.

»O mein Gott, mein kleines Baby, Helen. Mein kleiner Pudding«, sagt er schließlich und steht auf. »Ich möchte Ihnen danken, daß Sie gekommen sind und es uns gesagt haben.« Er bemüht sich sichtlich um korrekte Höflichkeit und gute Manieren. »Wo ist sie?«

»Im Bezirksleichenschauhaus.«

»Kann ich sie dort abholen?«

»Jederzeit.«

Er geht aus der Küche und in den Flur hinaus. Dann hört man eine Tür auf und zu gehen.

»Er legt sich auf ihr Bett und nimmt ihre Schlafpuppe in den Arm«, sagt Flo. »Er weiß nicht, daß ich weiß, daß er das immer tut. Ist Ihr Kaffee noch heiß?«

»Ja, ja, doch.«

»Muß er ja auch. Nicht? Warum soll er nicht heiß sein? Ist doch grade eingegossen, oder? Oh, ich fühle mich furchtbar. Da sitzt mir etwas in der Brust, ich meine, es erstickt mich.«

»Soll ich Ihnen einen Arzt rufen?«

»O nein. Wissen Sie, hier bei uns ruft man nicht wegen jedem Dreck einen Arzt. Da stirbt man lieber gleich, nicht wahr?«

»Mrs. Brickhouse«, sage ich, »ich möchte Sie bitten, mir zu helfen, wenn Sie können.«

»Wie denn?«

»Hat Ihnen Helen jemals etwas davon erzählt, daß sie einen Mann kennengelernt hat . . .«

»Wie sollte das möglich sein? Ihr Vater hat ihr verboten, jemals wieder ihren Fuß in diese Wohnung zu setzen . . .«

». . . einen ganz speziellen Freund?«

». . . selbst, daß ich mich mit ihr auf der Straße oder in einem Cafe treffe.«

»Oder daß sie einen Mann kennenlernte, in den sie sich verliebte?«

»Hören Sie schlecht, sagen Sie mal?«

»Mrs. Brickhouse, seit tausend Jahren reden Mütter und Töchter miteinander über solche Sachen, auch wenn der Alte noch so dagegen ist.«

»Also gut. Was macht es jetzt auch noch aus. Helen hat mich ab und zu angerufen, wenn sie sicher war, daß ihr Vater nicht zu Hause ist. Dann haben wir uns irgendwo zu Kaffee und Kuchen getroffen.«

»Gab es also einen Mann?«

»Ja, sie sagte so etwas. Und er wollte, daß sie aufhörte mit dem, was sie tat.«

»Hat er sie auf diesem Weg kennengelernt?«

»Ich weiß nicht. Sie sagte, er sei verheiratet, aber er wollte etwas aus ihr machen. Er konnte es zwar nicht sofort, aber er sei bereit gewesen, seine Frau zu verlassen. Auch das übrigens hätte ihren Vater die Wände hinaufgetrieben. Er geht nicht in die Kirche, aber gläubig ist er. Und dazu gehört, daß er nichts von einem Mädchen hält, das mit einem verheirateten Mann herummacht.«

»Hat dieser verheiratete Mann Helen irgendwelche Versprechungen gemacht?«

»Ich habe ihr gesagt, sie sollte ihm ja nichts glauben. Weil Männer dauernd Versprechungen machen, die sie überhaupt nicht ernst meinen.«

»Aber sie traf ihn weiter?«

»Warum auch nicht? Schließlich ging sie pausenlos mit einer Menge Männer um, oder?«

»Hat er ihr eine Wohnung eingerichtet? Ihre Rechnungen bezahlt?«

»Oh, nein. Aber mit dem, sagte sie, ging sie spazieren am See, oder segeln, oder radfahren im Grant Park. Zumindest mit ihm ging sie nicht wie mit allen anderen nur für Geld.«

Sie sieht mich dabei an, als will sie sagen, was für einen gottverdammten Unterschied es aber auch schon machen würde, wofür oder wofür nicht man etwas macht? Auf der ganzen Welt ist überall alles kaufen und verkaufen, auf die eine oder andere Art.

Dann aber bekommt sie ein ganz sanftes Gesicht und sagt: »Einmal letzten Sommer hat er sie auf ein langes Wochenende nach Atlantic City mitgenommen. Da hat er ihr ein langes Kleid gekauft und einen Hut. Und sie haben Drinks versucht mit Gin und Ananassaft. Obwohl sie ihr nicht besonders schmeckten. Aber es muß ganz toll für sie gewesen sein.«

»In welchem Monat war das?«

»Im Juni.«

»Wissen Sie auch, welche Woche?«

»Die erste.«

»Wissen Sie das genau?«

»Ziemlich genau, würd' ich sagen. Helens Geburtstag war am Dritten und sie sagte, er fuhr mit ihr nach Atlantic City, als sei es sein Geburtstagsgeschenk.«

»Hat sie davon irgendein Foto mitgebracht?«

Zuerst glaube ich, daß sie das abstreiten wird. Sie hat mir sowieso schon viel mehr erzählt, als sie einem Fremden erzählen möchte. Aber wen hat sie schon, dem sie ihr Baby im schönen Sommerkleid zeigen kann? Also steht sie tatsächlich auf und geht ins Schlafzimmer und kommt mit drei Fotos wieder, die in eine Serviette eingewickelt sind.

Es ist eine Souvenir-Serviette vom Hotel Beau Rivage in Atlantic City, New Jersey. Geschenk einer Tochter an ihre Mutter, die nie in ihrem Leben die Chance hatte, ein teures Sommerkleid auf der Promenade in einem schnieken Ort am Meer spazierenzutragen.

Sie wirft einen vorsichtigen Blick in den Flur, ob auch nicht unvermutet ihr Mann zurückkommt, während sie mir die Fotos zeigt, von denen er nichts wissen darf. Sie legt sie einzeln nacheinander vor mich hin.

Die Fotos sind aus großem Abstand aufgenommen, damit man auch das ganze Kleid sieht. Aber ich kann trotzdem deutlich erkennen, daß das Mädchen darauf in der Tat die sogenannte Helen Caplet ist. Der Mann an ihrer Seite lächelt und zeigt eine Menge blendendweißer Zähne her. Er ist ein italienischer Typ, ziemlich dunkelhäutig – falls das nicht Sonnenbräune ist – und mit glatt zurückgekämmtem, pechschwarzem Haar. Irgendwie kommt er mir bekannt vor, aber ich weiß nicht, wo ich ihn hintun soll. Dann fällt mir ein, was Mary über den Burschen im Korridor in der Klinik sagte. Er sieht tatsächlich wie Valentino aus.

Sie strahlen beide. Im Hintergrund sieht man das Hotel, deutlich mit Namen in rosa Buchstaben.

»Kann ich eins davon mitnehmen?« frage ich.

Sie zögert ein Weilchen, ehe sie sagt: »Haben Sie ein bestimmtes im Auge?«

»Nein, das nicht«, sage ich.

Daraufhin legt sie drei Fotos wieder auf dem Tisch aus wie Karten und schiebt sie eine Weile herum wie beim Verwirrspiel. Dann schließlich gibt sie mir eines rüber, und ich stecke es ein.

»Vielen Dank«, sage ich. »Auch für den Kaffee und den Zopf.«

»Wozu brauchen Sie das Foto?« fragt Flo noch.

Und ich sage ihr: »Ich glaube, der Mann ist der, der für die Explosion verantwortlich ist, welcher Ihre Helen zum Opfer fiel.«

»Dann kann ich nur hoffen, daß Sie das gleiche mit ihm machen«, sagt Flo. Sie bringt mich zur Tür. »Eine Frage, Mr. Flannery«, sagt sie noch. »Haben Sie selbst Kinder?«

»Nein. Ich bin noch nicht mal verheiratet.«

»Dann schaffen Sie sich nie welche an. Sie brechen Ihnen nur das Herz.«

18

Ich lasse mir von dem Foto Helens mit ihrem Freund eine Ausschnittvergrößerung machen. Es ist schon ziemlich körnig, aber man kann jedenfalls die Augen und den Mund etwas besser erkennen.

Die ersten, denen ich sie zeige, sind mein Vater und Mary.

»Das ist er«, sagt Mary. »Der Mann, der mir seinen angeblichen Polizeiausweis zeigte.«

»Und das könntest du unter Eid bestätigen?«

Da zögert sie ein Momentchen. »Vielleicht doch lieber nicht«, sagt sie dann. »Man wird schließlich dazu erzogen, daß man niemanden beschuldigt und sich aus Schwierigkeiten heraushält. Deshalb ist das wirklich eine schwierige Frage.«

»Denk' trotzdem darüber nach.«

»Na ja, wenn es eine Gegenüberstellung wäre, wo man einen aus einer Reihe herauspicken muß, würde ich wahrscheinlich Ja sagen. Aber vor Gericht, und unter Eid, wenn es um den Kopf des Mannes geht, da wäre ich mir wahrscheinlich nicht so sicher.«

»Aber das spielt jetzt im Moment doch keine Rolle. Es würde sowieso für nichts reichen. Was du auch sagst. Man könnte ihn daraufhin nicht einmal verhaften. Nur, ich glaube, ich habe da das Ende eines Fadens erwischt, an dem man das ganze Wollknäuel aufdröseln kann.«

Delvin hält die Vergrößerung zwischen Daumen und Zeigefinger hoch, als wäre sie was Unappetitliches.

»Ich habe dir doch gesagt, Junge«, sagt er, »du sollst die Finger davon lassen. Und du läßt sie einfach nicht davon. Wieso möchte ich wissen? Gefällt dir dein Job nicht, oder was?«

»Mr. Delvin, mit allem Respekt, aber das ist der Bursche, der auf ganz üble Weise eine junge schwangere Nutte umgebracht hat, dazu eine alte Dame und außerdem eine ganz unschuldige und völlig unbeteiligte junge Krankenschwester.«

»Hast du für diese Beschuldigungen Augenzeugen?«

»Ich besitze vernünftige Verdachtsgründe.«

»Und teilt die Polizei diese deine vernünftigen Verdachtsgründe?«

»Die Bullen sind daran interessiert, zu tun, was man ihnen anschafft. Und darin unterscheiden sie sich überhaupt nicht von den meisten Menschen«, sage ich, und das ist zugegeben nicht übermäßig smart von mir, weil es Delvin gewiß nicht nötig hat – weil er dazu selbst smart genug ist –, daß ich ihn mit der Nase auf Dinge stoße, die er auch ohne mich ganz alleine riecht.

»Wenn du ein Bulle wärst, Junge«, sagt er also, »dann würde ich dir jetzt sagen, wohin du dir deine vernünftigen Verdachtsgründe stecken kannst. Aber du bist keiner. Du bist vielmehr ein blöder, lästiger Steckinski. Nämlich einer, der seine Nase unbedingt pausenlos in Dinge stecken muß, die ihn einen feuchten Staub angehen. Und einer, der einfach nicht auf diejenigen hören will, die es nur gut mit ihm meinen. Auf die, die ihm Gefälligkeiten erwiesen haben und nichts weiter wollen, als eine kleine Gefälligkeit als Gegenleistung.«

Ich aber bleibe stur: »Ich frage Sie, Mr. Delvin, wer hat Sie gebeten, mir zu sagen, ich solle meine Nase aus dieser Sache raushalten?«

»Was du aber nicht tust«, brüllt er und läuft rot an.

»Was ich durchaus zu tun vorhatte«, korrigiere ich ihn sofort, »aber nicht konnte. Weil nämlich diese Krankenschwester, die der Kerl umgebracht hat, eigentlich mein Mädchen sein sollte! So sieht's aus!«

»Oh«, sagt er da plötzlich, als wäre ich ihm auf die Zehen getreten und er sagt »Au«. Ganz klar, was soll er auch schon einem Mann antworten, der ihm eben eröffnet hat, daß es um eine Sache geht, die so persönlich geworden ist, daß politische Loyalität oder solches Zeug einfach keine Rolle mehr spielt.

»Also?« sage ich.

Er gibt mir das Foto zurück. »Ich kenne den Mann nicht. Als ich gebeten wurde, dir zu sagen – dich zu bitten –, du solltest die Sache mit dieser Bombe in der Abtreibungsklinik auf der Sperry auf sich beruhen lassen, war ich der Meinung, diese Personen seien zwar nicht mit Gewaltanwendung als Protestform einverstanden, wollten andererseits aber auch nicht, daß der Eindringling – der ja nur das Gebäude treffen, auf keinen Fall aber Gewalt gegen Personen ausüben wollte – nur dafür, daß er nervöse Finger bekam, gleich ins Gefängnis wandern muß.«

»Und nach mehr fragten Sie nicht?«

»Falls du mir damit durch die Blume deine Ansicht über die Gefälligkeit, die ich erwiesen habe, mitteilen willst, mein Junge, kannst du das auch gleich direkt gradeheraus sagen.«

»Nein«, sage ich kopfschüttelnd, »mir ist nur völlig zufällig nach Gemeinheit.«

»Geschenkt, Junge. Und außerdem . . .«

»Sagen Sie mir den Namen des Mannes, der diese Gefälligkeit von Ihnen erbat.«

». . . ein guter Rat. Bisher habe ich dich nur darum gebeten, die Sache zu vergessen. Jetzt muß ich dich bitten, dich hier rauszuscheren. Das wird hier . . .«

»Sie müssen ihn mir nicht unbedingt sagen. Ich weiß ihn auch so. Vito Velletri.«

»... sonst allmählich etwas zu heiß für dich. Diesen guten Rat gebe ich dir deshalb, Junge, weil ich dich wirklich liebe wie meinen eigenen Sohn.«

Es gibt kaum eine miesere Erpressung, als wenn dir einer sagt: ›Das sage ich dir, weil ich dich liebe.‹ Es ist genauso mies wie diese andere Redensart: ›Das schmerzt mich mehr als dich, aber es muß sein.‹

Noch etwas anderes lernt man sehr schwer im Leben – falls überhaupt – , nämlich, wie wenige Leute wissen und zur Kenntnis nehmen, daß man verdammt hart arbeitet, um man selbst zu sein. Und vor allem, daß deine Bemühungen, du selbst zu sein, niemanden auch nur soviel interessieren – falls es mit ihrem Bemühen, sie selbst zu sein, kollidiert.

Es hätte zugegeben auch wirklich nicht meine Frage an Delvin bedurft, wer ihn gebeten hatte, die Sache zu vertuschen, Pescaro einen Wink in der Richtung zu geben, daß er die Bombensache auf kleiner Flamme hielt, und mir zu raten, mich rauszuhalten. Ich weiß ja tatsächlich längst, daß es sich um Delvins Großkotzkollegen Velletri handelte. Der Grund, warum ich ihm diese Frage stellte, war vielmehr, ihm die Chance zu geben, sich mit Anstand aus der Affäre zu ziehen, die er sich selbst miteingebrockt hat. Seine Schuhe zu putzen. Und ihm außerdem zu verstehen zu geben, daß ich mit allen Mitteln versuchen werde, ihm auf seine kleinen Schliche zu kommen. Und zwar ganz gleich, wie lange es dauert und wer mich daran zu hindern sucht.

Ich gebe ihm, mit einem Wort, die Chance, *Mensch* zu sein, wie es auf Jiddisch für einen heißt, der für was gradesteht. Aber er nimmt sie nicht an. Delvin wird ganz offenbar alt und weich.

Auf keinen Fall aber kriegt Velletri die gleiche Chance

von mir. Erstens ist er nicht mein Chinamann, und außerdem ist alles, was ich von ihm kriege, daß er mir befiehlt, ich soll mich gefälligst raushalten. Oder er bricht mir sämtliche Arme, und die Beine dazu.

19

Die Aufbewahrung von Helen Bernadette Catherine Brickhouse im Bestattungsunternehmen McCardle ist natürlich nicht annähernd mit der von Mrs. Rose Sonia Klutzman in ihrem Wohnzimmer zu vergleichen.

Helen hat ein Kleid an, das eher für ein Mädchen zum Schulabgang von der High School passen würde, ein rosa Dings mit Plissee. Es macht mich richtig traurig, wie sie das Mädchen hergerichtet haben. Da ist sie schon mit allen diesen Lügen aufgewachsen von glücklicher Zukunft, treuem Ehemann, lieben Kinderlein und Reihenhaushälfte drüben in Park Ridge – auch wenn das nur ein Vorort ist, der den Republikanern gehört. Und was kam für sie raus? Daß sie zusehen mußte, wo sie bleibt, immer im Genick, wo sie herstammt, und mit wenig Chancen, irgendwo anders hinzukommen, und immer wußte, daß es einer Menge mehr bedürfte als die Schule ordentlich Klasse für Klasse zu absolvieren und täglich ein Bad zu nehmen, um ein anderes Leben zu schaffen als ihre Mutter. Das für sie ungefähr so verlockend war wie Spülwasser. Das für sie so war, daß sie sagte: da kann ich ja gleich tot sein.

Tja. Und jetzt ist sie es. Vielleicht hat sie einfach nur Lügen für völlig unrealistische Vorstellungen eingetauscht. Vielleicht hat sie, nachdem sie einige Zeit in dem

Geschäft war und als irgendeiner ihrer Freier ihr Flausen in den Kopf setzte, daß sie doch viel zu gut sei, um eine Hure zu bleiben, und sie sich dann auch noch aus lauter Hoffnung schwängern ließ, bevor man ihr dann sagte, sie solle es sich schleunigst wegmachen lassen, andernfalls . . . aber vielleicht ging es gar nicht mal um eine solche Drohung, sondern um eine Vorauszahlung: gegen ein bißchen Bares und ein Versprechen für danach, für später . . . also kurz, vielleicht hat sie möglicherweise wirklich geglaubt, ihr Plan funktioniere und ihr Weg nach oben beginne.

Aber jetzt haben sie sie wieder heimgeholt in die Schule und sie nach ihrem Wunschbild von der reinen Jungfrau herrichten lassen, und da liegt sie nun und sieht aus, als hätte sie nie einen Ausbruchsversuch unternommen, niemals gehofft, niemals versucht, ja niemals tatsächlich das Leben einer Frau gelebt.

Flo Brickhouse sitzt vorne in der ersten Reihe. Sie hat ihre besten Sachen an und sogar ihren Hut auf. Ein paar Tanten und Nachbarinnen sind auch da. Sie tragen Schwarz, als hätte sich die Zeit niemals die Mühe der Jahrhundertwende gemacht. Und es gehört ja nicht viel Phantasie dazu, zu vermuten, daß ein paar von den alten Krähen da die gleichen sind, die sich über Helen, als sie noch lebte, ihre bösen Mäuler zerrissen. Und mit ihrem Gewispere Flo das Leben zur Hölle machten.

Ich gehe rüber zu Flo Brickhouse und versichere sie meines Beileids.

»Ich bin sehr betrübt über Ihren Verlust, Mrs. Brickhouse«, sage ich, »ich habe Ihre Helen niemals persönlich kennengelernt, aber ich sehe, was für ein hübsches Mädchen sie ist, und man sieht auch, daß sie ein guter Mensch war.«

Die alten Weiber in Schwarz um sie rum sehen aus, als platzen sie in der nächsten Sekunde, wenn Flo ihnen nicht auf der Stelle erklärt, wer der Fremde ist, der sich da so einfach in eine Familientrauer einmischt. Und eine jede überlegt fieberhaft, ist das jetzt einer aus Helens anderem, diesem schrecklichen, sündigen Leben?

»Ich danke Ihnen vielmals, Mr. Flannery«, sagt sie. »Um so mehr, als Sie hierherkommen, um Ihre Anteilnahme auszudrücken, ohne daß Sie dazu irgendeine Verpflichtung haben.«

»Das Mißgeschick, das ihr zustieß«, sage ich daraufhin, »ereignete sich bedauerlicherweise in meinem Bezirk, und das ist Grund genug. Mary Ellen Dunne, die Krankenschwester, die ebenfalls im Haus war, als es passierte, wollte auch kommen, aber sie hat jetzt gerade Schichtdienst in der Passavant-Klinik.«

»Ich danke ihr für die gute Absicht.«

»Falls sie es irgendwie ermöglichen kann, will sie wenigstens zum Trauergottesdienst kommen.«

»Der ist in St. Jude, das ist die kleine Kirche auf –«

»Ich weiß schon, wo sie ist.«

»Übermorgen um zwei.«

»Wir kommen. Jetzt möchte ich nur noch schnell ein Gebet sagen, wenn es recht ist. Es warten ja noch Leute auf Sie, um Ihnen Beistand zu leisten.«

Daraufhin gehe ich vor zum Sarg und kniee mich auf den kleinen Betschemel hin, der davorsteht, und sehe Helen ins Gesicht. Die Farbe und der Puder des Einbalsamierers läßt es noch härter aussehen als im Leichenschauhaus, wo sie wie eine geplatzte Puppe gelegen ist.

»Mach's gut dann«, sage ich, weil, im Beten bin ich nicht besonders gut.

Dann sehe ich Marty Brickhouse hereinkommen. Er bleibt in der Tür stehen und hält seine Hände vor dem Bauch gefaltet. Er hat seinen guten Anzug an und er sieht ein bißchen deplaziert aus. Ich weiß ja auch, daß er direkt von unten aus dem Kellergeschoß kommt. Da ist ein Raum, wo die Männer sich aufhalten und rauchen und die Flasche herumgehen lassen können.

Ich bekreuzige mich und gehe hinüber zu ihm, um auch ihm mein Beileid auszusprechen. Er starrt mich an, als will er sich gleich mit mir prügeln. Ich weiß nicht warum. Ich nehme an, er findet, daß alles und jeder bestraft gehört, was ihn an seinen kleinen ›Pudding‹ erinnert, wie sie zuvor war. Bevor sie starb. Aber dann läßt seine Anspannung etwas nach, und eine Weile scheint es sogar, als finge er gleich wieder zu heulen an. Das glaube ich, halte ich aber nicht aus, also sage ich: »Kann man hier wo was trinken?«

»O ja, natürlich«, sagt er, als hätte ich ihn daran erinnert, daß er gute Manieren zeigen muß. Es gibt schließlich alte Bräuche für Gelegenheiten wie diese. Und die verlangen, daß er was anbieten muß, auch wenn der Teufel persönlich käme. »Kommen Sie doch mit runter.«

Unten in dem Raum hängt zirka ein halbes Dutzend Kerle rum, alles Typen wie Brickhouse. Sie sitzen oder stehen und rauchen. Sie haben Hände wie mein Vater, nämlich schwer und schwielig, mit gelben Nikotinfingern, und es sind die Art Typen, die sich fürchterlich unbehaglich fühlen, wenn sie nichts zu tun haben. Aus einer der Topfpalmen holt Brickhouse eine Flasche heraus, aber ich feuchte mir damit nur die Lippen an, weil ich den Fusel nicht ausstehen kann, den er da hat. Ich habe geglaubt, wir quatschen ein bißchen, wenn ich auch nicht wüßte, warum und worüber, aber wir sitzen nur da und starren die Topfpalme an.

Nach einer Weile gehe ich darum wieder nach oben und bleibe in der Tür stehen, um mir anzusehen, wer alles kommt. Ich bleibe da, bis sie zusperren, weil ich unbedingt sehen will, ob ein bestimmter Jemand kommt.

Es kommt Delvin, um seine Anteilnahme auszudrükken, und es kommt auch Vito Velletri. Aber es kommt absolut keiner, der aussieht wie Valentino.

20

Ich habe das Auto zu Hause gelassen, für den Fall, daß Mary es braucht, und nehme jetzt also die Tram, um zurück in meinen Bezirk zu kommen. Da muß ich noch sechs Blocks durch die leeren Straßen laufen. Ich halte vorsichtshalber meinen Hausschlüssel zwischen den Fingern, damit ich jedem Banditen, der mich etwa überfallen will, gleich einen ordentlichen Kratzer durch die Visage ziehen kann. Ich gehe aber ganz ruhig und gelassen und betrachte meinen Schatten, wie er von einer Straßenlampe zur anderen um mich herum und nach hinten wandert. Trotzdem aber behalte ich sehr wohl die ganze Straße im Auge und achte auch gut darauf, ob sich in irgendeinem der geparkten Autos etwas bewegt.

Und trotzdem sehe und höre ich sie nicht kommen.

Bevor ich auch nur blinzeln kann, liege ich hinten in einem Auto auf dem Boden und habe von irgendjemand den Schuh im Genick. Einen schwarzen Schuh, genau gesagt. Prima geputzt und spitzig. Ein Tänzerschuh. Ein Ganovenschuh. Nuttentreiberschuh. Ein Schuh von einem Mann, der ziemlich genau weiß, wie man einem anderen mit einem Tritt die Rippen knackt.

Vorne sitzen zwei andere Kerle, der Fahrer und noch einer, der ärgerlich ist, weil man sie von irgendeinem

Nachtclub rausgeholt hat, damit sie irgendwem um diese Tageszeit, vielmehr Nachtzeit, einen Dienst erweisen.

»Mir stinkt es gewaltig, Connie«, sagt er. »Grade wo ich mit Hester so richtig am Anfangen bin. Noch nie hab' ich eine mit solchen Titten erlebt . . .«

»Halt's Maul«, sagt Connie.

»Grade wollten wir zu ihr gehen, wie dieser blöde Anruf kam.«

»Du sollsts Maul halten.«

Wir fahren eine Weile, keiner sagt etwas. Ich versuche zu zählen: einhunderteins, einhundertzwei. Wenn ich die Sekunden zählen und schätzen kann, wie schnell wir fahren, kann ich ausrechnen, wieviele Meilen sie mich kutschiert haben, die Brüder. Wenn ich dann wieder frei bin, kann ich einen Kreis um die Stelle ziehen, wo sie mich gekidnappt haben. Und irgendwo in diesem Kreis dann ist es, wo sie mich hingebracht haben. Den Ort finde ich dann später und sorge dafür, daß ihnen das gleiche widerfährt, was sie mir angetan haben.

Vorausgesetzt natürlich, sie fahren geradeaus. Und natürlich ist es nicht so einfach, ruhig zu zählen, wenn einem einer dauernd seinen Schuh ins Genick quetscht und mir sogar damit übers Gesicht fährt, und alles. Und abgesehen selbstverständlich auch davon, daß ich vielleicht gar nicht in der Verfassung sein werde, irgendwem was anzutun. Weil ich nämlich tot sein werde.

Ab und zu höre ich die Eiswürfel im Glas klirren, wenn Connie wieder einen Schluck trinkt. Aus dem Glas, das er scheint's direkt mitgebracht hat von da, wo sie waren, wie man sie angerufen hat, sie sollen kommen und mich einkassieren. Ich selber bin so durstig, daß ich auch einen Stein ablecken würde.

Die Reifen rasseln über altes Kopfsteinpflaster und Eisenbahngeleise, und daher weiß ich, daß wir in einer Gegend der Stadt bin, wo es nachts garantiert wie tot ist.

Es ist mit Sicherheit irgendwo nicht weit vom zentralen Rangierbahnhof, wo das Auto dann hält. Weil ich hören kann, wie sie die Güterzüge zusammenstellen, die manchmal bis dreihundert Waggons lang sind. Aus meiner Zeit als kleiner Junge kenne ich das typische Geräusch aneinanderschlagender und – schabender Puffer sehr genau.

Der Kerl vorne steigt aus und läßt die Tür offen. Ich höre eine Kette rasseln und ein Tor aufgehen. Er steigt wieder ein, und das Auto fährt weiter. Dann verändert sich das Geräusch des Motors. So, als fahren wir durch einen langen Tunnel. Dann hält der Wagen erneut.

»Laß' mich zuerst raus«, sagt der Kerl mit dem Fuß in meinem Genick. »Dann kommst du raus, Flannery. Halte die Hände schön an der Seite. Und schön gradeaus sehen. Ich möchte nicht, daß du unsere Gesichter ansiehst. Klar?«

Er nimmt endlich seinen blöden Schuh aus meinem Genick und steigt aus. Einen verwegenen Augenblick lang spiele ich mit dem Gedanken, ich zische einfach hoch, wische dem Fahrer eine, springe nach vorne auf den Fahrersitz, schmeiße ihn raus und trete Bleifuß aufs Gas, weg mit Karacho. Die Vorstellung erfreut mein Herz, aber natürlich ist es völlig ausgeschlossen, und ich krabble stattdessen brav aus dem Auto raus und falle dabei auch noch fast voll auf die Schnauze.

Wir sind mitten auf einem Schrottplatz. Wo es exakt so aussieht wie demnächst die ganze Welt. Wenn erst mal morgen ist und wir alle in unserem eigenen Müll ersoffen sind. Das meiste sind Autowracks, teils direkt von Unfällen weg, teils einfach alte, verrostete und auseinandergefallene Karren. Aufeinandergestapelt wie ein Denkmal. Ich mache einen Schritt vorwärts und nehme den Kopf ein wenig zur Seite, weil ich nicht weiß, wie ich ihn sonst halten soll, und ich habe auch einigermaßen Schiß.

Und dabei sehe ich kurz diesem Connie im Mondschein mitten ins Gesicht.

Und in der nächsten Sekunde habe ich den Rest seines Drinks in der Fresse, und er schmettert das Glas daraufhin wütend an die Mauer, die da ist. Und einer von ihnen kommt von der anderen Seite, wo ich grade nicht hinsehe, und haut mir einen solchen Schwinger in den Bauch, daß mir ziemlich übel wird und ich zu Boden gehe. Und ein bißchen was von dem, was mir hochkommt, spritzt auf Connies Schuh.

»O nein, nicht doch«, jammert er und beugt sich sofort runter und reibt seine schöne Schuhspitze mit der Bar-Serviette ab, in der er sein Glas gehalten hatte.

Und ich kniee auf dem Boden vor ihm und sehe ihm zu, was er da macht, als wenn es die interessanteste Sache ist, die ich in dieser Woche überhaupt erblickt habe.

Und dann kracht was in mein Genick, so unterhalb des Ohrs. Dann bin ich weggetreten.

Als ich wieder aufwache, ist das Auto weg und ich liege bäuchlings mit angezogenen Beinen wie ein Frosch auf dem Boden im Dreck. Und diese Lage hindert mich automatisch, daß ich ganz umkippe, selbst wenn ich k. o. gegangen bin. Ich schiebe eine Hand unter den Mantel und fühle meine Rippen. Alle noch da. Keine kaputt, scheint's. Ich fahre mir übers Gesicht. Nase noch ganz. Zähne alle vorhanden. Ich bin einfach nur verkrampft und steif von dieser knieenden Haltung. Ich greife nach der schmutzigen Serviette, die Connie weggeworfen hat, nachdem er sich mit ihr den Schuh abputzte.

Die sollten mir also nur einen Denkzettel verpassen.

Sie sollten mir nur sagen: Genug ist genug, jetzt reicht es, und wenn ich . . .

In dem Moment sehe ich einen Dobermann, groß wie ein Kalb, daherschnüffeln. Mitten zwischen den Wäldern verrostenden Eisens und Stahls. Der Mond gibt genug Licht, daß ich seine rotunterlaufenen Augen sehe und seine blitzenden Fänge.

Ich rapple mich also lieber hoch, und die Eile, in der ich das mache, tut verteufelt weh. Doch es ist mir klar, daß es noch viel weher tun wird, wenn ich nicht schnellstens was Hohes finde, wo ich hinaufklettere, damit das Vieh mir nicht die Beißer reinhaut. Also stolpere und haste ich auf einen Berg rostiger Autowracks hinauf. Das zersplitterte Glas von den Windschutzscheiben und Seitenfenstern zerreißt mir die Klamotten und verursacht Schnitte an meinen Knien und Händen. Mir ist, als rutsche ich jedesmal einen halben Meter zurück, wenn ich einen nach vorne geschafft habe. Und der Dobermann kommt immer näher. Aber er kommt gar nicht wie eben ein blödes Viech, das wild und planlos rumhüpft und geifert. Sondern so wie ein ganz gemeiner Kerl, der einen ganz genauen Plan hat. Er springt ganz überlegt vorwärts, immer nur, wenn er eine gute Gelegenheit erkennt, mir an den Fuß oder an die Wade zu kommen, wenn die nahe genug zu ihm runterrutschen, daß er ›faß', Bello‹, mit ihnen spielen kann.

Einmal erwischt er sogar meinen Hosenaufschlag, und als ich ziehe wie verückt, ziehe ich ihn mit, weil er nicht losläßt. Dann aber läßt er plötzlich doch los und setzt alle seine vier Pfoten auf was Ebenes. Und jetzt kann er mir ganz bequem mit einem Biß die Gurgel durchbeißen, wenn er nur will. Ich liege ganz still auf dem Bauch und wage nicht mehr, mich zu rühren, das heißt, weiß nicht recht, soll ich oder nicht, denn wenn, dann poltere ich womöglich wieder ganz nach unten, und wenn nicht, dann kann leicht sein, daß der Dobermann mich für sein Abendessen hält.

Ich stoße mit dem Bein raus im gleichen Moment, wo er springt, und treffe ihn mitten auf die Brust. Es reißt ihn weg und er purzelt hinunter bis zum Boden und verheddert sich in irgendeinem aufgerissenen Polstersitz und in Scheinwerferkabeln. Aber der Anprall war heftig genug, daß ich ebenfalls den ganzen Schrotthaufen wieder runter kullere. Doch jedenfalls bin ich sofort wieder auf den Beinen und rase los wie ein Irrer, direkt auf das Tor zu.

Als ich einen schnellen Blick nach hinten werfe, sehe ich, der Dobermann hat sich mittlerweile auch wieder aufgerappelt und kommt hinter mir hergeklattert. Was mir dabei allerdings am meisten mulmig macht, ist die Tatsache, daß er keinen winzigsten Laut von sich gibt. Er ist jetzt einfach nur noch ein Fighter, der keine Kraft und keinen Atemzug mehr auf Einleitungsdrohungen verschwendet.

Mitten in dem ganzen Autowrackgebirge, nicht weit vom Maschendrahtzaun um das Gelände, der oben mit Stacheldraht besetzt ist, steht ein Motorwagen für den Kran. Auf dessen Führersitz hechte ich nun schnellstens hinauf und drücke auf den Anlasser. Der Motor ruckelt ein bißchen, springt dann aber an. Doch schon ist auch der verrückte Dobermann wieder da und versucht mich erneut anzuspringen. Ich trete nach ihm und treffe ihn auch, direkt unter der Schnauze. Das wirft ihn wieder um, und er fällt und rollt sich am Boden wie ein Catcher im Clinch. Gleich danach freilich greift er mich unverdrossen aufs neue an. Gottseidank habe ich inzwischen aber Zeit gehabt, den Kranschwenkhebel zu fassen zu kriegen und aus dem Führerhaus raus und auf den Kran raufzuklettern. Über den ganzen Autohof sind jetzt Lichter angegangen. Ich haste flink wie ein Affe auf den

Kranmasten rauf und bin schon ganz oben, als der in den Zaun kracht. Ich lasse mich auf die andere Seite runter und renne los, mitten durch die Dunkelheit und auf der nassen Straße auf die Umrisse des großen Lagerhauses zu. Hinter mir beißt der frustrierte Hund wütend in den Zaun und belfert mir nach. Es klingt, als bittet er mich, doch gefälligst zurückzukommen und wie ein Mann mit ihm zu kämpfen.

21

Sobald ich stehenbleibe, fange ich an zu zittern. Nachdem ich ausgezittert habe, suche ich mir ein Taschentuch, um mir den Schweiß vom Gesicht zu wischen. Aber ich finde in meiner Tasche nur diese mittlerweile ziemlich schmutzige Serviette. Ich muß sie ganz gedankenlos eingesteckt haben, als ich den Dobermann auf mich zukommen sah. Ich falte sie auseinander und sehe jetzt, daß sie von einem Club drüben auf dem Kiez stammt, den ich kenne. Die haben da eine Stripperin, die hat mindestens 110 Oberweite, oder so. Ich weiß nicht, ob sie Hester heißt. Aber wetten würde ich jederzeit darauf.

Wie ich in den *Jambo-Club* eintrete, bin ich wieder einigermaßen präsentabel, wenn auch vielleicht nicht ganz sauber. Draußen haben sie Fotos von einigen ihrer Attraktionen hängen. Eine davon nennt sich Hester Prime. Ich weiß nicht, ob die ihren Namen aus diesem berühmten Buch genommen hat. Vom scharlachroten

Buchstaben. Das ist übrigens geschrieben von Nathaniel Hawthorne, wußten Sie das? Oder es hat mit dieser Fleisch- und Wurstverarbeitungsfabrik zu tun. Hier in Chicago spricht eher alles für letzteres.

Jedenfalls, der Türsteher mustert mich ziemlich hochnäsig und fragt, ob ich vielleicht besoffen bin oder mich sonstwie selbst besudelt habe? Besudelt.

»Ich stehe mitnichten unter Alkoholeinfluß«, entgegne ich ihm folglich mit gleicher Eleganz. »Sie können meinen Atem riechen. Nein, man hat mich überfallen, wissen Sie. Und deshalb dachte ich, vielleicht trinke ich erst noch etwas hier in Ihrer Bar, bevor ich heimkehre.«

Die ganze Zeit spechte ich dabei über seine Schulter, um mich zu vergewissern, daß ich nicht etwa unvermutet mittenrein in einen gewissen Connie blicke, auf den bin ich so fixiert, daß ich nicht einmal merken würde, wenn mir das mit einem von den beiden anderen Ganoven passierte.

Der Rausschmeißer tritt daraufhin ganz friedlich zur Seite und läßt mich anstandslos passieren, und das ermöglicht es mir, mich, ohne groß gesehen zu werden, zur Bar zu begeben, die sich hinten an einer Seite des Clubs befindet. In der Mitte läuft gerade die Show. Eine Reihe Mädchen mit hohen Absätzen wirft die Beine hoch und kräht dazu mit schrillen Hühnerstimmen irgend etwas. *Happy Days Are Here Again*, in der Art. In Chicago hier können sie sich einfach nicht von der guten schlechten alten Prohibitionszeit losreißen. Wenn die Bürger hier ausgehen, um sich ein bißchen zu amüsieren, dann tun sie noch bis auf den heutigen Tag so, als sind sie alle total verrucht, und die Weiber sehen sich alle als Gangsterbräute mit Bubikopf und die Männer als ganz tolle Ganoven, als ob nach Capone nichts mehr passiert wäre.

Der Schuppen ist zwar nicht grade knüppelhagelvoll,

aber es geht. Ich bestelle einen Rye mit Ginger Ale, den ich aber bestimmt nicht trinken werde, und fange an, Tisch für Tisch nach zwei bestimmten schnieken Typen abzusuchen. Zwei, weil ich davon ausgehe, daß der dritte, der Fahrer, eben nur ein Fahrer war und nicht zu den Freuden der anderen Jungs zugelassen ist, wenn es zu Spaß und Vergnügen kommt.

Was Typen angeht, herrscht hier wahrhaftig kein Mangel. Aber den lieben Connie erspähe ich nicht. Vielleicht haben sie tatsächlich beschlossen, sie gehen nach Hause und legen sich aufs Ohr, nachdem sie ihr Tagewerk, besser gesagt natürlich Nachtwerk, vollbracht und auch den Hund noch gefüttert haben.

Dann erblicke ich die Blonde in ihrem Glitzerkleid. Letzteres teilt jedem Kundigen mit, daß sie zum Künstlerinnenstab des Hauses gehört, und daß sie eben nur grade noch einem Gast Gesellschaft auf einen Drink leistete, ehe sie sich für ihren nächsten Auftritt entschuldigt. Die beiden haben einen Tisch für sich. Der Mann sieht ungefähr so aus wie eine dieser Wasserratten, die sich unten am See herumtreiben, aber geschniegelt und gebügelt und aufgeplustert wie ein Pfau. Und sein kleines Bärtchen geht pausenlos nervös hin und her und auf und ab. Weil er so fieberhaft überlegt, nehme ich an, daß man doch eine Menge Zeugs mit den Dingern machen könnte, die die Blonde ihm gegenüber auf der Tischplatte liegen hat.

Die Tanzmäuse werfen ein letztes Mal ihre Beine hoch und trollen sich dann mit *Shuffling Off to Buffalo*. Als nächstes kommt der Grüßaugust raus und verkündet strahlend, jetzt, Leute, kommt Hester Prime und sie wird Stück für Stück ihre Kleider ablegen, und das ist ein Genuß, weil, Leute, das ist, was sie am besten kann, haha. Auf dieses hin springt die Blonde an dem Tisch wie von der Tarantel gestochen hoch und rennt raus, damit sie dort noch schnell ihr Glitzerkleid runterreißen und dann wieder hereinkommen kann, jetzt bereit zum eigentlichen Strippen. Es ist alles so schön altmodisch.

Ich beuge mich über den Tresen und sage zum Barkeeper: »Ist das Hesters Bruder aus Philadelphia, mit dem sie da am Tisch war?«

»Nö. Das ist Choo-Choo Torello.«

»Was ist das, ein Choo-Choo Torello?«

»Einer, der Leute unter Züge stößt«, sagt der Bartender.

»Wem erweist er diese Art Dienstleistungen denn?« sage ich.

Der Bartender jedoch entfernt sich, für den Fall, daß ich noch mehr über Choo-Choo Torello zu erfahren heischen sollte.

Besagter Choo-Choo hängt inzwischen unverwandten Blickes an Hester, wie sie strippt, und mir geht der Gedanke durch den Kopf, daß sie ihn vielleicht, noch ehe die Nacht zu Ende ist, in ihrem üppigen weißen Leib ersäuft, oder ihn in der Puderwolke, die um sie weht, erstickt, daß ihm das aber vermutlich gar nichts ausmachen wird.

Als Hester schließlich jeden einzelnen Zentimeter, der an ihr ist, hergezeigt und sich in einem blauen Lichtkegel von der Bühne bewegt hat, springt Choo-Choo leidenschaftsdurchwühlt auf und strebt eiligen Schrittes zur Herrentoilette. Immerhin hält er auf dem Weg dorthin noch an, um den Kellner zu bezahlen, damit er hinterher keine Sekunde Zeit vergeudet und mit Hester hier raus kann, so schnell es nur menschenmöglich ist.

Er sitzt noch nicht in der ersten Kabine, bin ich schon in der zweiten. Ich luge durch das Spannerloch in der Wand, das irgendeiner vor mir mal gebohrt hat. Er zieht die Jacke aus und hängt sie an den Haken, dann läßt er die Hosen runter.

»He, Choo-Choo«, flüstere ich.

Er ist kein bißchen verblüfft. Er sagt nur ganz ruhig: »Hör zu, du Spanner, du nimmst jetzt ganz schnell dein Adlerauge von dem Loch da, oder ich pieke dir mit dem Messer in dasselbe rein.«

»He, Choo-Choo«, wiederhole ich jedoch, »du hältst dich doch nur für einen harten Burschen. Aber ich gehe . . .«

Er greift nach seiner Kanone, die er in seinem Halfter unter der Schulter stecken hat.

». . . zu deinem Boß und sage ihm, daß du hinter kleinen Jungs her bist.«

»Du blödes Arschloch«, sagt Choo-Choo darauf ganz überlegen. »Als wenn DiBella das nicht besser weiß.«

Ich gehe aus meiner Kabine im gleichen Moment raus, als er sich sein Schießeeisen greift und sich vom Klo erhebt. Und während er noch nacktarschig runtergebeugt steht, weil er sich, in der einen Hand die Kanone, mit der anderen die Unterhose hochziehen muß, knalle ich ihm seine Tür so heftig ich nur kann nach innen rein, daß es ihn nach vorne zwischen Klo und Wand haut. Und bevor er sich noch hochrappeln und mich sehen könnte, bin ich schon raus zum Tempel.

22

Über Politik habe ich Ihnen schon einiges mitgeteilt. Jetzt möchte ich Ihnen ein klein wenig über das erzählen, was man die High Society nennt. Eine besonders große Menge von ›altem Geld‹ gibt es in unserer Gegend und Stadt nicht. Was da ist, ist alles meistens nicht älter als eine oder zwei Generationen und wurde von Leuten gemacht wie Cornelius Vanderbilt, der eine Müllabfuhr betrieb. Oder von Swift. Der fing mit einem Fleischverkaufskarren auf der Straße an. Oder Marshall Fields mit seinem Textilladen.

Bei uns in Chicago gibt es aber durchaus eine soziale Rangordnung und auch eine Schickeria. Soviel ich davon weiß, nimmt sie gern Schauspieler und Schauspielerinnen auf, wohingegen beispielsweise Personen mosaischen Glaubens nicht so gern gesehen sind, es sei denn, sie heiraten jemanden, der schon zur Society gehört.

Es gibt auch exklusive Clubs wie zum Beispiel den *Chicago Club* und den *Casino Club*, und außerdem noch eine Menge Wohltätigkeits- und Gemeinnützigkeitssachen. Die Lyrische Oper. Die University of Chicago. Die Junior League. St. Luke's Medical Center. Brookfield-Zoo. Und jedermann ist dankbar für diese guten Werke.

Die High Society würde an sich ganz gerne Anspruch auch auf etwas politische Macht erheben, aber Tatsache ist, daß die unten im Rathaus maßgeblichen Leute an den Schalthebeln auf diese einschlägigen Wünsche der Reichen – was sie so äußern und wofür und wogegen sie gerne wären, oder was sie abgerissen oder aufgebaut haben möchten – schlicht und einfach . . . pfeifen, um das dezentere Wort zu gebrauchen. Ihre Wahlkampfspenden sind willkommen, aber sonst . . . Ohnehin ist ja selbst das eine ziemlich verdrehte Sache. Denn diese reichen Herrschaften denken und wählen ja bekanntlich alle stockrepublikanisch. Trotzdem spenden sie den Demokraten, was nur geht. Sie wollen sich eben mit denen, die nun mal dran sind hier, gut stellen.

Die reichen Damen der Gesellschaft schmeißen jede Menge Parties und sind vermutlich auf diesem Sektor und auf diese Weise auch ganz nützlich. Weil sie nämlich damit Demokraten mit Republikanern und Liberalen zusammenbringen, die Firmenchefs mit den Gewerkschaftsbossen und die Grundstückslöwen mit dem Klerus und die Kunstmäzene mit den Sportfinanziers. Und die Unterweltbosse mit den Bankiers.

Zum Beispiel Jennifer Hanneman, genannt ›Poppsie‹. Sie stammt aus einer Familie, die im Zehnten Bezirk früher mal einen Hot-Dog-Stand hatte, dessen Kunden vor allem die Stahlarbeiter waren. Sie arbeitete eine Zeit als Hupfdohle in den Bühnenshows auf dem Kiez und anschließend auf ihrem Rücken in einer Wohnung am Wasser, die sie sich zugelegt hatte. Und heiratete schließlich ins große Hanneman-Geld ein. In Gestalt von Barney ›Knackwurst‹ Hanneman, den natürlich niemand ins Gesicht so nannte, und der doppelt so alt war wie sie. Was sie folglich nicht allzulange nach der Heirat zur Witwe machte. Als Partyveranstalterin ist sie Klasse.

Sie hat eine schnieke Wohnung in der Lakeview Avenue mit einem tollen Blick über den Park. In der Lobby unten habe ich Glück, weil dort der Nachtportier schon seit zwanzig Jahren Danny Maroon ist, der ein irres Gedächtniss für Namen und Gesichter hat, das ich gerne auch hätte.

Und wirklich erkennt er mich auch tatsächlich auf Anhieb, obwohl es auch schon wieder fünf Jahre her ist, daß ich hier in dieses Haus zu kommen und über Nacht zu bleiben pflegte; aber das ist wieder eine andere Geschichte.

»Na, wenn das nicht Mr. Flannery ist, oder?«

»Na klar.«

»Also wieder da?«

»Nein, nur auf einen Drink«, sage ich. »Dinner müßte eigentlich jetzt schon vorbei sein, was meinen Sie?«

»Waren Sie denn dazu nicht eingeladen?«

»Nein, nur so informell auf eine Kleinigkeit danach«, sage ich, und lüge wie gedruckt oder wie meine Mutter –

Gott hab' sie selig – zu sagen pflegte, daß es selbst der Teufel nicht merken würde.

»Na, dann viel Vergnügen, Mr. Flannery«, sagt er.

»Ihnen auch, Mr. Maroon«, entgegne ich, »Ihnen auch.«

Und ich nehme den Lift und fahre bis ganz oben rauf. Wenn man rauskommt, steht man in einer Halle, die größer ist als meine ganze Wohnung, und in der nichts ist als ein Gemälde auf der einen Seite und ein Spiegel auf der anderen, samt einem kleinen Tischchen mit einer silbernen Schale drauf, gleich neben der Aufzugstür.

Aufmachen tut Poppsies Butler. Der ist neu, den kenne ich nicht. Der war damals nicht da. Er mustert mich mit schnellem Kennerblick von oben nach unten. Er hat Augen wie eine Maus, so flink, als kuckt er einem in jede Tasche. Und ich bestehe den Test nicht. Er macht diese Augenbrauensache. Und ich denke mir wieder mal, daß es, scheint's jedermann auf der ganzen Welt fertigbringt, hochnäsig dreinzusehen. Bloß ich nicht.

»Ich würde gerne Mrs. Hanneman sprechen«, sage ich.

»Madam gibt eine Dinnerparty«, sagt er.

»Das macht nichts«, sage ich, »hungrig bin ich nicht. Und ich will auch gar nicht lange stören. Ich möchte nur ein paar Worte mit Jennifer –«

»Ich fürchte –«

»Jenny wird wissen wollen, daß ich hier bin. Gehen Sie rein und flüstern sie Poppsie ins Ohr, daß James Flannery da ist. Oder ich pinkle Ihnen auf der Stelle auf den Teppich.«

Das reicht ihm. Er dreht sich um und hochnast fort, auf den Raum zu, weiter hinten, wo eine Menge Rhabarber herkommt und noch mehr Licht. Ich aber gleich hinter ihm her. Was er aber nicht hört. So dick sind die Teppiche hier. Und er hat viel zu wenig natürlichen

Straßen-Scharfsinn, als daß er mich instinktiv hinter sich fühlen würde.

Als er in der Tür des Speisesaals stehenbleibt, der so ungefähr aussieht wie der Spiegelsaal von Versailles, den ich neulich mal in so einer Dokumentarsendung über Wilson in der Glotze gesehen habe, gehe ich sofort direkt an ihm vorbei.

Poppsie sieht her. Die erste Sekunde denke ich, gleich lacht sie los. Die zweite, gleich heult sie los. Die dritte, gleich schreit sie los, daß alle anwesenden Herren aufstehen, sich auf mich stürzen und mir die Zähne rausschlagen.

Sie hat Stücker dreißig Leute dasitzen. Alle um einen Riesentisch herum mit so viel Porzellan und Silber darauf, daß Mary und ich uns allein davon ein Haus in der Vorstadt samt zwei Autos in der Garage leisten könnten. Die Weiber haben lange Kleider an und die Männer meistens Dinnerjackets. Nach dieser kleinen Brotzeit hier haben sie vor, alle zusammen rüber zum Art Institute zu gehen. Das weiß ich zufällig, weil ich es im Laufe meiner Nachforschungen nach einem bestimmten Mann während einiger Telefongespräche erfahren habe.

Ein paar kenne ich. Wilson Frost zum Beispiel. Der schwarze Bezirkshäuptling vom Vierunddreißigsten drüben auf der South Side. Oder meinen alten Freund George Lurgan vom Vierzehnten. Und Jerry Kilian vom Ersten, in dessen Herz der Kiez gelegen ist. Ferner ist mir von den Anwesenden auch Joe Medill bekannt, der Kolumnist von der *Trib*, sowie Barry Locker vom Kanal Zwei.

Fast alle schauen mich an mit meinen blutigen Händen und meinem verdreckten Anzug. Ob ich vielleicht ein Penner bin, der sich zu ihnen hereinverirrt hat. Oder wenigstens einer von diesen Geburtstagsglückwünschern, die man engagieren und zu den Leuten schicken kann, damit sie ihnen deine Gratulation vorsingen oder vortanzen. Die Damen ihrerseits haben allerdings dieses feine Lächeln in den Mundwinkeln, das ausdrückt, na hoffentlich ist Poppsie diesmal nicht ein bißchen zu weit gegangen und hat einen männlichen Stripper kommen lassen oder irgend so etwas. Ein paar der Männer schieben bereits ihre Stühle etwas zurück, weil sie die etwas prekäre Notlage des Butlers bemerkt haben, wie ich da einfach an ihm vorbeigehe. Daß sie mich vielleicht rausschmeißen, selbst auf die Gefahr hin, daß ihre Manschetten dabei etwas schmutzig werden könnten.

Nur zwei sehen mich wirklich scharf an. Das ist erstens Smith Jarwolski, der Polizei-Superintendent. Er hat seine Galauniform an. Und zweitens Carmine DiBella. Von dem geht das Gerücht, daß er der führende Mann im Syndikat ist. Auch wenn es niemand sicher weiß, weil nämlich diese Unterwelts-Bosse von heute sich nur noch ganz dezent geben. Die kann man jederzeit glatt mit einem Banker oder einem Börsenmakler verwechseln.

Bei aller meiner Nervosität ist es irgendwie doch hochinteressant für mich festzustellen, welcher Unterschied in der Art der drohenden Gesichter besteht, die diese beiden mir zeigen. Jarwolski hat die Brust rausgetan und den Kopf vorgestreckt, und seine Hand hält sich am Tisch fest, als wenn er jeden Moment losschlägt. Dazu macht er ein Gesicht wie ein Pavian mit gefletschten Zähnen und in Falten gelegter Stirn. Wohingegen DiBellas Hand, die fast so fein und weiß ist wie dessen irisches Leinen, auf dem Tischtuch liegt, und mir nur seine Augen sagen, daß ich besser abhaue, bevor mir gleich was ganz Böses zustößt.

Ehe indessen irgendwer was sagen oder tun kann, ist Poppsie schon auf und kommt mir mit ausgestreckter Hand entgegen, als wenn sie ganz außer sich darüber ist, einen guten Freund in so einem Zustand sehen zu müssen. So in der Art, als wäre ich einer dieser Patienten, die leicht gaga sind und um die sich eine Schwester mit übertriebener Sanftmut bemüht.

»Carpenter, einen Stuhl für Mr. Flannery«, sagt sie zu ihrem Butler, der daraufhin seinen Gesichtsausdruck auf der Stelle umknipst. Gerade eben noch wollte er mich auffressen. Jetzt ist er ungeheuer um mein Wohlbefinden besorgt.

»Was um Himmelswillen ist Ihnen widerfahren, James?« fragt mich Poppsie anschließend mit dieser Stimme, die sie wie eine säuselnde Flöte herausbringen kann, und nicht im geringsten etwa so, als hätte sie Angst, daß ich hier irgendetwas tue, was unser Geheimnis preisgibt. Nämlich, daß ich hier in diesem Penthouse, und in ihrem Bett, schon bei mehr als einer Gelegenheit anwesend war. Sie sieht aus wie eine Blume. Doch sie ist in Wirklichkeit so hart und zäh wie Seegras.

»Nein, vielen Dank, Mrs. Hanneman«, sage ich. »Ich bleibe nicht lange.«

»Aber auf einen Drink doch wenigstens«, beharrt sie. »Wie wäre es mit einem Whisky?«

Und sie wirft ihrem Carpenter einen Blick zu, woraufhin sich dieser in Richtung auf die Kristalldekanter auf der Anrichte zubewegt.

»Nein, wirklich nicht«, unterbreche ich sie und ihn, »ich trinke keinen Alkohol.« Das tue ich wirklich nicht. Abgesehen mal von vielleicht einem Bier, wenn es sehr heiß ist, oder bei einem Picknick. Ich finde es wirklich toll, wie sie das gemacht hat. Mit einer kleinen Bemerkung klärt sie jeden der Anwesenden – falls irgendwer hinterher es sich noch einmal rekapitulieren will – darüber auf, daß sie den Eindringling, der da mitten in ihre Dinnerparty geplatzt ist, zwar kennt, aber doch nur auf die alleroberflächlichste Weise. Etwa vielleicht von einer Spendenveranstaltung der Demokraten, wo sie mit den Bezirksfunktionären bei Corned Beef mit Kohl oder einem Gummiadler zusammensaß.

»Es tut mir wirklich leid, so in Ihre Dinnergesellschaft hereingeplatzt zu sein, Mrs. Hanneman«, sage ich, »aber es fiel mir auf der Flucht vor einer noch schlimmeren Verletzung oder gar dem Tod im Moment nichts anderes ein.«

Sie läßt ein atemloses Schreichen los, was ganz offensichtlich ebenfalls gespielt ist. Denn Poppsie, wissen Sie, hat unter uns, ein Gemüt wie ein Fleischerhund. Sie würde keine Miene verziehen, auch wenn sie sähe, wie jemand auseinandergesägt wird. Doch dann sehe ich, daß ich mich womöglich total irre. Denn da ist tatsächlich ein feuchter Schleier über ihren Augen und es wird mir, jetzt mit einem Schlag, klar, daß sie seinerzeit gar nicht gelogen hat, als sie sagte, nein, es kann keine Zukunft geben für zwei Leute, von denen die eine sich aus dem Sumpf und Dreck hochgearbeitet hat, während der eine noch mitten drin streckt, daß ich ihr aber andererseits einfach zu viel bedeute, als daß sie mich nur als Spielzeug benützen möchte.

»Falls Ihr Leben bedroht wurde, Mr. Flannery«, erklärt daraufhin Jarwolski mit aller gebotenen Feierlichkeit, »dann bringen Sie das doch auf angemessene Weise der Polizei zur Kenntnis.«

»Gut, Superintendent Jarwolski«, sage ich, »dann ist, denke ich, vielleicht das beste, ich bringe es gleich demjenigen direkt zur Kenntnis, der die Anordnung erteilt hat, mich den Hunden vorzuwerfen.«

Und ich sehe DiBella an, dessen Mund sich ein wenig kräuselt, als ob ihn das erheitert, während ich sicher bin, es kommt daher, weil er ziemlich ärgerlich auf mich ist.

»Ist das eine exakte Feststellung«, sagt er, »oder muß man das eher als eine bildhafte Ausdrucksweise verstehen?«

»Es ist, was mir vor einer Stunde widerfahren ist. Drei Männer, von denen es mir von zweien möglich war, ihre Namen festzustellen, nämlich Angie und Connie . . .«

»Das sind aber Frauennamen«, sagt er.

». . . wobei es sich um italienische Namen handelt, und die in Ihren Diensten stehen, Mr. DiBella, haben mich wie einen Sack hinten in ein Auto geworfen, mich auf einen Müllabladeplatz gefahren, mir in den Leib geschlagen, und mich dann Bekanntschaft mit einem Hund machen lassen, der so ungefähr das gemeinste Hundeviech war, das man sich vorstellen kann.«

»Doch Sie waren offenbar noch gemeiner?« sagt DiBella.

»Das nicht, aber schneller. Und ich hoffe, ich bin auch smarter, Mr. DiBella. Aus genau diesem Grunde nämlich bin ich auch nicht zur Polizei gegangen, sondern schnurstracks hierher, um Sie in aller Öffentlichkeit davon in Kenntnis zu setzen, daß ich es keineswegs schätze, wenn Sie Ihre zwei- oder vierbeinigen Hunde auf mich hetzen, und Sie gerne auffordern würde, damit aufzuhören.«

»Sollen wir alle aufhören, Mr. Flannery?« fragt er, kalt wie eine Hundeschnauze und in einem Ton, der keineswegs bedeutet, daß er zugibt, getan zu haben, was er getan hat, sondern vielmehr, daß er versucht, einen offensichtlich Verrückten zu beruhigen und ihn möglichst rasch wieder loszukriegen, damit die versammelte Gesellschaft bei Poppsie in Ruhe ihr Dessert beenden kann.

»Nein, Mr. DiBella, ich werde nicht aufhören. Ich wüßte gerne, wie groß diese Gefälligkeit eigentlich sein kann, die Sie da irgendjemandem erweisen? Kann es möglich sein, daß Ihnen irgendwer, der Ihnen gar nichts nützt, dennoch so wichtig ist, daß deswegen drei Menschen sterben müssen? Es ist natürlich nicht schwer, sich vorzustellen, daß Sie, was Sie nur wollen, erreichen und bekommen können, indem Sie nur mit dem Finger schnippen; als wären Sie der Pate persönlich. Solche Einfälle kommen einem wie mir, wenn man sich in der Lage sieht, daß jemand von einem möchte, man soll sich darum kümmern, daß ein Baum, der ein ganzes Fenster zuwächst, abgeschnitten wird, oder daß das Wasser wieder angestellt wird, damit man wenigstens das Klo spülen kann. Ich bin nicht an Ihnen interessiert, Mr. DiBella. Ich bin an dem interessiert, der tatsächlich die Morde begangen hat.«

Er ist um Mundwinkel und Nasenflügel plötzlich so weiß, als wären sie ihm erfroren.

»Irgendwie klingt das etwas drohend, Flannery«, sagt er mit ganz sanfter Stimme. »Es klingt irgendwie, als möchten Sie mir hier vor meinen Freunden drohen. Wollen Sie mir die Ehre abschneiden? Soll ich mich mit ihnen wegen Ihrer Beleidigung duellieren?«

»Ich betreibe hier lediglich eine Politik der Rückversicherung, mehr nicht«, entgegne ich. »Wenn es nämlich alles stimmt, was ich sage, dann sind alle diese Leute hier Zeugen, und das könnte Sie vielleicht doch daran hindern, mir ein Leid anzutun. Weil sie nämlich dann alle wüßten, daß Sie das waren. Wenn es aber nicht stimmt, dann können Sie doch einfach mit einem Achselzucken darüber hinweggehen. Denn schließlich sind Sie ja ein einflußreicher Mann und –«

Als ich hier eine zögernde Kunstpause einlege, kürzt er sie sofort ab. »Und was sind Sie, Mr. Flannery?«

»Ein Straßenköter«, sage ich.

»Ich bringe Sie zur Tür«, greift nun Poppsie ein und beweist jedermann, daß sie ein ganzes Gebirge guter Manieren darstellt, selbst angesichts eines manierlosen Gesellen wie mir. Ganz abgesehen davon, daß ihr natürlich daran liegt, daß ich auch wirklich zur Tür hinausgehe.

Ich folge also ihrer kurzen Handbewegung – so wie man mit einer befehlenden Geste einen Straßenköter wegscheucht, der ein bißchen geknurrt und seine Zähne gezeigt hat, aber nur ein harmloses Hündchen ist, wenn man ihn richtig zu behandeln weiß – und drehe mich folgsam um. Und sie wedelt Carpenter fort und auf diese Weise sind wir dann an der Tür einige Augenblicke allein.

»Mein Gott, Jimmy, ich hoffe nur, das funktioniert«, flüstert sie und legt ihre saubere, weiche Hand auf meinen schmutzigen Ärmel.

»Ich hatte keine andere Wahl, wollte ich nicht mit eingezogenem Schwanz abziehen«, sage ich.

»Und du bist ganz sicher, daß du nicht nur grundlos die anderen Tiere belästigst?«

»Ein wenig im Trüben fische ich schon«, sage ich. Ich hole das Foto von dem Kerl heraus, der mit Helen Brickhouse in Atlantic City war. »Das ist alles, was ich habe.«

»Das ist Danny Tartaglia«, sagt sie.

»Du kennst den?«

»Na, hör' mal. Danny Tartaglia ist doch DiBellas Schwiegersohn!«

23

Wir kennen alle den Witz von dem Burschen, der zu dem Mädchen sagt: ›Würden Sie's für einen Zwanziger tun?‹ und sie sagt: ›Was erlauben Sie sich! Was für eine, glauben Sie eigentlich, bin ich?‹ Darauf sagt er: ›Und eine Million? Würden Sie's dafür . . .?‹ Und sie sagt: ›Na ja . . .‹ Und er: ›Gut, nachdem wir jetzt wissen, was Sie für eine sind, müssen wir uns noch auf den Preis einigen.‹

Darüber lacht ein jeder. Weil jeder glaubt, genauso ist es im Leben doch. Und weil die große Lebensweisheit von der Straße sagt, Gott, am Ende ist ein jeder käuflich. Und es stimmt ja auch in ausreichendem Maße, um ein Zyniker zu werden. Manchmal sieht es doch wirklich so aus, als ob buchstäblich ein jeder auf der Welt einfach nur ›zusieht, wo er bleibt‹. Ich nehme an, Sie genauso wie ich, wenn wir hungern würden, oder unsere Kinder hätten keine Schuhe oder keine Medizin, wir würden unsere sogenannte Ehre in so einem Fall auch schon für ein paar Groschen jederzeit verkaufen. Und von da ist es nur noch ein Schritt oder zwei, sich für eine Million hinzulegen. Oder dies und jenes zu tun für einen neuen Wagen. Oder einen Platz in der ersten Reihe.

Und wenn wir auf diese Weise ›Realisten‹ waren, was sagen wir dann? Daß das alles schließlich nur menschlich ist. Bloß, alle anderen, die sollen selbstverständlich immerzu nur Heilige sein. Wir müssen immer einen anderen haben, der uns den Christus macht und für uns am Kreuz hängt. Damit wir uns immer schön der beruhigenden Überzeugung hingeben können, schließlich und endlich ist da schon das Gute in uns. Irgendwo.

An all dies denke ich jedoch gar nicht, als ich höre, daß

Ray Carrigan, der Boß der Demokratischen Partei, nach mir schickt. Ich denke vielmehr daran, daß ich ihn schon schaffen werde, und obendrein auch meinen Job rette. Und meine Haut.

Nachdem er mir die Hand schüttelt, sagt er: »Setzen Sie sich hin, Jim. Es ist nicht viel, was wir zu bereden haben, aber ich kenne schließlich Ihren Vater, weil wir zusammen junge Männer waren, und Sie kenne ich auch noch als kleines Kind, wie Sie noch in der Nase gebohrt haben.«

Das ist offenbar dazu gedacht, daß ich lache, gut, also lache ich. Es gibt nun mal gewisse selbstverständliche Gebräuche, wie, sich vor der Königin von England verbeugen, oder dem Papst den Ring küssen, und das macht man einfach, auch wenn man gar nicht besonders gläubig ist.

»Setzen Sie sich, Jim«, sagt er nochmal, »und nehmen Sie sich eine Zigarre.«

Ich rauche gar nicht, aber ich nehme natürlich eine Zigarre, weil es schließlich höflich ist, wenn man schon eigens aufgefordert wird, und ich kann sie ja meinem alten Herrn mitbringen.

»Es ist nicht so«, sagt er, »daß ich, nur weil wir nun mal nicht die Gelegenheit haben, oft miteinander zu sprechen, kein Interesse daran hätte, den Sohn von Mike Flannery im Auge zu behalten. Ich erkundige mich durchaus bei Ihrem direkten Chef, Delvin, wie Sie sich so machen, und er sagt mir, Sie sind der beste Bezirkshäuptling, den er überhaupt hat, und der sogar Republikaner dazu kriegt, die Liste der Demokraten zu wählen, weil er so ein gutes Herz hat und nett und freundlich ist zu jedermann.«

»Aha«, sage ich, weil ich es gar nicht so schnell runter kriege, wie er es mir hinschaufelt, und ich gar nicht erst versuchen will, es zu schaffen.

»Andere Bezirksleiter sagen ebenfalls nur das Beste von Ihnen. Sogar Vito Velletri, der normalerweise ja nicht gerade Gutes über Iren sagt. Nein, selbst er sagt nur das Beste über Sie. Und wohin nun führt dies alles, Jimmy, meinen Sie . . .«

Ich mache meinen Mund auf und –

»Natürlich fragen Sie sich das«, redet er jedoch bereits weiter. »Ich werde es Ihnen sagen. Es führt schlicht und ergreifend direkt dazu, daß die Partei große Pläne mit Ihnen hat. Sie möchte nämlich, daß Sie bei den nächsten Wahlen in Ihrem Bezirk für das Parlament des Bundesstaates kandidieren.« Und er sitzt da, grinsend wie der Buddha, und wartet womöglich, daß ich ihm jetzt gleich die Füße küsse.

Bei dieser Gelegenheit muß ich Ihnen jetzt schnell noch etwas anderes über die Feinheiten der Politik bei uns in Chicago erzählen. Ein Sitz im Parlament des Bundesstaates – oder selbst im Kongreß in Washington – ist nicht etwa unbedingt und nur eine Treppe höher für verdiente Stadtfunktionäre. Nein, es ist unter Umständen auch ein Weg, einen, der allen allzusehr auf den Wecker gefallen ist, nach Springfield hinaus wegzuloben. Und genau deshalb glaube ich jetzt auch sofort, daß es da irgendwen gibt, der mich wegloben, kaufen, bezahlen und zum Tempel hinaus haben möchte. Und wenn ich eines Tages dann wieder herein möchte, finde ich wahrscheinlich sämtliche Türen nach Chicago zugesperrt. Oder sie hauen sie mir vor der Nase zu.

»Wir dachten also, Sie sollten sich erst mal ein paar Wochen da drüben in unserer Hauptstadt umtun. Sich das alles mal ansehen. Ein paar Leute kennenlernen . . .«

»Nein, danke, Mr. Carrigan«, sage ich.

». . . und eben, wie das alles funktioniert. Die Schlösser und die Schlüssel dazu. Und so.«

Es hätte mich gar nicht gewundert, wenn ihm die Zigarre aus dem Mund gefallen wäre.

»Wie war das?« sagt er.

»Ich habe gerade eben die Frau gefunden, die ich heiraten werde«, sage ich.

»Die können Sie doch mitnehmen.«

»Sie arbeitet drüben in der Passavant als Schwester. Ich glaube nicht, daß sie das einfach aufgeben möchte.«

»Na hören Sie, wenn sie Ihre Frau wird, dann wird Sie doch wohl alles tun, was sie für die Karriere ihres Mannes nun mal tun muß. Oder?«

»Wissen Sie, Mr. Carrigan, ich glaube, das ist heute alles nicht mehr so. Die Frauen haben heutzutage ihren eigenen Kopf, selbst wenn sie Ehefrauen sind.«

»Aber doch nicht gute irische Mädchen.«

»Na ja, irische Mädchen vielleicht. Aber das zählt hier nicht. Weil, meine Braut ist jüdisch erzogen worden.«

»Oh, das könnte sich aber als Fehler erweisen.«

»Sie ist Demokratin.«

»Trotzdem.«

Poppsie Hanneman sitzt mir in Shelley's Bar und Grill gegenüber. Sie ißt ein Bratensandwich und trinkt ein Bier dazu; gerade, als wäre sie nicht die oberste Partygeberin von ganz Fein-Chicago.

»Denkst du noch immer an mich?« sagt sie und haut mir einen ihrer verschleierten Blicke unter den von ihrer Stirn baumelnden Locken hin wie damals, als sie noch wollte, daß ich sie liebe.

»Ich habe praktisch jeden Tag an dich gedacht«, sage ich. »Bis letzte Woche.«

»Ah? Und was ist da passiert?«

»Ich habe eine andere Frau kennengelernt.«

»Kein Mädchen?«

»Doch, doch, ein Mädchen ist sie schon auch.«

»Du wirst mir doch nicht erzählen, Jimmy-Boy, daß du krank vor Liebe bist?« sagt sie und frozzelt mich als Spießer.

»Mir geht's gut«, sage ich.

Sie mustert mich eine ganze Weile aufmerksam. »Na gewiß doch. Das sieht man. Wie heißt sie denn?«

»Mary Ellen.«

Sie legt ihr Sandwich hin.

»Was ist los, schmeckt's nicht?« sage ich.

»Wie Säure, kommt's mir vor«, sagt sie. »Junge, kann ich was für dich tun?« Und tut, als kapiert sie jetzt alles.

»Du kannst mir was über diesen Danny Tartaglia erzählen. Ich könnte mich natürlich auch woanders erkundigen, aber von dir wär's mir lieber, wenn es geht.«

»Ich weiß auch nur den Party-Klatsch. Wo er im Syndikat steht und so, keine Ahnung. Falls er da überhaupt wo steht. Oder welche Macht und welchen Einfluß er hat. Oder wie seine Zukunftschancen sind. Falls er welche hat. Ich weiß nur, was so über seine Ehe und sein Liebesleben geredet wird.«

»Genau das möchte ich hören«, sage ich.

»Danny Tartaglia ist nicht aus Chicago-Kreisen. Was ich so höre, ist, daß er so vor acht Jahren aus Geschäftsgründen hergeschickt worden ist. Aus Philadelphia. Ich glaube, er ist Anwalt, aber darauf kann ich nicht schwören.«

»Spielt auch keine Rolle«, sage ich.

»Spielt keine Rolle, Jimmy: ›spielt keine‹«, sagt sie, so auf ihre fast geistesabwesende Art. Und das erinnert mich daran, warum ich sie so leicht verlassen konnte. Es macht mir wirklich nichts aus, wenn mich jemand korrigiert – ich bin immer bereit, zu lernen –, aber es ist diese Art, wie sie es sagt. So ganz nebenher. So, als sagt sie zu ihrem Hund: ›Sitz!‹ Und wenn sie das tat, wußte ich immer, sie denkt ziemlich geringschätzig über mich und liebt mich also wohl nicht so sehr, wie sie immer sagt.

»Du siehst ja, wie gut er aussieht . . .«

»Ich finde, er sieht aus wie ein Wiesel . . .«

». . . an dem Foto, daß du von ihm hast.«

». . . aber wer bin ich schon?«

»Also war es wohl, glaube ich, für niemanden eine Überraschung, daß Theresa DiBella, einzige Tochter von Carmine, sein Baby, seine Prinzessin . . .«

». . . sein Pudding«, sage ich zu mir selbst.

». . . und sein Augapfel, sich in Danny Tartaglia ganz mächtig verliebt.«

»Und DiBella ist einverstanden damit?«

»Kein Mann ist jemals damit einverstanden, daß sich seine Tochter in einen anderen Mann verliebt. Weißt du das nicht?«

»Ja, ja schon gut.«

»Er ist sogar stocksauer. Aber andererseits will er doch auch, daß sein kleines Mädchen eine gute Partie macht. Also einen Italiener kriegt, einen Katholiken, einen, der gebildet ist, und außerdem einen Beruf hat, der auch für DiBellas eigene Geschäftsinteressen nützlich sein kann. Einen Mann, den er in seine Dienste nehmen kann, der aber kein Krimineller ist wie er selbst.«

»Also, er gibt seinen Segen?«

»Ja, sicher. Er schmeißt sogar die größte Hochzeit, die du je gesehen hast. Erinnerst du dich denn nicht daran?«

»Ich war nicht eingeladen.«

»Mein Gott, sämtliche Zeitungen waren voll davon! Und sogar das Fernsehen war dort.«

»Ich lese . . .«

»Ich erinnere . . .«

». . . nicht so intensiv Zeitungen. Ich –«

». . . mich ja, daß du kein Fernsehen anguckst. Du bist

ein totaler Anachronismus, lieber Jimmy«, sagt sie, und fügt noch hinzu: »Damit meine ich –«

»Ja, ich weiß schon, was du meinst, Poppsie. Mach' mal halblang.«

»Also, Theresa wird fast augenblicklich schwanger. Das ist gut. Sie kriegen eine Tochter. Das ist nicht so gut, aber soweit es DiBella betrifft, die Tartaglia ohnehin inzwischen nicht mehr so sehr der Mann seiner Tochter als allenfalls der Vater seines Enkelkindes.«

»So ist das nun mal. DiBella muß Tartaglia ja gar nicht mögen, um es für seine Familie schön zu richten. Was hat er denn für Tartaglia getan?«

»Das Übliche, nehme ich an. Ich habe dir ja gesagt, daß es ihm vor allem um seine Geschäfte ging. Ich habe gehört, daß er ihm ein paar juristische Sachen gegeben und ihn beauftragt hat, mit Velletri irgendwelche Versicherungsgeschichten auszuhandeln. Aber ich habe natürlich an sich nur von den Bettgeschichten gehört.«

»An denen diese siebengescheiten Burschen sich meistens die Finger verbrennen.«

»Theresa kriegt noch eine Tochter, und dann einen Sohn. Und das Oberhaupt der Familie war jetzt beruhigt. Der Stammhalter war da. Dafür hatte Tartaglia inzwischen die Lust verloren, scheint's. Jedenfalls sieht man ihn immer öfter, statt friedlich am heimischen Karmin, auf dem Kiez. Er gibt vor, geschäftlich. Er muß mit seinen Kunden zu den Mädchen, weil die drauf scharf sind. Er natürlich nicht, selbstredend.«

»Und das glaubt ihm jemand?«

»Viele nicht. Er hat aber auch einen angesehenen Freund, den er da vorschiebt.«

»Wie angesehen?«

»Ein Anwaltskollege mit politischen Ambitionen und Beziehungen zu Richter Oglivie vom Appellationsgericht.«

»Vito Velletris Richter.«

»Merkst du, wie die Suppe dick wird?« fragt Poppsie und grinst. Und für einen Moment sitzt wieder das alte Mädchen, das sich aus dem Zehnten Bezirk hochgearbeitet hat – nämlich aus der Gegend, wo die Stahlfabriken sind; indem sie das tat, was eine Menge Mädchen eben tun, wenn sie nach oben wollen; so wie Helen Brickhouse auch, nur besser eben –, bei mir am Tisch. Und nicht die große Society-Dame, die sich nach oben geheiratet hat.

»Also, das ist die Verbindung zu DiBella. Deshalb hat dieser Freund von Richter Oglivie dem Tartaglia diesen Gefallen getan und tut, als ist er der Nuttenfrequentant, und Tartaglia macht höchstens mal so gelegentlich einen drauf.«

»Es war auch eben dieser Freund, der DiBella die Wahrheit sagte, als er der Meinung war, es sei Zeit dafür.«

»Wann war das?«

»Als so ungefähr alle es inzwischen wußten«, sagt Poppsie.

»Und er sich also selbst beruhigen konnte: bin ja gar nicht ich, der Tartaglia in die Pfanne haut.«

»Und er sagt DiBella, er wird gerne Tartaglia die Botschaft weiterleiten, daß er sich zurückhalten oder besser gleich ganz aufhören und DiBellas Tochter und Enkelkinder, und die ganze Familie DiBella, nicht weiter entehren soll.«

»Und wie dann DiBella glaubt, alles ist bestens gerichtet und klargestellt und Tartaglia ist auch alles ausgerichtet, was macht Tartaglia? Fängt an, noch einen Zahn zuzulegen, und Theresa noch hinterhältiger zu betrügen.«

»Und hält sich überhaupt nur noch in den Puffs auf, vor allem im Fünfundzwanzigsten.«

»Wie blöd muß einer eigentlich noch sein, daß er wieder mit dem ganzen Mist anfängt, nachdem er schon mal gewarnt ist? Und das auch noch unter den Augen und im Revier seines eigenen Schwiegervaters.«

»Nu' ja«, sagt Poppsie und lächelt, »ganz so ist es natürlich auch wieder nicht. Was schon sollte es DiBella groß kümmern, ob sein Schwiegersohn mit unartigen Mädchen rummacht? Oder meinst du, er hat das nicht genauso getan? Ehefrauen sind für den Haushalt da, zum Kochen von Spaghettisoße, und zum Kinderkriegen. Und Huren sind für den Spaß da und für Sachen, von denen die liebe Ehefrau des Mannes noch nie was gehört hat, geschweige, daß sie es tut. Kann doch durchaus sein, daß DiBella Tartaglia jetzt sogar lieber hat als zuvor, jetzt wo der blöde Hund wenigstens seine Weibergeschichten diskret abwickelt. Mein Gott, Flannery, du hast dir aber auch 'ne . . .«

»Hast aber auch eine.«

». . . eine kindliche Unschuld. Da siehst du mal, was du aus mir gemacht hast. *Ich* bin hier doch eigentlich der gute Einfluß auf dich. Und da sitze ich zehn Minuten mit dir und fange wieder an zu reden, als hätt' ich niemals den Zehnten hinter mir gelassen.«

»Keine Sorge, in dem Augenblick, wo du wieder auf die andere Straßenseite gehst, hast du auch automatisch deine feinen Manieren und deinen ganzen geballten Charme wieder«, sage ich. »Wer ist denn dieser Anwalt übrigens, dieser gute Freund von Tartaglia?«

»Nix«, sagt sie.

»Na hör' mal, das alles, was du mir da erzählt hast, hast du doch nicht nur unter der Haube beim Friseur gehört?«

»Eben. Drum sage ich dir den Namen ja auch nicht.«

Ich beuge mich vor und lege meine beiden Hände über ihre lieben Hände. Die sind übrigens der Teil von ihr, der sich am wenigsten verändert hat, seit sie in die großen Höhen geklettert ist. Sie sind Dinger, ungefähr groß wie die meinen, allerdings ganz weich und weiß. Sie hat lange Nägel, aber nicht eigentlich zu lang. Rosa angemalt. Zu der Zeit, als wir noch zusammen waren, malte sie sie abends noch zuweilen feuerrot an, daß es aussah, als wären sie blutig. Dazu die Lippen genauso blutrot. Und legte Rouge auf die Wangen, damit sie hohe Backenknochen bekam. Und Lidschatten auf die Augen, und Mascara. Und trug dazu tolle schwarze Kleider, und rote Unterwäsche – ›Nur damit ich das alles nicht vergesse‹ –; und das waren gute Abende damals. Weil sie so echt war.

»Sag' es nicht«, sagt sie.

»Sag' was nicht?« frage ich.

»Den alten Zeiten zuliebe.«

»Also gut, ich sag' es nicht.«

»Gefallen gegen Gefallen?« sagt sie dann aber doch nach einer Minute, weil ich ihre Hände trotzdem nicht loslasse und sie genau weiß, daß ich ja doch nicht aufgebe.

»Weißt du doch.«

»Wenn dich deine neue Mary jemals fragt, ob da mal eine Frau war, aus der du dir wirklich viel gemacht hast, lügst du dann und sagst, nur eine, und denkst dabei an mich?«

»Ich werde nicht lügen«, sage ich.

»Der Freund von Tartaglia heißt Walter Streeter.«

»Und ist dein Freund.«

»War er. Bis ich herausfand, daß er nach Theresa Tartaglia verrückt ist.«

»Merkst du, wie die Suppe dick wird?« sage ich jetzt und grinse sie blöde an. Und ich versuche meine Hand wegzuziehen, aber jetzt ist sie es, die nicht losläßt.

»Ach Jimmy, wann machst du endlich die Augen auf?«

»Drück' dich mal deutlicher aus«, sage ich.

»Du sagst, du weißt, was ein Anachronismus ist?«

»Wenn was nicht in seiner Zeit ist.«

»Und genau so ein Anachronismus bist du, Jimmy. Die Tage der politischen Maschinerie in den großen Städten sind vorbei!«

»Das dachten alle schon, als die Byrne ans Ruder kam. Aber sie hat ihre Arme weit geöffnet und die Bezirksfunktionäre an ihren Busen gedrückt.«

»Ja, aber der jetzige Bürgermeister umarmt nicht mehr sehr viele von den Bossen.«

»Aber er zerbricht ihnen auch nicht ihre Stöcke.«

»Wird er aber noch. Kannst dich drauf verlassen. Einen nach dem anderen wird er aus dem Verkehr ziehen, wenn es ihm paßt. Es ist kein Platz mehr für dich und deinesgleichen.«

»Er wird gar nichts tun, außer eben seine eigenen Leute auf die Stühle setzen. Aber ich bin keine so große Nummer, daß man mich gleich auswechseln muß.«

»Mit dieser alten Cliquenwirtschaft kann man heute keine Städte mehr verwalten, Jimmy.«

»Ach Gott. Sie werden es vielleicht anders nennen, aber im Grunde wird alles beim alten bleiben. Immer wird eine Hand die andere waschen«, sage ich. »Und ich werde wie üblich am Wahltag meinen Bezirk abliefern.«

Ich weiß schon, daß ich mich wie ein Sturkopp anhöre. Ich weiß, daß ich sogar etwas verärgert klinge. Tief innen drin nämlich weiß ich ja gut, daß Poppsie wahrscheinlich recht hat. Die neuen Makler der Macht sind schon längst dabei, das Spiel neu zu mischen, neue Spielregeln niederzuschreiben, und wenn mir niemand ein Exemplar davon gibt, werde ich bald draußen sein und nicht mehr mitspielen. Und wenn sie recht hat, und keiner zu mir kommt, wo bleibe ich dann? Ich wüßte nicht, wie ich ohne das Erweisen von Gefälligkeiten leben sollte. Das ist mein Geschäft.

Jetzt endlich läßt sie meine Hand los. »Paß' auf dich auf, Jimmy«, sagt sie. »Du sagst, du bist keine so große Nummer, daß man dich gleich auswechseln muß. Aber vielleicht bist du auch keine so große Nummer, daß dich jemand vermissen wird.«

24

»Worin besteht Ihr Problem, Mr. Flannery?« fragt Walter Streeter.

Er ist an die fünfunddreißig, mit einem langen Gesicht und gekräuseltem Haar, dessen Ansatz in der Mitte fast spitz zuläuft. Sein Mund und seine Wangen sehen aus, als wollte er für den Rest seines Lebens achtzehn bleiben. Seine Nase dagegen ist fleischig wie die eines älteren Mannes. Und seine Augen – nun, die sind so zirka hundertunddrei Jahre alt.

Wir sitzen in dem berühmten alten Grill drüben auf der State Street, den die halbe Anwalts- und Richterschaft der Stadt als zweites Büro benutzt. Das Essen hier ist sündteuer, aber das ist mir für diesmal ganz egal. Mir kommt es einfach darauf an, daß er sich wohl fühlt und in vertrauter Umgebung ist. Wenn man von jemandem etwas will, das er eigentlich gar nicht herausgeben möchte, dann tut man gut daran, es ihm erst mal komfortabel zu machen.

»Haben Sie je die Nierchen und Würstchen hier versucht?« sage ich. »Ganz unvergleichlich.«

»Mr. Flannery, ich habe diesem Treffen mit Ihnen

ohne das übliche Vorgespräch mit meiner Kanzlei nur wegen Ihres guten Rufes als Distriktsfunktionär des Siebenundzwanzigsten Bezirks zugestimmt.«

»Und wer weiß schon, nicht wahr, ob ich nicht eines Tages sogar Distriktsboß bin, wenn Sie vielleicht mal Richter am Obersten Gericht werden wollen?«

»Nein, nein, da irren Sie sich. Ich versuche, meinen Beruf Fall für Fall auszuüben und mein Leben schön der Reihe nach zu führen. Mir gefällt es, so wie es jetzt ist. Ich verschwende nicht sehr viel Zeit auf Zukunftsplanungen.«

»Aber etwas Zeit immerhin, wie? Das müssen Sie ja schließlich auch. Sie müssen sich ja auch gelegentlich überlegen, wo Sie denn in zehn Jahren sind oder sein wollen. Oder in zwanzig.«

»Natürlich hat man einen gewissen Fundus vorsichtiger Erwartungen.«

»Das hätte ich nicht besser formulieren können, wenn ich auch ein Jahr darüber nachgedacht hätte«, sage ich bewundernd. »Kennen Sie ein Mädchen namens Helen Brickhouse?«

»Gehört sie irgendwie zu dem Sie beschäftigenden Problem?«

»Nicht eigentlich. Sie gehört mehr zu dem Sie beschäftigenden Problem.«

Er zuckt nicht einmal mit der Wimper.

Benny, der Kellner, kommt in seinem abgeschabten Smoking herüber und stellt sich mit seinem Notizblock auf eine Weise vor uns hin, als ob er gewillt ist, notfalls auch ein Jahrhundert lang so stehenzubleiben, falls es so lange dauern sollte, daß wir ihm unsere Wünsche mitteilen.

»Sagten Sie nicht, Sie empfehlen die Nierchen und die Würstchen?«

»Gibt nichts Besseres.«

»Gut, also ein Minute-Steak. Medium rare. Dick geschnittene Kartoffeln. Erbsen, aber nur, wenn sie wirklich frisch sind . . .«

»Bei uns ist alles immer frisch«, sagt Benny.

». . . französischen Kaffee, halb und halb, nicht Sahne.«

»Das Gleiche für mich«, sage ich.

»Benny lügt natürlich, müssen Sie wissen«, sagt Streeter. »Manchmal sind ihre Erbsen aus der Tiefkühltruhe.«

»Also Helen Brickhouse.«

»Ich kenne keine Helen Brickhouse.«

»Gut, sagen wir Helen Addison.«

»Ich kenne auch keine Helen Addison.«

»Wie wäre es dann mit Helen Caplet?«

Diesmal spielt er nicht mehr so gut. Seine alten Augen verraten ihn. »Soll das immer dasselbe Mädchen sein?« fragt er.

Ich hole das Foto von Helen Brickhouse aus der Tasche und lege es auf den Tisch vor ihn hin. »Dasselbe Mädchen, verschiedene Namen. Berufsnamen.«

»Eine Schauspielerin?«

»Sie war eine Hure.«

»War?«

»Tot.«

»Falls Sie in einen Fall von Mord oder Totschlag verwickelt sein sollten, Mr. Flannery, bin ich leider nicht der richtige Anwalt für Sie.«

»Kann sein, daß Sie nicht der Anwalt sind, den ich brauche. Kann auch sein, daß Sie nicht der Freund sind, den ich haben möchte. Aber ganz sicher sind Sie der Mann, mit dem ich sprechen möchte.«

Daraufhin fährt sein Kopf abrupt herum, er sucht nach dem Kellner und zugleich in seiner Tasche, aus der er einen dicken Füller zum Vorschein bringt.

»Benny«, sagt er, »bringen Sie mir sofort die Rechnung.« Dann wendet er sich wieder mir zu. »Ich verzichte auf das bestellte Essen. Ich bezahle gleichwohl die Rechnung, damit Sie nicht auch noch daherkommen und sagen können, Sie hätten sich meinetwegen in Ausgaben gestürzt, um Rat von mir einzuholen, den ich Ihnen dann verweigerte.«

»Essen, nicht essen. Zahlen, nicht zahlen«, sage ich. »Das können Sie halten, wie Sie wollen. Aber ich sage Ihnen, Sie werden mit mir reden. Hier oder woanders. Hier oder vielleicht eines Abends, wenn Sie mit Ihrem Freund Richter Ogilvie gerade das Brot brechen. Der Ihnen, glaube ich, ja wohl einen kleinen Gefallen erwiesen hat, indem er den Fall Joe Asbach in die Schublade legte . . .«

»Nichts oder wilde Spekulationen . . .«

». . . oder vielleicht, wenn Sie grade mit Velletri oder DiBella Bruderküsse tauschen . . .«

». . . oder vielleicht, wenn Sie gerade mit Ihrem sehr guten Freund Danny Tartaglia und ein paar lieben Gespielinnen wie Helen Brickhouse zusammen sind . . .«

»Ich kenne keine Helen Brickhouse.«

»Ah, Mister Anwalt, jetzt lügen Sie mich aber an! Gut, möglicherweise wußten Sie nicht, daß Helen sich auch Caplet oder Addison nannte. Aber Sie haben sie gekannt, als sie noch Helen Brickhouse war. Sie kannten sie, ehe sie dieses Leben anfing – oder bestenfalls, gerade als sie damit anzufangen begann. Und sie haben Ihren sehr guten Freund Danny Tartaglia mit Helen Brickhouse zusammengebracht.«

Benny kommt, mit Rechnung und Essen.

»Soll ich es jetzt herstellen oder wollen Sie überhaupt nicht mehr essen?«

»Stellen Sie's her, Benny«, sage ich, »und geben Sie

mir die Rechnung. Rechtsanwalt Streeter hat beschlossen, nun doch meine Einladung zum Lunch anzunehmen.«

»Und warum, bitte, soll ich das alles getan haben?«

»Eine Hand wäscht die andere, wer weiß, wozu es mal gut ist. Sie erweisen Trataglia eine besondere Gefälligkeit, und vielleicht ist er eines Tages in der Position, ihnen eine ebensolche zu erweisen. Und falls daraus nichts wird, ist da ja immer noch DiBella, der Ihnen womöglich ganz überaus dankbar ist, wenn Sie seinen geilen Schwiegersohn zur Vernunft bringen. Der nicht genug Verstand hat, aufzupassen, daß er wenigstens nicht das eigene Nest beschmutzt. Eines der ersten Dinge, die ihr Anwälte doch lernt, wenn ihr studiert, ist, wie man auf jeden Fall mit Gewinn aus einem Fall herauskommt, ganz gleich, wer ihn gewinnt.«

»Was wollen Sie?«

»Ich will wissen, was zwischen Tartaglia und Helen passiert ist.«

»Wozu wollen Sie das wissen?«

»Um ein bißchen Druck auszuüben. Vielleicht, ihn hinter Gitter zu bringen, wenn ich kann. Um ihn für das, was er getan hat, zu bestrafen. So oder so.«

»Falls dies jemals vor Gericht kommt . . .«

»Sie geben also zu, daß ein Verbrechen vorliegt?«

». . . werde ich bestreiten, Ihnen irgendetwas gesagt zu haben.«

»Ich will von Ihnen wissen: Glauben Sie, daß er einen Mord begangen hat?«

»Was ich denke oder Sie, spielt in einem Gerichtsverfahren überhaupt keine Rolle. Ich habe keine Anhaltspunkte dafür, daß er sich an dem Ort befand, an dem die Bombe explodierte. Sie?«

»Haben Sie vielleicht welche, daß er in einer Wohnung

im Siebenundzwanzigsten, drüben in der Benjamin Alley, war?«

»Wann?«

»Vor drei Tagen, abends.«

»Darüber muß ich nachdenken. Das kann ich nicht so einfach sagen, als stünde es im Terminkalender.«

»Genau das aber verlangt ihr Anwälte doch immer von den Zeugen, die ihr in den Prozessen verhört.«

»Das sind Prozeduren im Gerichtssaal. Das hier ist wirkliches Leben. Ich werde darüber nachdenken. Schließlich wird das, wenn ich mich erinnern sollte, ein Alibi für ihn sein.«

»Schauen Sie, ich bin nicht darauf aus, irgend jemand grundlos zu hängen. Ich dachte mir schon, daß Sie sich überlegen würden, was Tartaglia ein Alibi von Ihnen wohl wert sei. Und jetzt erzählen Sie mir von ihm und Helen.«

Er fängt tatsächlich an, mir von sich und von Tartaglia und von Theresa zu erzählen. Und die Geschichte von Helen Brickhouse kommt darin natürlich auch vor. Dabei müssen Sie selbstverständlich in Rechnung stellen, daß es so, wie es mir erzählt wird, nicht unbedingt auch wirklich geschehen sein muß. Weil Streeter, versteht sich, sein Bestes tut, sich selbst dabei so gut wie nur möglich aussehen zu lassen.

»Ich kenne Danny seit unserem Jurastudium. Wir waren damals nicht eigentlich eng befreundet, aber immerhin mehr als nur eben bekannt. Vielleicht sogar schon etwas befreundet.«

Kurz, er erzählt mir, wie wahnsinnig ehrgeizig Tartaglia schon damals war. Wie hungrig nach Erfolg. Und Geld. Und dem Besten von allem.

»Bei uns werden Anwälte ja am Fließband produziert«, sagt Streeter. »Und kein Land der Welt ist so prozeßwütig wie wir. Trotzdem gab es schon, ehe Danny und ich graduierten, nicht mehr genug Fälle für alle Anwälte. Weil wir nämlich auch mehr Anwälte pro Kopf der Bevölkerung haben als irgendein anderes Land. Insgesamt geht das Einkommen der Anwälte also zurück. Die fetten Pfründen in der Industrie gehen alle an die Superstars. Was also tut man? Man fängt an, sich auf die Jagd nach Fällen zu machen.«

»Für jeden Anwalt, der arbeiten will, kann ich eine Menge Fälle bereitstellen. Da gibt es viele arme Leute, die sich in der Justizmaschinerie nicht zurechtfinden, denen man das Haus über dem Kopf unter dem Hintern wegpfändet, weil sie die falschen Papiere unterzeichnet haben, oder nicht die richtigen. Alte Damen, die . . .«

»Ja, gewiß doch. Junge Anwälte reden von . . .«

». . . in der Gosse landen, weil sie sich ihrer Hauswirte nicht erwehren können.«

». . . der Wirklichkeit der Sozialarbeit. Aber ein jeder muß sehr schnell lernen, daß man von guten Werken leider nicht leben kann.«

»Oder sich einfach danach umsehen. Oder bei denen, die als Penner am See gelandet sind.«

»Völlig einverstanden.«

Ich arbeite an meinem Steak herum, während Streeter mir auseinanderklamüsert, wie also er und Tartaglia beschlossen haben, daß die beste Karriere nach ihren Examen wohl die Politik sei. Nicht als Kandidaten und Amtsträger natürlich, sondern als Berater, politische Manager, Image-Aufbauer, Handlanger und Makler der Mächtigen.

»Danny beschloß sogar, auch diesen Weg noch abzukürzen. Er machte sich an Theresa DiBella heran und schaffte es wirklich, sie zu heiraten. Hat er sie geliebt? Was weiß ich. Keine Ahnung. Gesagt davon hat er jedenfalls nichts.«

»Aber so ungefähr vorstellen können Sie es sich?«

»Nun ja, Danny liebt Geld und Macht mehr als alles andere. Frauen benützt er als Notwendigkeit wie Essen und Trinken; um fit zu bleiben. Theresa war für ihn der Schlüssel zu dem Raum, in dem die Karriereleiter steht. Hätte es dorthin einen noch leichteren Weg gegeben, hätte er selbstverständlich diesen eingeschlagen und sich nicht ums Heiraten gekümmert. Dabei hätte er sie eigentlich lieben müssen. Ich verstehe nicht, wie er es fertigbrachte, sie nicht zu lieben. Aber vielleicht hat er für so etwas wie Liebe überhaupt keinen Nerv mitbekommen.«

Er macht bei alledem ganz sanfte, weiche Augen, als trägt er unheimlich schwer an einer ganz geheimen Last. Dieser Streeter ist für mich längst wie Glas. Ich sehe durch ihn hindurch und kenne ihn auswendig, als wenn er mir seit Jahren bekannt ist. Nichts als ein Schauspieler und Lügner. Einer von denen, die imstande sind, einem Elefanten in Afrika etwas vorzulügen, nur auf den Verdacht hin, daß der einmal gefangen wird und dann ausgerechnet im Zoo von Chicago landet, und es dann einer Giraffe weitererzählt. Weil möglicherweise die Giraffe es wieder einem erzählen könnte, der eines Tages zu ihm mit einem Geschäft kommt.

»Haben Sie Theresa DiBella zusammen mit Tartaglia kennengelernt?«

»Nein, nein. Ich habe Sie erst bei ihrer Hochzeit, wo ich sein Trauzeuge war, zum ersten Mal gesehen.«

Und so, wie er es erzählt, war es die große Liebe auf den ersten Blick zwischen ihnen beiden. Aber er beherrscht sich und läßt seinen Neid nicht hochkommen und spielt über alle die Jahre weiter den guten Freund, geduldig wartend, aufrichtig und zuverlässig und treu, bis vielleicht der Moment kommt, wo Theresa seiner bedarf.

»Wann fing Tartaglia an fremdzugehen?«

»Er hätte, wenn er nur gekonnt hätte, damit angefangen, schon ehe die letzte Note des Hochzeitsmarsches verklungen war. Aber er wußte natürlich, daß er sich das nicht erlauben konnte. DiBella beobachtete ihn anfangs wie ein Habicht und wartete nur darauf, daß dieser Widerling von Nichtsnutz von der Ostküste sein kleines Mädchen mal nicht einwandfrei behandelte. Anfangs verhielt sich Danny deshalb also ganz tadellos. Und warum auch nicht. Er hatte immerhin noch sehr hohe Ziele, und mit Theresa hatte er es auch gut getroffen, selbst wenn sie ein wenig strenge Diät für ihn sein mochte. Bis sie dann zum ersten Mal schwanger wurde.«

»Und von da an ging er dann seine eigenen Wege?« sage ich.

»Das wollte er wohl, aber unglücklicherweise war das erste Kind eine Tochter, und das lenkte des Alten Aufmerksamkeit nicht so sehr von ihm ab wie es ein Enkel getan hätte. Und das nächste war wieder ein Mädchen. Allerdings war Danny zu der Zeit, glaube ich, schon auf Abwegen, und es war ihm inzwischen anscheinend auch schon ziemlich egal, ob es herauskam oder nicht. Ich glaube, er dachte sich einfach, wenn man nur vorsichtig genug ist . . .«

»Und wann fing er an, nicht mehr vorsichtig genug zu sein?«

»Nach der Geburt des dritten Kindes. Das war endlich ein Sohn. Soweit es DiBella betraf, hatte sein Schwiegersohn damit am Ende doch noch seine Pflicht bei seiner Tochter erfüllt. Des Alten Mannes kleines Mädchen und Prinzessin war nun nach seinem Verständnis endlich eine richtige Mutter. Dreimal insgesamt. Und die Trägerin der nächsten Generation, die die Familie soweit weiterführte, weil er selbst ja keine Söhne gehabt hatte, die Söhne hätten zeugen können.«

»Und seitdem hat er kein so starkes Habichtsauge mehr auf Tartaglia?« frage ich.

»Richtig. Diese alten Männer sind ja Realisten. Sie respektieren die Mutter und schützen die Ehefrau. Aber was ein Mann außerhalb des eigenen Hauses macht, das ist nun mal eine Folge davon, daß er Lebenssäfte in sich hat. Und Mordseier wie ein Bulle. Und alle Männer machen das schließlich so.«

»Gut, also fortan kommt Tartaglia immer später nach Hause und muß immer öfter über die Wochenenden auf Geschäftsreisen weg?« sagte ich.

»Richtig.«

»Und manchmal kommen Sie mit?«

»Auch richtig. « Er ruft nach Benny. »Benny«, sagt er, »dieses Steak ist völlig kalt. Bringen Sie mir ein neues.«

»Das müssen Sie aber bezahlen«, sagt Benny. »Sie haben zu spät reklamiert.«

Streeter nickt nur und winkt ihn weg.

»Konzentrieren wir uns aufs Wesentliche«, sage ich. »Also Sie haben Helen dann Tartaglia vorgestellt.«

»Ja.«

»Woher kannten Sie sie denn? Von Cicero?«

»Ich habe sie in New York kennengelernt.«

»Als Freier?«

Er zuckt mit den Achseln. »Danach sind wir uns hier in Chicago wieder begegnet. Wegen meines Interesses an Kunst. Sie war auf einer Vernissage mit einem Objektgestalter . . .«

»Heißt man die Müllkünstler jetzt so?«

». . . namens Bo Addison, einem Farbigen von bemerkenswertem Einfallsreichtum.«

». . . der alte Reifen und Matratzenfedern aufeinanderschichtet und einen Bruder hat, der Damen verkauft.«

». . . der einen Bruder hat, welcher im Fünfundzwanzigsten einen Gesellschaftsclub betreibt«, sagt Streeter.

»In dem Sie Mitglied sind?«

»Addison stellte für einen angemessenen Preis Ungestörtheit und Diskretion zur Verfügung. Dort sah Danny auch Helen zum ersten Mal.«

»Und warum trafen sie sich nicht in ihrer eigenen Wohnung?«

»Weil sie mit zwei anderen Mädchen zusammenwohnte. Unter diesen Umständen wollte er natürlich nicht dorthin.«

»Weil ihm der Sinn nach besonderen Arten von Freizeitgestaltung stand?«

»Nein, nein, so ging er nicht mit Helen um. Er behandelte sie wie eine richtige Freundin. Er machte ihr sogar fast den Hof. Mag sein, daß es nur gespielt war. Oder auch ein Tick. So, wissen Sie, wie manche Männer eben spitz darauf sind, daß sich ihre Mädchen wie Schulmädchen anziehen, oder wie Krankenschwestern.«

Das bringt mich auf den Gedanken, ob da Streeter nicht etwa eigene Vorlieben beschreibt.

»Wie auch immer, jedenfalls ging er so mit Helen um. Und ihr gefiel das.«

»Eine Nutte, die auf so etwas hereinfällt?«

»So schien es jedenfalls. Sie nahm sich Zeit für ihn, auch wenn dies ihr Geschäft beeinträchtigte.«

»Und wer kam für den Einkommensverlust auf?«

»Na, Danny natürlich. Nehme ich jedenfalls an.«

»Und für anderes auch?«

»Sie meinen, ob er ihr eine Wohnung einrichtete oder so? Ich glaube nicht, daß er es gleich so weit trieb. Aber darauf schwören kann ich natürlich nicht. Er hörte mit der Zeit auf, mir alle Einzelheiten von seinem Techtelmechtel mit ihr zu erzählen. Auch darin hatte er sich verändert. Aber mit dem Gedanken gespielt mag er wohl haben.«

»Er richtete sich auf was Ständiges ein, meinen Sie?«

»So schien es mir, ja. Aber dann sagte sie ihm, sie habe an einem Wochenende, das sie wie Frischvermählte in Atlantic City verbrachten, damit aufgehört, Vorkehrungen zu treffen, und sei seit jenem Wochenende schwanger.«

»Wie hat er reagiert? Hat er Ihnen das gesagt?«

»Er begann wieder mir mehr zu glauben. Es war bei aller rosaroten Romanze, die sie sich da zurechtgezimmert hatten, ein ziemlicher Schock für ihn. Schließlich war sie letzten Ende eine Hure. Und er ein aufstrebender junger Mann mit Zukunft; und mit Ehefrau, drei Kindern und einem einflußreichen Schwiegervater. Eine Hure, die ihn also reingelegt hatte und versuchte, einen dicken Fisch um seine Karriere zu bumsen. Vielleicht gar, ihn damit erpreßbar zu machen.«

»Hat er Sie um Rat gefragt?«

»Oh, nein. Er wußte gut selbst, was zu tun war. Er sagte ihr, sie solle es wegmachen lassen. Er sagte ihr, entweder kümmerte sie sich selbst darum, oder er würde sich darum kümmern.«

»Woher wissen Sie denn das?«

»Weil ich dabei war, als er es ihr sagte.«

»Hatte sein Schwiegervater von alledem eine Ahnung?«

Er zieht die Schultern hoch und zeigt mit den Handflächen nach oben.

»Wußte es Theresa?«

»Die hätte das nicht geglaubt, selbst wenn er es ihr persönlich erzählt hätte.«

Er stellt es ständig so hin, als sei diese Theresa eine taube Nuß. Ich glaube aber nicht, daß sie eine taube Nuß ist. Sie ist aufgewachsen wie eine sizilianische Prinzessin. Ich kann mir gut denken, daß sie einigermaßen heißblütig ist. Ich glaube eher, sie baut eben auf, was sie aufbauen muß, als sie merkt, daß Tartaglia fremdgeht.

Nämlich eine Fassade, die sie so lange aufrechtzuerhalten entschlossen ist, wie es nicht öffentlich an ihre Ehre geht. Wahrscheinlich kühlt sie auch ihr heißes Blut mit diesem Weißfisch von Streeter. Und ich bin mir auch ziemlich sicher, wenn es darauf angekommen wäre, hätte sie keine Sekunde gezögert, eine lästige Hure einfach wegzuklatschen wie eine Fliege mit der Patsche.

25

Jackie Boyle schickt die Liste mit den Inhabern von Plaketten mit Boten in meine Wohnung. Es gibt nur neunzig Nummern mit einer 2 in der Mitte bei dreistelligen Zahlen, aber eine Menge mehr, wenn die Zahl vierstellig ist. Ist aber egal. Tatsächlich gibt es nur achtundsechzig insgesamt im Fünfundzwanzigsten ausgegebene Plaketten. Und eine einzige, die an Danny Tartaglia ausgegeben worden ist.

»Wir fahren nach Atlantic City«, sage ich zu Mary.

»Es ist fast schon Winter«, sagt sie.

»Zum Baden will ich ja auch nicht hin.«

»Doch nicht etwa zum Spielen? Du bist doch kein Spieler, James.«

»Ich muß mit ein paar Hotelportiers reden.«

»Weißt du, wieviele Hotels es in Atlantic City gibt? Es besteht praktisch nur aus Hotels. Entsprechend viele Hotelportiers gibt es auch.«

»Ich brauche nur die Portiers vom Beau Rivage.«

»Kannst du nicht einfach anrufen?«

»Nee. Weil ich sie bestechen muß. Mit einem Gutschein kannst du niemand bestechen.«

Mary spricht sich also für drei Tage mit einer Kollegin ab, daß diese ihre Schichten mit übernimmt.

Im Flugzeug hakt sie sich bei mir ein.

»Bist du daran interessiert, daß das unsere Hochzeitsreise ist?« sage ich.

»Bist du sicher, daß das mit uns klappt, James?« fragt sie.

»Ja.«

Sie zögert, sieht mir dann ins Gesicht, als ob sie sich nicht so ganz sicher ist, daß ich imstande bin, mich draußen in der rauhen Welt zu behaupten. Und sie sieht auch etwas traurig aus. »Ich aber nicht, James«, sagt sie. »Doch das ist natürlich kein Grund, warum es nicht *wie* eine Hochzeitsreise sein könnte.«

Atlantic City ist kein Ort, an den man im Oktober fährt. Es sei denn, man ist wild darauf, pausenlos auf alles mögliche zu starren, das sich dreht, und einem das Geld aus der Tasche zieht.

Wir steigen im Beau Rivage ab. Der Portier am Empfang trägt ein kastanienbraunes Jackett und ein Toupet. Er gibt dem Boy den Zimmerschlüssel. Der greift sich unser Gepäck und will bereits zu den Aufzügen vorausgehen.

Da bitte ich Mary, ob sie mir nicht im Laden vorne Rasierschaum kaufen will, weil ich ihn einzupacken vergessen habe.

»Eine Frage«, sage ich dann zu dem Portier.

»Eine Frage«, sagt er.

»Wie viele Portiers an der Rezeption gibt es bei euch hier?

»Drei Schichten zu je zwei und ein Springer für die freien Tage der anderen. Außerdem den Manager und zwei Assistenten von ihm, die auch ab und zu eine Schicht übernehmen.«

»Macht zehne. Sind im Sommer noch zusätzlich welche da?«

»Dreie.«

»Wieviele von den zehnen, die jetzt arbeiten, waren letzten Sommer auch da?«

»Ich war letzten Sommer da. Wieso ist Ihnen das so wichtig, daß Sie wissen, wer letzten Sommer da war?«

Ich lege einen Zehner, einen Zwanziger und einen Fünfziger nebeneinander auf den Tresen. Den Zwanziger und den Fünfziger decke ich mit der zusammengefalteten Zeitung aus meiner Manteltasche zu.

»Vielleicht ist es überhaupt nicht wichtig«, sage ich. »Vielleicht hilft es mir genauso, wenn ich einfach das Gästeregister vom Juni durchsehe.«

»Da müßten Sie aber vier dicke Ordner durchackern. Haben Sie die Zeit?«

»Die erste Woche würde mir vielleicht schon genügen.«

»Scheidungsfall?« fragt er.

»Vermißte Person«, sage ich.

Er greift sich den Zehner, faltet ihn und steckt ihn ein. Er geht ins Büro und kommt nach drei Minuten mit den Schachteln wieder, in denen sich die Anmeldezettel der ersten und zweiten Juniwoche befinden. Damit zeigt er mir, daß er einer ist, der mitdenkt.

Ich lasse die Zettel zwischen meinen Fingern herunterlaufen wie ein Paket Spielkarten. Alles ganz schön, aber woher weiß ich, unter welchem Namen Tartaglia hier abgestiegen ist? Keine Ahnung natürlich, aber ich denke mir, es wird wohl so sein wie üblich. Bei falschen Namen haben die wenigsten Leute viel Phantasie. Sie nehmen einen, den sie sich auch selbst leicht merken können. Trotzdem, ich weiß natürlich, daß ich schon ein bißchen Glück brauche, weil es ja auch sein kann, daß Tartaglia den Namen von irgendeiner alten Lieblingstante benützt, wenn er seine Frau betrügen fährt.

Tut er aber nicht. Man soll's nicht glauben, aber da steht es. Er benützt ganz einfach Helens Berufsnamen. Mr. und Mrs. Daniel Caplet, steht da.

»Gibt's hier einen Fotokopierer?« frage ich.

»Na sicher.«

»Machen Sie mir davon eine Kopie?«

»Ist gegen die Vorschrift.«

Ich nehme die Zeitung von dem Zwanziger. Er greift ihn sich, faltet ihn und steckt ihn dorthin, wo auch schon mein Zehner ist. Er nimmt den Meldezettel und ist im Handumdrehen mit einer Kopie davon wieder da. Und weiß, daß unter der Zeitung immer noch der Fünfziger liegt. Nur weiß er noch nicht, wie er an den rankommt. Also denkt er darüber nach, während er den Originalmeldezettel wieder in die Schachtel einordnet.

Ich zeige ihm das Foto von Helen.

»Ich würde ja gern Ja sagen«, sagt er, »aber sehen Sie sich mal um.«

Und in der Tat zeigt mir schon ein schneller Blick durch die Halle, daß sich allein jetzt im Moment mindestens zehn Frauen in ihr aufhalten, die Helen Brickhouse sein könnten, so wie sie auf diesem Foto aussieht, wo sie aufgebahrt ist.

Ich zeige ihm das Foto von Helen im Sommerkleid.

»Immer noch Mattscheibe«, sagt der Boy.

Ich zeige ihm das Foto von Tartaglia. Er nimmt es und sieht es sich eine Weile genau an.

Mary kommt mit dem Rasierschaum und bleibt neben mir stehen. Sie weiß natürlich ganz genau, was vorgeht.

»Ich glaube. Aber schwören kann ich nicht«, sagt der Boy.

»Und warum glauben Sie?«

»Na, weil Typen wie der heute selten sind.«

»Was für Typen?«

»Na, diese Rudolph-Valentino-Typen. Ich bin ein Kinonarr, wissen Sie. Ich mache mir ein Spiel daraus, die Gäste danach einzuordnen, wie sie alten Filmstars von einst gleichen.«

»Wem gleicht er denn?« fragt Mary und lächelt den Portier an, während sie auf mich deutet.

Er grinst zurück. »Jimmy Cagney«, sagt er.

Mary lacht los, als hätte sie gerade einen Preis gewonnen.

»Wären Sie bereit, eine Erklärung zu unterscheiben, daß dieser Mann letzten Juni in diesem Hotel hier war?«

»Höchstens, daß ich *glaube*, daß der Mann letzten Juni hier war. Oder daß er einem Mann, der letzten Juni hier wohnte, jedenfalls sehr ähnelt.«

»Gut. Schicken Sie mir eine Schreibmaschine auf mein Zimmer. Ich bereite die Erklärung vor. Sie können diese dann unterschreiben, wenn wir zum Essen runterkommen«, sage ich. »Aber das ist keine verbindliche Aussage? Kein Dokument, das vor Gericht verwendet wird? Sind wir uns darüber auch einig?«

»Wir sind letztlich alle Anwälte«, sage ich, nehme die Zeitung, unter der der Fünfziger liegt, und Marys Arm.

»Hat eine gegen Hingabe von Geld erworbene Erklärung Beweiskraft?« fragt Mary, während wir zu den Aufzügen gehen.

»Ich beabsichtige gar nicht, sie als Beweismittel zu

benützen. Ich möchte lediglich bewirken, daß infolge ihres Vorhandenseins bestimmte Personen noch einmal darüber nachdenken, was sie getan haben.«

Mary gewinnt sage und schreibe zweihundert Dollar beim Roulette. Ich meinerseits verliere beim Würfeln neunzig. Sie zieht mich damit auf, aber abgesehen von diesem Hahajaja, wer nun was gewonnen hat, gestaltet sie unseren Aufenthalt in Atlantic City durchaus so, wie ich annehme, daß ein jeder sich seine Hochzeitsreise wünscht.

26

Sobald wir wieder zu Hause in Chicago sind, beeile ich mich, meine Inspektionen und Berichte auf den letzten Stand zu bringen.

Ich gehe auch herum und sammle Unterschriften für eine Erklärung, was für ein großartiger Bürger und mutiger Feuerwehrmann Mooshie Warnowski war. Und Mrs. Cuva möchte, daß ich ihren Jungen in das Programm für die Sommerjobs hineinbringe, obwohl dafür die Liste überhaupt erst nächsten März aufgelegt wird. Allerdings gibt es jedes Jahr eine Liste, die schon vor der offiziellen geschrieben wird, und das weiß auch jeder. Folglich kommen sämtliche Väter und Mütter, die jemand kennen, mit ihren Wünschen für ihre Sprößlinge immer noch früher daher. Wenn das so weiter geht, wird in zehn Jahren die Vor-Liste für die nächste Sommerprogrammliste am Tag nach dem Ende des Sommerprogramms aufgelegt.

Dann will Mary, daß ich für das Wohnzimmer und das Schlafzimmer ein paar anständige Möbel kaufe. Nachdem das ganz so klingt, als ist sie nun doch zum Nestbau bereit, hänge ich mich da natürlich voll rein, obwohl es, ehrlich gesagt, kaum etwas gibt, was ich mehr hasse, als in Möbelgeschäften herumzurennen.

Ich finde sogar noch Zeit, noch einmal bei Addison, dem Luden, vorbeizuschauen.

Jessie macht die Tür auf und sagt sofort: »Mann, Flannery, Sie haben es ja wohl auf mich abgesehen, wie? Pausenlos rennen Sie hier rein, nur um mich zu sehen.«

»Das stimmt«, sage ich.

»Ja, Sie können mich aber nicht haben, weil Sie nämlich einer von euch milchgesichtigen Iren sind, die so furchtbar leicht einen Sonnenbrand kriegen, und außerdem seht ihr für mich alle gleich aus.«

»Sie müssen das so sehen, Jessie. Wenn Sie mich heiraten, dann heiraten Sie nicht nur einen Mann, sondern gleich eine ganze verdammte Rasse.«

»Reizen Sie mich nicht«, sagt sie.

»Kann ich, während Sie über meinen Antrag nachdenken«, sage ich, »mal inzwischen zu ihm rein?«

»Addison ist nicht da. Er ist unten im Kunstmuseum bei seinem Bruder. Ob Sie's glauben oder nicht, die geben ihm da unten tatsächlich einen Raum, wo er seinen Müll stapeln kann.«

»Mit Schloß und Gitter vor den Fenstern?«

»Spezialausstellung für sechs Künstler, die außer ihnen selbst niemand haben, der ihnen für das großartige und schöne Werk dankt, das sie schaffen.«

»Und was trägt Bo Addison dazu bei?«

»Er arrangiert einen Haufen Hundehaufen in Plastik.«

»Dann sagen Sie ihm mal«, sage ich, »daß er die Idee gestohlen hat. Nämlich von dieser Frau, die die schmutzigen Windeln ihres Babys in Bronze goß und drüben in New York an die Wand eines Museums hängte.«

»Immer muß diese Scheißstadt da drüben die erste sein«, sagt Jessie. »Also, auf Wiedersehen dann. Ich sage dem Boß, daß Sie da waren.«

»Moment, führen Sie mich in den Salon.«

»Das ist doch nicht Ihr Ernst?« sagt Jessie und macht Augen, so groß wie Christbaumkugeln mit Rosinen in der Mitte. »Wollen Sie Kunde werden?«

»Und Ihr liebendes Herz brechen? Aber nicht doch! Ich möchte den Salon nur mal sehen. Ich muß neue Möbel für meine Wohnung kaufen. Da will ich mich mal informieren, wie andere sich so einrichten.«

Jessie führt mich also hinein. »Also wollen Sie nicht, daß ich sie Ihnen zum Aussuchen reinschicke?« vergewissert sie sich vorsichtshalber noch einmal.

»O ja, bitte«, sage ich. »Ich hab's gern, wenn jemand dabei ist, wenn ich Sofakissen aussuche.«

Tatsächlich kommen gleich danach durch den Perlenvorhang in der Tür sieben Mädels rein; jede Größe, jede Figur, jedes Alter ist vertreten.

Und eine von ihnen ist die Frau von Ciccone. Sie hat eine Federboa und einen roten Teddy an und sieht aus wie ein gerupftes Huhn.

»Was machen Sie denn hier?« sage ich. »Hat Sie Ihr Mann arbeiten geschickt?«

»Ich hab' ihn sitzen lassen. Wie komm' ich dazu, pausenlos in einem Dampfbad herumzuhocken?«

»Kennen Sie vielleicht einen Freier namens Tartaglia?«

Sie schüttelt den Kopf.

»Kennen Sie einen Freier namens Streeter?«

Sie schüttelt den Kopf.

»Ich kenne einen Freier, der so heißt«, sagt Mavis Concord. Sie ist folgendermaßen gekleidet: BH, Höschen und vorn offene Pelzjacke.

»Du bist Mavis Concord«, sage ich.

»Stimmt«, sagt sie.

»Du bist mein Mädchen«, sage ich.

Ginos Exgattin und der Rest trollen sich.

»Wieso kennst du den Namen von diesem Streeter?« sage ich. »Hat er ihn dir gesagt?«

»O nein. Er nennt sich natürlich Smith.«

»Woher weißt du denn, daß Smith nicht stimmt? Wo es so eine Unmenge Smithe auf der Welt gibt, muß schließlich irgendeiner wirklich so heißen.«

»Weil er nämlich, wenn wir zum Essen ausgehen, immer mit seiner Kreditkarte bezahlt.«

»Und die hast du gesehen?«

»Wie er die Rechnung unterschrieben hat.«

»Da ist er aber nicht besonders clever.«

»Gott, er ist Anwalt. Also denkt er, er ist ganz besonders clever. Und das ist nicht besonders clever.«

»Aber du weißt, daß du besonders clever bist?«

»Jedenfalls clever genug, daß ich weiß, ich steh' hier nicht noch länger rum und vertrödel' meine kostbare Zeit für nichts.«

»Also, gehen wir«, sage ich.

Sie macht den Finger krumm und sagt: »Komm' mit.«

Ich hinter ihr her den Flur entlang in ihr Schlafzimmer hinter einer der vielen Türen, die es hier gibt. Dieses Schlafzimmer ist natürlich kein Schlaf-Schlafzimmer, sondern ein Arbeits-Schlafzimmer. Wohnen tut sie woanders. Es ist grade eben groß genug für das Bett und einen Stuhl und einen kleinen Toilettentisch. Zwei Spiegel sind einander gegenüber an zwei Wänden, und also sehe ich mich darin so an die tausendmal in immer größerer Entfernung. Da wird man schwindlig von.

»Stört's dich?« fragt sie.

»Ich find' mich selber nicht so schön«, sage ich.

»Ich auch nicht. Aber mein letzter Typ mochte es, daß es beim Machen aussah, als wär' er 'ne ganze Armee.«

Sie zieht an einer Leine und an einer von den Wänden geht ein Vorhang zu, das macht es etwas besser. Jetzt sehe ich uns wenigstens nur noch einmal.

Sie zieht ihr Pelzjäckchen aus und fängt an, die Vorderschließe von ihrem BH aufzunesteln.

Ich lege einen Zwanziger auf das Tischchen.

»Ist nicht nötig«, sage ich. »Halt' dich lieber warm.«

»Soll das ein Witz sein?« sagt sie und deutet mit dem Kinn auf den Zwanziger. »Das hier ist Preiskategorie sechzig.«

»Ah? Na, ich bin schon lange nicht mehr auf dem Laufenden«, sage ich.

»Tz, tz«, macht sie mit der Zunge, als ich noch einen Zwanziger drauflege.

Ich lege also in Gottesnamen noch einen Zwanziger hin, und jetzt hört sie endlich auf rumzut-tz-tz-en.

»Gut, also, was willst du dann von mir, wenn nicht mich?«

»Wenn du mit diesem Streeter ausgegangen bist, bist du da immer mit ihm allein gewesen?«

Sie lacht, als fühlt sie sich mir ziemlich überlegen und sagt: »Nein. Da sind wir immer mit Rudolph Valentino und Helen –«

»So heißt der aber nicht.«

»Natürlich nicht. Aber gleichsehen tut er ihm. Ich weiß gar nicht mehr, was er wirklich für einen Namen sagte, aber wir haben ihn alle nur Philly gerufen.«

»Von Philipp?«

»Von Philadelphia, Mann. Daher kannten Streeter und der sich, glaube ich.«

»Und hast du auch von dem mal die Kreditkarte gesehen?«

»Hat der nie benutzt.«

Ich zeige ihr das Foto.

»Klar«, sagt sie. »Das ist Philly.«

»Wie war das mit Helen und Philly?«

»Das kostet aber noch'n Fuffziger. Die Zeit ist um.«

»Na hör' mal, ich bin grade erst fünf Minuten hier.«

»Ja, aber du kaufst Qualität, nicht Quantität.«

»Meine Liebe, ich kaufe Hurenzeit – du mußt schon entschuldigen, wenn ich ein bißchen grob rede –, die ich dabei aber eigentlich gar nicht kaufen müßte, sagnwirmaso. Weil ich ja auch einfach nur mit Helens Freundin reden könnte.«

»Also, so dick befreundet waren wir nun auch nicht, Helen und ich.«

». . . oder zumindest mit ihrer Arbeitskollegin. Was ihr passiert ist, könnte dir auch eines Tages zustoßen, Mädchen. Vielleicht nicht genau das Gleiche auf genau die gleiche Art aus genau den gleichen Gründen. Aber es könnte jedenfalls sein, daß du auch mal auf einem Brett im Leichenschauhaus landest und kein Schwein kümmert sich um dich. Und möchtest du dann nicht auch, daß sich irgendwer darum kümmert, wie du da hingekommen bist?«

Das schafft sie erst mal und sie kriegt weiche und furchtsame Augen. Weil sie zweifellos an die vielen gar nicht schönen Arten denkt, auf die Nutten schon umgekommen sind.

»Okay«, sagt sie schließlich nach einer ganzen Weile und hat auf einmal eine ganz heisere Stimme.

»Also, wie war das mit Helen und Philly? Hat sie nur mit ihm gespielt?«

»Eher andersrum. Er hat ihr was vorgemacht.«

»Seine Frau verstand ihn nicht.«

»Die hat ihn nur zu gut verstanden, und er wollte sich scheiden lassen. Aber es waren Kinder da und es sollte alles seine Ordnung haben, sagte er.«

»Hat er Helen gesagt, daß er sie liebt?«
»Das hat er.«
»Und daß er sie heiratet?«
»Das auch.«
»Hat dir das Helen erzählt?«
»Sie hat mir auch erzählt, daß sie ihn auf die Probe stellen will.«
»Indem sie ihm sagt, daß sie ein Kind kriegt.«
»Nein, nein, schon cleverer. Daß sie wirklich schwanger wird und dann zu dem Doktor geht, den er ihr beschafft, um es wegmachen zu lassen.«
»Und das hat sie dann wirklich gemacht. Und ihm gesagt. Und er hat sie zu einem Doktor geschickt. Und der sagte: Jawohl, positiv. Und ließ die Finger davon.«
Mavis nickt jedes Mal, wenn ich einen Satz beendet habe.
»Und was hat er noch gemacht?« frage ich.
»Er hat ihr gesagt, es ist aus.«
»Aber Helen schluckte das nicht so einfach.«
»Sie sagte ihm, er soll gefälligst die Abtreibung bezahlen.«
»Aber er sagt, sie soll doch zu der freien Klinik gehen, wie sie es vermutlich schon zuvor dutzende Male gemacht hat.«
»Ja. Manche Leute meinen, unsereins läßt sich pausenlos auskratzen, wie man sich die Zähne putzt.« Sie ist mit einem Mal ziemlich zornig.
Ich denke darüber eine Weile nach.
»Sie hatten einen Mordskrach deswegen«, sagt Mavis.
»Woher weißt du denn das?«
»An dem Abend, an dem sie es ihm sagte, kam sie mit einem blauen Auge und einem wackelnden Zahn zu mir.«
»Warum hat er sie geschlagen?«
»Weil sie ihm gedroht hat, sie geht zu seiner Frau. Und

da hat er ihr ein paar gewischt, und sie soll sich lieber in acht nehmen und ihm nicht mit solchen Methoden kommen, sonst kann sein, daß er noch ganz was anderes macht, als daß er ihr bloß einen Zahn wacklig haut.«

»Woher wußte Helen seinen richtigen Namen?«

Mavis zuckt mit der Schulter und das bewirkt, daß ihr einer von ihrem BH-Trägern auf den Arm herunterrutscht. »Keine Ahnung. Aber schließlich hatte er hier immer die meiste Zeit seine Hose ausgezogen, nicht? Und wo hat er seine Brieftasche stecken? Ich meine, ich weiß nicht, wie sie es herausgekriegt hat. Aber jedenfalls hat sie es herausgekriegt.«

»Ich lasse von dem, was du mir hier erzählt hast, ein Protokoll tippen, und damit komme ich wieder, und du unterschreibst es mir.«

»Nicht nötig«, sagt sie und holt aus der oberen Schublade ihres Toilettentischchens eine Reiseschreibmaschine und Papier. »Bevor ich eine private Geschäftsfrau wurde, war ich Sekretärin.« Und sie setzt sich und spannt ein Blatt mit zwei Durchschlägen und Kohlepapier ein. »Ich kann direkt nach Diktat tippen. Fangen Sie an.«

»Oben drüber das Datum«, sage ich.

Und sie rattert los.

»An die zuständige . . .«

»He«, unterbricht sie mich, »aber es ist Ihnen schon bekannt, ja, daß der Tarif für Stenotypistinnen fünfzehn Dollar die Stunde ist, und Tippen fünf pro Seite, bei zwei Durchschlägen?«

»Ja, aber nur für professionelle Damen«, sage ich.

Als wir alles haben, unterschreibt sie es, und ich falte es zusammen und stecke es ein.

»Ist dieser Joe Asbach zufällig ein Kunde von dir?«

»Natürlich.«

»Und warst du an dem Tag, als Helen in der Klinik auf

der Sperry mit dieser Bombe umkam, zufällig mit ihm zusammen?«

»Na sicher. Ich saß bei ihm im Taxi, als er da rüber fuhr, um nachzusehen, was denn seine Demonstranten machen.«

»Und, ging er rein?«

»Nö. Er hatte seine Hand unter meinem Rock und ganz andere Dinge im Kopf.«

27

Es ist nicht schwer, Daniel Tartaglias Adresse herauszukriegen. Es handelt sich um ein großes Haus mit Zaun und Tor darum herum. North Shore. Nicht weit vom Besitz seines Schwiegervaters DiBella. Ich parke mein Coupé auf der anderen Straßenseite gegenüber von seiner Toreinfahrt im Schatten von einem alten großen Baum, und bin darauf eingerichtet, so lange zu warten, bis er eben kommt.

Dauert keine halbe Stunde und ich sehe jemand in so einem Fallschirmspringeranzug die Einfahrt runterkommen und durch eine kleine Tür im Haupttor gehen. Sieht wie so ein richtig harter Mann aus, zirka fünfzig. Kommt schnurstracks auf mich zu, klopft an die Scheibe. Ich drehe sie runter.

»Sollen reinkommen«, sagt er. Er hat einen ziemlichen Akzent.

Ich stelle mich gar nicht erst dumm. Ich sehe hinüber über die hohen Hecken auf der anderen Seite und durch die dazwischenstehenden Bäume und kann hinter einem

Fenster im Turmzimmer des Hauses jemanden stehen sehen.

Ich gehe also mit, hinter dem Mann her, durch die Tür im Haupttor und die Auffahrt hinauf. Als wir uns dem Haus nähern, sehe ich nicht weniger als drei Dobermänner spielerisch miteinander kämpfen. An die zwanzig Meter vor dem Haus biegt mein Begleiter ab.

»Sie gehen diese Tür rein«, sagt er und geht dann auf einem Seitenweg Richtung Garten davon.

Seine Stimme macht die Hunde aufmerksam. Sie hören auf, herumzutollen und schauen mich an. Ich bleibe stocksteif stehen, und sie schauen mich ebenfalls stocksteif an. Dann nehmen sie mich ins Visier. Sie ducken sich ganz auf den Boden, Hälse gestreckt, Köpfe nach vorne, und beobachten jede Bewegung, die ich dabei nicht mal mache.

»Jesus, Maria und Josef«, sage ich zu mir selbst. Es gibt Augenblicke, da glaubt man, selbst wenn man sonst nicht glaubt.

Ein kleines Mädchen, vielleicht sieben, kommt um die Ecke geflitzt, mit rotem Hemd und blauem Overall.

»Geht weg«, sagt sie, und stellt sich direkt vor die Viecher hin und ohrfeigt jeden der drei zärtlich. Und sie lachen sie an, vergessen mich und fangen an, ihr die Hände zu küssen und sie auch im Gesicht zu küssen. Oder wie sagt man da.

»Ist okay«, sagt sie. »Zu wem möchten Sie denn?«

Da geht aber schon die Haustür auf und eine sehr attraktive Frau mit dunklem Haar und olivenfarbigem Teint erscheint, und sie trägt einen dunkelroten Jumper und eine weiße Bluse und sieht mich an.

»Mr. Flannery, nehme ich an?« sagt sie.

Ich berühre die Krempe meines Hutes und fühle mich genauso wie einer meiner irischen Vorfahren, wenn er der Lady des Herrschaftshauses die Ehre erwies.

»Kommen Sie doch herein. Keine Sorge wegen der Hunde. Angelina hat sie schon beruhigt.« Sie tritt zur Seite und läßt mich an ihr vorbei eintreten, und wir kommen in eine Mordshalle, hoch wie eine Kirche über drei Stockwerke. Und es riecht wie nach alten Rosen.

Sie geleitet mich in einen Empfangsraum, der wieder mal so groß ist, daß meine ganze Wohnung leicht hineinginge, gleich links von der Halle und neben der Freitreppe. Alles ist so still hier wie in einem Kloster. Aber die Luft ist warm, Sonne kommt rein. Als wäre überhaupt hier drinnen immer Sommer. Weil es diese Lady so will.

Sie ist nicht im eigentlichen Sinn schön, vielleicht nicht mal hübsch. Das sind Wörter, die auf sie gar nicht richtig zutreffen.

»Sie sollten nicht spionieren«, sagt sie und lächelt mich an.

»Tu' ich nicht. Ich warte nur. Auf Daniel Tartaglia. Spreche ich vielleicht mit seiner Frau?«

»Sie sprechen mit Mrs. Tartaglia«, sagt sie und macht diesen kleinen Unterschied sehr demonstrativ, und sie wird wohl ihre Gründe dafür haben, warum sie das tut. »Setzen Sie sich doch, bitte.«

Der Stuhl, auf den sie mich weist, ist aus so dünnen Stäben gemacht, bezogen mit irgendeinem glänzenden Material mit Blümchenmuster, daß es aussieht, als bräche er schon vom Hinsehen zusammen, aber dann sehe ich, daß sie sich auf einen genau gleichen setzt, und er hält tadellos; also riskiere ich es auch.

Sie beugt sich auf ihrem kleinen Stühlchen ein wenig vor: »Ich biete Ihnen keinen Drink an oder . . .«

»Ich trinke nicht.«

». . . eine Tasse Tee . . .«

»Vielen Dank, ich möchte gar nichts.«

». . . weil Sie hier in meinem Haus weder eingeladen noch willkommen sind. Sie sind lediglich ein Zeuge.«

»Schönes Zimmer haben Sie da, Mrs. Tartaglia«, sage ich. »Sehr, sehr schönes Haus, muß man sagen. Und das Grundstück drumherum, da könnte man einen Park draus machen, in dem fünfzig Kinder spielen könnten, unten in meinem Bezirk. Sie sehen wie eine sehr freundliche Frau aus, und ich habe eigentlich gar keinen Grund, warum ich Ihre Gefühle sollte verletzen wollen . . .«

»Habe ich etwa die Ihren verletzt?« sagt sie und hat ganz große Augen. Als wunderte sie sich über die Maßen, daß ein Hund sich beschwert. Über sowas.

». . . obgleich man, was Sie da sagen, schon auch durchaus als Beleidigung auffassen könnte. Ich möchte nur ganz deutlich ausdrücken, daß ich aus einer guten Familie stamme, grade so, wie Sie ebenfalls glauben, aus einer guten Familie zu stammen. Nur, meine Familie besteht nicht aus Banditen und Strauchdieben. Was wir besitzen, haben wir nicht anderen abgepreßt oder aus den Adern gesaugt oder aus den Rippen geschnitten.«

»Sie riskieren aber eine Lippe. Eine ganz unglaubliche Lippe«, sagt da Carmine DiBellas ganz sanfte Stimme von der Tür her.

Ich habe nicht mal gemerkt, daß sie aufging. Und seine Schritte auf dem dicken Teppich habe ich auch nicht gehört. Da steht er jedenfalls. In Slacks, die zweifellos mehr gekostet haben als alles, was in meinem Kleiderschrank ist, zusammen. Mit Seidenhemd und Kaschmir-Sweater und handgeschusterten Vierhundert-Dollar-Slippers. Er sieht gut und gern nach einer Million aus. Aber natürlich ist er mindestens zwanzig schwer. Was freilich überhaupt nichts daran ändert, daß er eben eine Wasserratte ist. Die von Wasserratten abstammt. Die ihre Millionen damit gemacht haben, Leute, die sich ihrer nicht erwehren konnten, zusammen- und gelegentlich auch mal totzuschlagen. Das weiß er selber, und er weiß auch, was ich über ihn denke.

»Sie wagen es, meine Tochter zu beleidigen«, sagt er.

Wenn sie sich jemandem wie mir gegenübersehen, haben Typen wie DiBella zwei Möglichkeiten. Sie können mich wegpusten oder so tun, als wäre ich nicht mal eine Kugel oder eine scharfe Klinge wert. Nachdem er seit meinem Auftauchen bei Poppsies Dinner-Party durch mich im Glashaus sitzt, muß er sich natürlich eine Menge Verachtung für mich zusammenschaufeln. Und aus mir einen Fetzen machen, an dem er sich die Schuhe abputzen kann.

Ich könnte natürlich einfach weitermachen. Ihm beispielsweise sagen, daß seine liebe Tochter genau das ist, was er aus ihr gemacht hat: eine unverschämte, verwöhnte Person, die zu ihrem Pappi wegen jedes blauen Fleckens gelaufen kommt, und der ihr jede kleinste Pfütze wegwischen und jeden Dreck unter den Teppich kehren muß. Aber wenn ich so bescheuert wäre, könnte ich mich natürlich auch gleich vor einen Truck werfen. Ich darf eine bestimmte Grenze nicht überschreiten, sonst kommt es DiBella am Ende in den Sinn, mich erst mal wegräumen zu lassen, und erst hinterher darüber nachzudenken, wie er damit davonkommt.

Ich stehe also auf. »Was ich gesagt habe, Mr. DiBella, dazu stehe ich, bei allem Respekt. Aber ich kann es nicht zulassen, daß man mir an die Ehre geht.«

»Schon gut, schon gut«, sagt er und wedelt mit der Hand: ich soll mich wieder hinsetzen. Ich glaube einen Anflug von Respekt in seinem Blick zu sehen. Er hält mich für blöd, aber auch für gar nicht mal so un-mutig.

Theresa steht auf und überläßt ihren Stuhl ihrem Pappi und stellt sich genau hinter ihn und legt ihm ihre Hände auf die Schultern. Ganz wie auf einem Familienporträt.

»Sie machen einen ganz schönen Wirbel«, sagt DiBella. »Und mir eine Menge Ärger.«

»Das tut mir aber sehr leid«, sage ich.

»Auch ich entschuldige nicht, was der alten Dame passiert ist.«

»Sie ist da völlig unschuldig hineingeraten«, sage ich, und eine gewisse Spitze ist schon in meinem Ton.

DiBellas Mund zuckt ein wenig, als Warnung, daß ich meine Zunge hüten soll.

»Und ebenso billige ich natürlich nicht den Tod dieses schwangeren Mädchens.«

Darauf sage ich lieber doch nichts. Ich beschränke mich aufs Nicken. So wie er nickt. Als Absegnung der Wahrheit und des Edelmuts des Gesagten.

»Und am schlimmsten war das mit der Schwester«, sagt er. »Sehr, sehr unrecht. Ganz dumm.«

»Es war schlicht und einfach Mord«, sage ich.

»Es passierte danach.«

»Wonach?«

»Nachdem ich um den Gefallen gebeten worden war.« Er starrt mich an, als könnte ich womöglich der Teufel persönlich sein. Oder wenigstens der Pfarrer, der seine letzte Beichte hört. »Das paßt mir nicht«, sagt er schließlich. »Paßt mir alles nicht, daß Sie da daherkommen und mich auf die Bank setzen, auf der ich Erklärungen abgeben muß.«

Theresas Hand bewegt sich. Ihr Finger geht hoch und berührt seine Wange. Und er dreht den Kopf etwas zu ihr hin, wie eine schnurrende Katze, wenn sie gestreichelt wird. Es ist ja auch die Hand des Menschen, den er auf der ganzen Welt am meisten liebt.

»Aber bitte«, sagt er. »Sie haben ein Recht darauf. Ich sage Ihnen, wie ich da hineingeraten bin. Man sagt mir also, dieser Joseph Asbach wird wegen Heraufbeschwörung einer Störung der öffentlichen Ordnung, Ruhe und

Sicherheit und wegen öffentlicher Sachbeschädigung hopps genommen. Weil da eben in dieser Freien Abtreibungsklinik auf der Sperry Avenue eine Bombe hochgegangen ist. Mein Schwiegersohn Daniel Tartaglia bittet mich, zugunsten von Asbach meinen Einfluß geltend zu machen. Weil Asbach ein Klient von ihm ist, und außerdem auch, weil mein Schwiegersohn die Bewegung ›Recht-auf-Leben‹ aktiv unterstützt . . .«

»Selbst wenn die Leute Bomben . . .«

». . . obwohl er ganz sicherlich nicht die Anwendung und Ausübung von Gewalt im Verfolg ihrer Ziele billigt. Asbach, der nicht nur Klient von Daniel ist, sondern auch persönlich mit ihm befreundet, schwört ihm, daß er mit dieser Bombengeschichte überhaupt nichts zu tun und nicht die blasseste Ahnung davon hat.«

»Sie haben also Ihrem Schwiegersohn den Gefallen getan«, sage ich. »Und warum auch nicht? Es ist ja schließlich auch was Schreckliches, was diese Leute da machen. Ungeborene Babys töten. Mag ja sein, daß es eine unglückliche Sache ist, daß der Bombenschmeißer nicht vorsichtiger war und darum zwei Menschen ums Leben kamen. Aber mit sowas müssen Leute nun mal rechnen, die sich gegen Gott versündigen. Und außerdem war es überhaupt nur ein ganz kleiner Gefallen. Ein einziger Telefonanruf.«

»Ein einziger Telefonanruf«, bestätigt er ganz sanft. »Das Weitere hat Richter Ogilvie arrangiert.«

»Ja, und dann haben Sie erfahren, daß irgendeiner eine Kugel in Helen Brickhouse reingeschossen hat. Und die Bombe nur schmiß, um das zu kaschieren. Besonders gut als Attentäter war der Knabe aber nicht; oder es war ihm egal; und darum mußte auch Mrs. Klutzman sterben.«

Er nickt. »Und auf einmal war die Gefälligkeit gar keine so einfache Sache mehr. Ich ließ mir also Joseph Asbach zu einer Unterredung kommen und machte ihm klar, ich werde dafür sorgen, daß er wieder eingesperrt wird, wenn sich herausstellen sollte, daß er doch etwas mit dem Tod dieses Mädchens zu tun hat, oder auch nur das Kleinste davon weiß. Daß ich ihm für diesen Fall aber auch den besten Verteidiger bezahlen werde, den ich nur auftreiben kann. Und zusehen will, daß die Anklage auf höchstens Totschlag reduziert wird. Und es ihm also leicht machen werde.«

»Und da hat er Ihnen dann erzählt, daß Daniel Tartaglia ein Techtelmechtel mit Helen Brickhouse hatte?«

Er nickt wieder. »Und da –«

»Wenn sich Danny unbedingt im Dreck mit den Schweinen suhlen wollte«, mischt sich Theresa ein, »dann meinetwegen. Aber sich dann so eine auszusuchen und sich selbst vorzumachen, er liebe sie ganz schrecklich . . .«

»Psch, Theresa«, sagt DiBella und greift nach hinten, um ihre Hand auf seiner Schulter zu tätscheln. »Also Asbach erzählt mir jedenfalls, wie idiotisch und ohne jede diskrete Zurückhaltung sich mein Schwiegersohn aufführt. Und folglich habe ich dann natürlich erst mal meinen Schwiegersohn zu einem Gespräch gebeten.«

Theresa seufzt ein wenig auf, als kämen wir jetzt zu dem Teil, der sie am meisten demütigt. Sie läßt die Schultern ihres Daddy los und geht hinüber zu den hohen Fenstern. Sie schiebt die Stores zurück und sieht in den Garten hinaus. Von dort draußen ist ihre kleine Tochter zu hören, wie sie mit den Hunden herumschreit.

»Und, hat er zugegeben, daß er ein Spielchen mit der Hure spielte, das dann zu weit ging?« frage ich. »Und daß sie ihm mit Erpressung drohte?«

»Er sagte Nein«, sagt DiBella. »Aber was für eine Rolle spielt das. Er ist schließlich der Vater meiner drei Enkelkinder. Ich habe meinen Gefälligkeits-Gut- und

Pfandschein bereits eingelöst. Nämlich beim Anwalt . . .«

»Streeter.«

». . . und Richter . . .«

»Ogilvie.«

». . . und einem Komittee-Mann.«

»Velletri.«

»Ich kann es mir nicht leisten, wie ein Mann zu erscheinen, der seine Ansichten wechselt wie die Hemden. Ich kann nicht dafür sprechen, daß sie alle Asbach in die Pfanne hauen.«

»Ach, Mr. DiBella, was nebeln Sie mich hier ein. Sie bitten mich in dieses Haus und erklären, Sie zögen mich ins Vertrauen. Und klamüsern mir auseinander – so wenig es Ihnen auch gefällt, dazu gezwungen zu sein –, wie Sie in dieses Fadenknäuel verwickelt worden sind . . .«

Aus der Halle draußen kommt ein kleiner Sturm von Lärm und zur Tür herein, die aufgeht. Herein stürzen ein kleines Mädchen und ein kleiner Junge, gefolgt von dem Mann, der aussieht wie Valentino. Und die Kinder laufen zu ihrem lieben Opa und steigen ihm mit ihren dreckigen Schuhen auf seine sündteuren, und klettern ihm auf die exklusiven Slacks, und es macht ihm überhaupt nichts aus. Nur Tartaglia verliert sein Lächeln und steht in der Tür und sieht von Theresa zu DiBella und zu mir. Und er schaltet sofort und weiß genau, was vorgeht.

DiBella beugt sich hinunter zu den beiden lieben Kleinen, die er wieder auf den Teppich gesetzt hat, und holt Bonbons aus der Tasche und drückt sie ihnen in die Patschhändchen und säuselt ihnen Liebeslieder in die kleinen Öhrchen.

»Ach, Pa!« sagt Theresa, als sie sieht, wie er Bonbons in die Kinder reinstopft, und sie sagt das wie jede Mutter auf der ganzen Welt, die ungehalten ist, wenn der Opa sich nicht darum schert, ob die Zähne der Kinder schlecht werden, weil er unbedingt Bonbons verteilen muß.

»Na, was schadet so ein bißchen Lakritze schon groß«, sagt DiBella über die Schulter. Und auch mir versichert er: »Ist doch nur Naturlakritze!« Dann scheucht er die Kinder liebevoll wieder hinaus zu ihrer großen Schwester und den Hunden. Und Tartaglia macht die Tür hinter ihnen zu.

»Du mußt da nicht dabei sein«, sagt DiBella.

»Doch, das muß ich wohl«, sagt Tartaglia.

»Ihr Schwiegervater«, sage ich, »hat mir eben erzählt, daß Sie ihn um einen Gefallen baten. Für einen Freund, wie Sie sagten. Während sich herausstellte, daß der Gefallen für Sie selbst war.«

»Wozu denn?«

»Na, damit Sie die Untersuchung des Bombenanschlags Sperry Avenue abwürgen konnten, die früher oder später direkt auf Sie zugelaufen wäre.«

»Haben Sie irgendwelche Beweise für Ihre Unterstellungen?«

»Halt' den Mund, wenn du dableiben willst«, unterbricht ihn DiBella. »Halt' gefälligst das Maul. Das hier ist kein Anwaltsgefasel. Das hier ist eine Unterhaltung zwischen ehrbaren Männern.«

Ich weiß ja nun nicht, wie ich in die gleiche Schublade mit einem ehrbaren Mann komme, der sich sein Goldhäuflein mit Hilfe von Schießeisen und Messern zusammenholte, aber was soll es. Ich bin nicht in der Stimmung, gegen so vorzügliche Argumente anzukämpfen.

DiBella wendet sein sachliches Auge wieder mir zu. »Ja«, sagt er, »das ist richtig. Der Ehemann meiner Tochter hat mich genau auf die Weise, die Sie eben schilderten, benützt. Und hat mir dafür eine kleine Lüge erzählt, um eine große zu verbergen. Er hat mich um einen kleinen Gefallen gebeten, der sich als ein ziemlich großer erwies.«

»Hätten Sie doch nicht mitspielen müssen.«

»Aber natürlich mußte ich mitspielen. Wie ich Ihnen schon sagte, ist der Mann schließlich und endlich der Vater meiner Enkelkinder.«

»Und mein Mann«, ergänzt Theresa. »Immerhin noch immer mein Mann.«

Ganz klar, hier steht eine Menge Stolz auf dem Spiel. Und Gesicht. Tartaglia hört gut den Unterton in der Stimme seiner Frau. Er hört ihn so gut wie ich auch. Jetzt erst, bedauerlicherweise, wo er ausreichend verschreckt ist, bekommt sie ihn zurück. Und er nimmt die Chance natürlich wahr und geht hinüber zu ihr und stellt sich am Fenster an ihre Seite.

Und er sieht mich triumphierend an, weil er sich, da sie nicht von ihm wegrückt, wieder ganz sicher fühlt. DiBella, glaubt er, beschützt ihn schon. Man wird ihn nicht den Hunden zum Fraße vorwerfen.

»Sie haben Helen Brickhouses Autopsiebericht und die Kugel beiseiteschaffen lassen«, sage ich.

»Nein, ich«, sagt DiBella.

»Und Connie und Angie auf mich gehetzt.«

»Nur als Warnschuß, weil Sie gar nicht hören wollten.«

»So? Haben Sie je dieses gottverdammte Vieh von Hund von diesem Schrottplatz gesehen?« sage ich.

»Der Wachmann war ja in seiner Hütte. Er wäre sofort herausgekommen und hätte ihn weggezogen, falls er Ihnen wirklich an die Gurgel gegangen wäre.«

»Sie haben Velletri gebeten, mit meinem Chinamann zu reden«, sage ich.

»Und nicht einmal auf den haben Sie gehört. Und darauf, daß Delvin nicht das Gesicht verliert, haben Sie auch keine Rücksicht genommen.«

»Und der mußte gleich bis zum Parteivorsitzenden selbst gehen!«

»Na, da sehen Sie doch, wie Sie die ganze Geschichte hochgeschaukelt haben! Ich erweise einen kleinen Gefallen, und wo endet es? Daß ich jetzt sogar in Ray Carrigans Schuld stehe. Von Velletri und Delvin gar nicht zu reden.« So, wie er das sagt, klingt es, als ob alles nur meine Schuld ist.

»Und von der kleinen Polizeibestechung so nebenbei reden wir gar nicht mehr?« sage ich. »Sie haben Pescaro – an sich ein ordentlicher Polizist – dazu gebracht, daß er drei Morde in der Schublade verschwinden läßt.«

»Das habe ich nicht getan«, sagt DiBella und fängt an, Haare zu spalten. Nämlich, daß er zwar um die Gefälligkeit *gebeten*, aber sie keineswegs selbst *ausgeführt* habe.

»Nicht Morde«, meldet sich Tartaglia wieder mal, ganz in dem Tonfall, uns den Kopf darüber schwirren zu lassen, was er alles über Justiz weiß. »Sondern Totschlag.«

»Halts Maul«, sagt DiBella aber, ohne sich auch nur umzudrehen.

Theresa nimmt ihres Gatten Hand und drückt sie, um ihm zu sagen, er soll lieber aufhören, so lange es noch Zeit dazu ist.

»Der Vater meiner drei Enkelkinder hat schon recht«, fährt DiBella dann aber fort. »Es gibt keine Vorwürfe betreffend dieser drei Fälle, die uns beträfen. Es gibt keinerlei Beweise, auf die irgendwelche einschlägigen Anklagen gestützt werden könnten.«

»Ich habe aber ein paar Sachen herausbekommen. Kann sein, daß ich noch mehr finde.«

DiBella schüttelt gemessen den Kopf. »Nein, nein, Mr. Flannery. Sehen Sie denn nicht, daß Sie, selbst wenn Sie irgendwelches Gold ausgrüben, niemanden finden werden, zu dem Sie es tragen könnten? Sehen Sie denn wirklich nicht, daß da schon zuviele Leute darin verwickelt sind? Die auch gar nicht mehr zurück können? Seien Sie doch klug. Seien Sie lieber klug. Und gescheit.«

Ich stehe auf. Meine Knie scheinen mir ziemlich wacklig zu sein. Ich weiß auf einmal, wie einem alten Boxer zumute sein muß, der seinen letzten Kampf verloren hat. Ich bin ziemlich sauer über die Art, wie Tartaglia mich jetzt hochnäsig ansieht, und DiBellas Miene fast etwas Bedauern für mich ausdrückt. Ich marschiere über den Zwanzigtausend-Dollar-Teppich zur Tür, als stiege ich aus dem Boxring, auf dem nur noch kalte Zigarettenkippen herumliegen, mit schlurfendem Schritt, als suchte ich nur noch ein Plätzchen, wo ich ungestört meine Wunden lecken kann.

»Mr. Flannery«, ruft mir DiBella nach.

Ich drehe mich noch einmal um.

»Ich gebe Ihnen einen Pfandschein.«

»Mr. DiBella«, sage ich, »ich möchte mit Ihnen keine Geschäfte machen.«

28

Ich lege alles Material, das ich zusammengetragen habe, auf dem Küchentisch aus. Mary und mein alter Herr besehen es sich, als ob es Sachen aus dem Grab von einem alten König sind.

Ich lege das Foto von Helen Brickhouse hin, das ich von Captain Pescaro bekommen habe. Das man im Leichenschauhaus von ihr gemacht hat.

Ich lege die Schnappschüsse hin, die ich von Flo

Brickhouse bekommen habe, von dem Urlaub ihrer Tochter in dem Hotel in Atlantic City. Samt den Ausschnittvergrößerungen, die ich davon habe anfertigen lassen.

Und die Kopie des Meldezettels von dem Hotel in Atlantic City.

Und die Aussage des Hotelboys.

Dann habe ich noch eine Erklärung von Bo Addison, die Daniel Tartaglia als den Mann identifiziert, der Helen in seiner Wohnung mehr als einmal besucht hat.

Und die von Mavis Concord, die ihn als den Burschen festlegt, der aussieht wie Valentino.

Ferner besitze ich die Kopie der Bewerbung als Hilfssheriff von Daniel Tartaglia.

Und schließlich die Marke, die seinerzeit an Daniel Tartaglia ausgehändigt wurde. Ich habe sie von Carrigan erhalten, der mir sagte, es sei ihm zu Ohren gekommen, daß ich mich so für eine Marke mit so einer Nummer interessiere, daß ich aber wissen sollte, diese besagte Marke sei schon seit über zwei Jahren aus dem Verkehr gezogen.

»Also, es werden immer noch Gefälligkeiten erbeten, und immer noch Gefälligkeiten getan«, sagt Mike.

»Und es scheint in alle Ewigkeit nicht aufzuhören damit«, sage ich.

»Und jetzt ist alle Welt dabei, das runtergefallene Laub zusammenzukehren und den Saustall, den sie veranstaltet haben, schön zuzudecken.«

»Aber sie haben immer noch Angst vor dir, James«, sagt Mary. »Sie sorgen sich immer noch, daß du, selbst jetzt, keine Ruhe gibst.«

»Schließlich hat dieser Tartaglia praktisch zugegeben . . .«

»Praktisch?« sagt mein Alter.

». . . daß er es war.«

»Kannst du vielleicht einen Beweis vor Gericht mit *praktisch* führen?« gibt mein Alter zu bedenken. »Kannst du ein Beweisgebäude mit den Aussagen eines Zuhälters und einer Hure bauen? Oder auf eine Aussage von einem Hotelboy in Atlantic City, der dir für einen Zwanziger schwört, was immer du willst?«

»Aber er hat sich erinnert.«

Doch mein Alter bleibt dabei: »Du wirst mir doch wohl nicht erzählen, daß du ihm nicht mindestens einen Zwanziger gegeben hast, oder?«

Darauf sage ich nichts.

»Und, klar, eine Markennummer, an die Mary sich erinnert! Mit einer 2 in der Mitte! Weißt du, wieviele solche Nummern es gibt? Obendrein eine, von der sie alle zu schwören bereit sind, daß sie seit zwei Jahren nicht mehr in Gebrauch ist!«

Ich habe ja auch selbst ein Gefühl, als hätte ich rostige Nägel im Mund. Wo ich hinbeiße, Granit.

»Schließlich sind drei Menschen tot«, sage ich trotzdem. »Ich kann doch nicht mit all dem hier hocken bleiben und damit Altarkerzen anzünden!«

»Genau da haben sie dich sitzen gelassen, Jimmy«, sagt mein Vater Mike jedoch. »Genau da. Mit nichts als einem Gebet.«

29

Man sollte meinen, wirklich kein Mensch kümmert sich um eine kleine Hure, die umgebracht worden ist. Sieht auch tatsächlich so aus, daß Helen Brickhouse nicht einmal mehr eine Erinnerung für irgendwen ist. Mal abgesehen von ihrer Mutter und ihrem Vater. Und vielleicht von mir. Nachdem erst mal ein Monat vergangen ist.

Ich erfahre so ganz unter der Hand, daß Daniel Tartaglia jetzt ein ganz braver Knabe ist und vielleicht sogar entschlossen, sich fortan anständig und zurückgezogen voll seiner Familie zu widmen. Speziell seit er gesehen hat, wie bereitwillig seine Ehegattin ist – was nur ganz wenige Männer jemals herauszufinden die Chance haben –, ihm zu vergeben.

Das Dumme ist nur, Bo Addison ist nicht zum Vergeben und Vergessen bereit. Was möglicherweise damit zu tun hat, daß er sich aus Helen wirklich was gemacht hat. Und auch sein Bruder, der Lude, vergibt und vergißt nicht. Weil er sie ja vermutlich zu dem Zweck benützt hat, ihn fertigzumachen. Was vielleicht dazu hätte führen können, auch Ogilvie fertigzumachen. Was möglicherweise ausgereicht hätte, so viel Druck auf Velletri auszuüben, daß der Bürgermeister und der Parteivorsitzende gemerkt hätten, es ist allmählich Zeit für einen Farbigen in Amt und Würden im Fünfundzwanzigsten. Wie beispielsweise Addison.

Und schließlich, glaube ich, ist auch Walter Streeter nicht so recht zum Vergeben und Vergessen bereit. Nach allem, was geredet und getan wurde. Und was er mir alles brühwarm über die ganze Helen-Brickhouse-Affäre erzählt hat. Doch wohl schließlich zu dem Zweck, daß Tartaglia von der Bildfläche verschwindet. Zu seinen eigenen Gunsten. Nämlich, daß dann er selbst auf besagter Bildfläche auftaucht. In der Gunst DiBellas. Und natürlich auch mit vielen einträglichen Versicherungsfällen von ihm. Samt Zugang zu Theresas Bett.

»Sie hatten Ihren guten Freund doch schon einmal hereingelegt«, sage ich zu Streeter.

Wir sitzen wieder in dem Restaurant auf der State Street, und Benny hat eben serviert, was wir bestellt haben. Steak für Streeter. Würstchen für mich.

»Und als es nicht funktioniert hat«, rede ich weiter, »haben Sie es auch noch ein zweites Mal versucht. Nur haben Sie beim zweiten Mal seinem schlechten Betragen auch gleich noch direkt nachgeholfen, indem Sie ihm Helen Brickhouse hingeschoben haben. Weil Sie seinen Geschmack kannten. Und Sie haben ihr sogar den Text für ihre Rolle geschrieben. Eigentlich, wissen Sie, sind Sie mindestens so verantwortlich wie Tartaglia selbst für Helens Tod. Und für den von Mrs. Klutzman.«

Er setzt ein Gesicht auf, als wolle er gleich heftig protestieren.

»Sparen Sie sich juristische Auslassungen«, sage ich, ehe er dazu kommt. »Ich weiß es und Sie wissen es.«

»Ich habe doch im Ernst niemals geglaubt . . .« sagt er.

Ich schenke ihm den Rest mit einer wegwerfenden Handbewegung. »Glaube ich Ihnen ja sogar. Sicher haben Sie nicht gedacht, er geht gleich soweit, daß er die Schwester, die sein Gesicht gesehen hat, abmurksen will, aber irrtümlicherweise eine andere umbringt. Ich glaube es Ihnen ja. Aber das Übrige, mein Lieber, da stecken Sie mit drin bis zum Hals.«

»Es ist doch alles vorbei«, sagt er, gar nicht hinterhältig oder aufgebracht. Er stellt einfach fest: so geht das nun mal zu auf der Welt.

»Ich brauche Ihre Hilfe«, sage ich.

»Ja?« fragt er, als wartet er auf meine Befehle.

»Sie kennen das doch. Bums' mich einmal, schäm' dich. Bums' mich zweimal, schäm' dich. Bums' mich dreimal, ich muß mich schämen.«

»Ich verstehe Sie nicht ganz, fürchte ich.«

»Ich möchte nicht der sein, der DiBella zum dritten Mal bumst«, sage ich.

Es scheint, daß er ungefähr zu kapieren beginnt.

»Sie wissen, und ich weiß, daß Ihr Freund Danny nicht für alle Zeiten zu Hause sitzen und blauäugige Treue zelebrieren wird. Er hat nun mal Appetit und der ist nicht auf einmal weg und verschwunden. Eines Tages wird er also das Rumhuren wieder anfangen.«

»Wenn«, sagt Streeter, »dann so weit aus der Stadt draußen oder so tief unter der Decke, wie es nur menschenmöglich ist.«

»Eben. Aber dafür braucht er jemand, der ihm hilft. Einen Mittelsmann. Einen Vermittler. Nämlich Sie.«

»Moment mal . . .«

»Na, er weiß doch bis heute nicht, was Sie gespielt haben. Er vertraut Ihnen doch. Und er vertraut immer noch diesem Luden, Addison. Und er wird Ihre Dienste dankbar akzeptieren.«

Er beugt sich etwas vor. Was er will und was ich will, macht uns zu Partnern. Um nicht zu sagen, Kumpanen.

»Ich weiß von einem Mädchen, das grade erst aus Detroit gekommen ist. Achtzehn, vielleicht neunzehn. Hat ein wenig Ähnlichkeit mit Helen Brickhouse. Ohne allzusehr wie Helen Brickhouse zu sein.«

»Haben Sie mit ihr zu tun?«

»Nein, nein. Auch nicht, daß ich ihre Seele retten will. Sie weiß bereits von alleine ganz gut, was sie will. Ich habe ihr zwar anfangs mal gesagt, es gibt doch auch andere Wege. Aber sie wußte ganz genau, was sie wollte und was nicht. Ich habe ihr angeboten, zu mir zu kommen, wenn sie Probleme hat. Und wirklich, neulich kommt sie zu mir wegen eines Unterkommens. Und ich sehe, daß sie auf die Straße geht. Und ich beschaffe ihr ein Zimmer bei Addison.«

»Ja?« sagt er.

Und jetzt stecken wir unter einer Decke.

»Sie reden mit Ihrem Freund. Und Sie heizen ihn an. Sie sagen ihm, armer Hund, du mußt Hamburger fressen, vielleicht für immer, und die anderen schlemmern an der tollsten Leckerbissentafel der Welt.«

»Das ist alles, was ich tun soll?«

»Sie sorgen natürlich auch für das Bekanntmachen. Sie leihen ihnen vielleicht sogar anfangs Ihre Wohnung, damit ja niemand etwas merkt. Später dann reden wir ihnen eine Wohnung ein. Kleines Liebesnest. Mit Wanzen drin. Und wo man auch unbemerkt Fotos machen kann, falls nötig. Und dann lasse ich eines Tages was raus. Und das frißt sich als Geflüster durch die ganze Stadt. Und gelangt endlich auch ans Ohr eines Mannes namens DiBella, dessen Geschäft es ist, alles zu hören, und . . .«

30

Der Wetterbericht hat Schnee vorausgesagt, aber es ist schon Frühling und weit und breit kein Schnee. Es ist warm und die Sonne scheint und strahlender Himmel.

An den Treppen des Gerichtsgebäudes haben sie kleine Kioske aufgestellt und die Geländer sind alle mit rotweißblauen Bändern umwickelt. Es ist für den Emmanuel-Warnowski-Tag.

Mrs. Warnowski hat ein neues schwarzes Kleid an und einen Hut mit Schleier auf und sitzt oben auf dem Podium neben Mooshies Feuerwehrhauptmann, dem Chef der Feuerwehr selbst, dem Commissioner, Delvin, Ray Carrigan, einem halben Dutzend Parteiobmännern, einem polnischen Priester . . . und dem Bürgermeister höchstpersönlich.

Ich sitze zusammen mit Mary in der ersten Reihe im Publikum unten, das gar nicht so klein ist. Immerhin sind alle Feuerwehrleute gekommen, die nicht Dienst haben, und noch so allerlei Leute aus meinem Siebenundzwanzigsten, die den alten Mooshie vielleicht kannten.

Der Pfarrer spricht ein Gebet, und zwar gleich dreimal. Auf Polnisch. Auf Lateinisch, nach der alten Liturgie der Totenmesse. Und auf Englisch. Ich muß daran denken, wieviel schneller sie Rose Klutzman hinschickten, wo immer die toten Seelen sind, als dieser Priester hier Warnowski.

Nach ihm kommt Delvin, der sich eine Weile lang über die Tugenden öffentlicher Bediensteter ausläßt.

Der nächste ist der Commissioner, der Mooshies Belobigung vorliest. Diese preist ihn für den vorzüglichen Beweis seines Mutes, als er auf dem Weg zur Feuerwehr wegen eines Alarms absichtlich den Totalschaden seines Autos in Kauf nimmt, um das Leben einer Nonne und ihrer Mädchenklasse zu retten, welche von einem Besuch im Zoo auf dem Weg zurück in ihre Pfarrei-Schule sind.

Anschließend überreicht der Bürgermeister der Witwe Warnowski eine Medaille, und es gibt ein paar glückliche Tränen.

Und das war's dann schon.

Jemand tippt mir auf die Schulter. Und hinter mir steht Ray Carrigan, der Parteivorsitzende.

»Na, Jimmy?« sagt er. »Haben Sie schon diese schlimme Sache gelesen, die über Daniel Tartaglia in der Zeitung steht?«

»Sieht so aus, als hätte ihm jemand seine Marke zurückgegeben«, sage ich.

»Sieht ganz so aus, ja. Schon eine Ironie, nicht, daß er von einigen Dieben ausgerechnet in einem Haus erschossen wird, in dem gewisse Mädchen ihrem Gewerbe nachgegangen sein sollen?«

»Und in Ausübung seiner Pflicht, zweifellos.«

»Zweifellos.«

»Schon ein Glück, nicht, daß er nicht zufällig in einem der Zimmer in diesem Haus war? Das arme Mädchen hätte ja dabei ebenfalls umkommen können.«

»Tja . . . Gott sei also seiner armen Seele gnädig.«

»Amen«, sage ich.

Nachdem Carrigan weg ist, kommt der Bürgermeister vorbei. Sein Referent flüstert ihm etwas ins Ohr. Der Bürgermeister bleibt stehen und sieht mich an. »Aha, also Sie sind Flannery, wie? Muß ich Ihnen lassen.«

»Sir?«

»Wegen Mooshie Warnowski.«

»Ein guter Mann. Sogar ein Held.«

»Wissen Sie, Flannery«, sagt der Bürgermeister und sieht mich nachdenklich an, »Sie verstehen es tatsächlich, aus glatt nichts einen Haufen zu machen.

ENDE

Nachwort

Wenn einer Hausmittelchen gegen allerlei Zipperlein weiß, stundenlang sein Auto wäscht, hauptsächlich sein Leben in seiner Straße lebt, nett zu Witwen und Waisen ist, mit seinem Papi ganz toll auskommt, wenn er weiterhin gegen Autoritäten des öffentlichen Lebens ein höfliches, fast schleimiges Benehmen an den Tag legt und auch avantgardistischer Kunst nicht gerade aufgeschlossen gegenübersteht und selbst für fette Huren sanfte Worte hat, dann haben wir es mit einem der tückischsten Vögel der gegenwärtigen Krimi-Szene zu tun: mit James Flannery – von Arschlöchern auch Jimbo genannt.

Wäre ›The Junkyard Dog‹ von einem deutschen Autor geschrieben worden, zugegebenermaßen eine eher gequälte Annahme, hätte sich sicher ein schlauer Werbemensch gefunden und ›Ein Stadtteil-Krimi‹ auf das Cover geschrieben. Dennoch, abseits von der grundsätzlichen Bescheuertheit eines solchen Schlagworts, *ist* ›The Junkyard Dog‹ ein Stadtteil-Krimi. Denn ein Stadtteil, die 27. Straße in Chicago, ist im Chaos dieser Welt ein friedliches und heimeliges Soziotop unter der milden und weisen Obhut von James Flannery.

Ein Kind armer Leute braucht einen Sommer-Job – Flannery wird's schon richten, Immigranten haben Probleme mit abwegigen Formblättern abwegiger Behörden – Flannery hilft. Ein besoffener Feuerwehrmann rast sich zu Tode und hinterläßt seine Frau unversorgt – Flannery verwandelt ihn in den ›Feuerwehrmann des Jahres‹ mit öffentlicher Ehrung und lebenslangen Bezügen für die Witwe. Und warum kann dieser Flannery seine Wohltaten so hemmungslos über seinen Schäfchen ausschütten? Das ist das eigentliche Thema des Buches. Flannery spielt mit im großen Spiel um Geld und Macht. Denn für nix gibt's nix. Gefallen gegen Wählerstimmen und Wählerstimmen gegen Gefallen – so lautet die Devise und erlaubt einen Einblick in das Gefüge lokaler Machtpolitik.

›Unsere Stadt muß sauber werden‹, hieß ein Roman von Ross Thomas, was selbstverständlich hämisch gemeint war. Warum Chicago nie sauber werden kann, erklärt uns Flannery in einfachen Worten. Er zeigt uns, wie die Stadt, einem Kuchen gleich, in Einflußsphären der beiden großen Parteien – im Falle Flannerys sind es die Demokraten – aufgeteilt und wie die Machterzielung und Machterhaltung organisiert ist. Er zeigt uns auch, in einfachen Worten, wie brüchig ein solches System letztendlich sein kann, wenn eine neue Kraft mitmischt: der Mob mit seinem neuen Geld. Nicht, daß davon die grundsätzliche Struktur angetastet würde, nur die Spieler werden ausgetauscht, ein neues Blatt gegeben. Und Flannery ist wieder mittendrin.

Ähnlich wie in seinen ›La-La-Land‹-Romanen reduziert Campbell die menschlichen Verhältnisse auf die zwei Komponenten Vorteil und Profit und läßt einen irritierenden Einzelgänger in diesem starren Ordnungsrahmen operieren, Whistler dort, Flannery hier. Diese beiden als Romantiker verkleideten Pragmatiker kennen ihre Grenzen und das macht sie gefährlich. Nichts von wegen System- oder Weltveränderung, nichts von wegen Ein-Mann-Kreuzzug gegen das Verbrechen (wie auch: was ist *ist* Gesellschaft, was ist *das* Verbrechen?). Das virtuose Umgehen, das Spielen auf der Klaviatur des Systems, das geschickteste Ausnutzen des Regelwerks, das selbst dieses Spiel haben muß, soll es funktionieren, das sind ihre Waffen. Physische Gewalt kommt da nur ganz am Rande vor, obwohl wir uns in einer äußerst gewalttätigen Welt bewegen.

Flannery will den Schmierlappen Tartaglia und er bekommt Tartaglia, nichts sonst. Er schafft einfach die Voraussetzung dafür, daß Tartaglia gegen die Gesetze von Geld, Macht und Machismo verstößt und, clever, Flannery sorgt dafür, daß Tartaglias Abtreten kein funktionales Vakuum hinterläßt. Der Nachfolger, geschäftlich sowie im Clan der DiBella und im Bett der schönen Theresa steht schon bereit. Der Anwalt Walter Streeter hat die besseren Karten, weil er sich nicht in Hurenhäusern erwischen läßt und weil eine Regel des Spiels heißt: jeder ist zu ersetzen.

Die sanfte Tücke Flannerys, eben dessen Version der Mentalität eines Schrottplatzhundes, hat Campbell in eine scheinbar schlichte Form gebracht. Was uns Flannery, in einfachen Worten, erzählt, ist eine eher simple Geschichte. Aber wer die Geschichte von der hochgesprengten Abtreibungsklinik wirklich nur als simple Geschichte liest, der versteht nichts vom Raffinement schlichter Geschichten. Korruption bei der Polizei, der Einfluß politischer Machenschaften aufs tagtägliche Leben, die unausgesprochene Abhängigkeit vieler Menschen von den Intentionen einiger Weniger, die erstaunliche Transparenz einer angeblich so anonymen Großstadt, die scheinbar selbstverständliche Verbindung zwischen Slum und Penthouse, das alles ist bei Campbell keine Sensation, nichts, worüber es sich anders als im gemütlichen Plauderton zu berichten lohnte. Dabei steckt dahinter auch eine frontale Attacke gegen wichtigtuerische Kriminalromane (und gegen über traurige Zustände im Allgemeinen empört japsender Literatur, aufgeplusterte Dschungel-der-Großstadt-Mythen und ähnliches). ›The Junkyard Dog‹ ist ein Buch, das einige der Lieblingsstilisierungen der Kriminalliteratur angreift.

Zum Beispiel der Umstand, daß der Krimi ein spektakuläres Show Down haben müsse, bei dem der Täter entlarvt oder ›Nimm das, Schurke!‹ – der Unhold zur Strecke gebracht wird. Campbells Show Down findet beim small talk der Honoratioren statt. Das bedauerliche Ableben des Daniel Tartaglia ist eine Zeitungsnotiz wert, über die mit fünf Sätzen hinweggegangen wird.

Oder die Standardsituation, daß der Held es inzwischen mit ein paar wirklich üblen Burschen zu tun bekommt. Aber der einzige, der Flannery ernstlich an Leib und Leben will, ist ein Dobermann. Daß eine Bombe explodiert ist, kommt bei Würstchen und Weißkraut heraus, und die Nachricht von der Ermordung der Krankenschwester trifft Flannery beim Ausfüllen von Formularen.

Herunterspielen, heißt die Strategie Campbells, das Pathos herausnehmen. Wenn einmal Pathos aufkommt, dann hat das sehr wohl seinen Sinn in der Handlung und ist nicht die literarische Grundhaltung des Buches. Der Auftritt Flannerys bei seiner Ex-Gespielin aus den besseren Kreisen vor der versammelten Macht der Stadt, ist eiskalt kalkuliert und für Flannery in erster Linie eine Lebensversicherung. Nicht den Hintermännern will er an den Kragen, sondern dem, der sich die Suppe persönlich eingebrockt hat.

Andere Krimi-Helden hätten DiBella als Hauptverantwortlichen ausgemacht, oder meinetwegen noch Walter Streeter, der wahrlich Dreck auf der Weste hat, und versucht, diese beiden Ehrennmänner zu vernichten. Flannerys Pragmatismus kennt eine solche Radikalität nicht. Seine Aufgabe ist es, seine Straße in Ordnung zu halten. Von abstrakter Rache ist nicht die Rede, denn zu was sollte sie gut sein? Wer sich in seinem Revier schlecht benimmt, der kriegt was auf die Schnauze. Was sonst draußen passiert, interessiert Flannery nicht (oder nur insoweit es sich für seine Zwecke funktionalisieren läßt). Das ist nicht die Moral des Krimi-Helden, das ist die Moral des Straßenköters.

Wer unbedingt Sozialkritik in dem Roman suchen will, nur hier wäre sie zu finden. Wie weit muß eine Gesellschaft fertig sein, wenn nur noch die Moral des Straßenköters sinnvoll und einsichtig sein kann? Wie rettungslos versaut sind politische Strukturen, wenn sogar die Utopie, gegen sie vorgehen zu können, lächerlich und buchstäblich auf den Hund gekommen ist? Das heile Glück des Winkelchens, verstehen wir uns recht, propagiert Flannery damit keineswegs. Denn erinnern wir uns: Flannery tut gute Werke gegen Wählerstimmen, Wählerstimmen braucht er, um seinen sine cure Job zu behalten und deswegen kann er keine fröhlich umgehenden Mörder in seiner Straße brauchen. Es ist sein Geschäft, sein Haus in Ordnung zu halten und sein Geschäft ist sein Auskommen. Sicher, rein karrieristisch betrachtet wäre es Flannery besser bekommen, er hätte die Angebote seiner Oberen angenommen und wäre in der Parteihierarchie aufgestiegen. Aber solche Spiele soll man mit einem alten Straßenköter nicht machen. Denn der hat Instinkt, und Flannerys Instinkt sagt ihm richtig, daß man durchaus formal aufsteigen und dabei rapide an Machtsubstanz verlieren kann.

Auch das ist gegenläufig zu Traditionen des Romans, bzw. zu den Weltbildern, die durch Romane geschaffen werden. Nicht immer hat der Mann im Hintergrund die absolute Macht, die Macht liegt bisweilen auch in und auf der Straße. Nichts könnte weiter weg sein von einer Reportage als Campbells Roman, aber nichts könnte auch die Soziologie realer Machtverhältnisse besser illustrieren. Macht, das ist nicht nur ein abstrakter Begriff. Macht ist auf Individuen angewiesen. Auf solche, die sie haben und auf solche, durch die sie sie haben. Die Parteihierarchie *hat* Macht in Chicago, aber sie hat sie letztendlich nur auf Grund von Leistung und Gegenleistung. Flannerys Macht in der Straße beruht auf den Stimmen, die er der Partei bringen kann, und die Stimmen, jede einzelne von ihnen, beruht auf einer Gegenleistung, die wiederum er erbringen muß. Nicht zufällig ist der Roman durchsetzt von Termini des Handels und der gegenseitigen Verpflichtung. Sein Schlüsselwort ist ›marker‹, also Gutschein, Pfand, im Sinne von Gefallen oder Guthaben. Das ist merkantil gemeint, und kein Handel unter Ehrenmännern, wie DiBella Flannery zu besülzen sucht, – was dieser auch amüsiert zur Kenntnis nimmt.

Deswegen ist Flannery eine so interessante Figur. Einer, der sich um seine Leute sorgt, der nicht dulden will, daß schwangere Frauen und liebe alte Bekannte ins Jenseits gebombt werden. Aber auch einer, der erst richtig stinkig wird, wenn's an sein Privatleben geht. Flannery mag Gefallen daran finden, daß es seinen Leuten gut geht. Aber er weiß auch, daß von einer Güterabwägung seine Existenz abhängen kann.

Der gute Mensch von Chicago ist professionell gut, und so erscheint seine Güte reichlich ambivalent. Das Bild des braven Spießers, das uns Flannery immer so treuherzig entwirft, konterkariert er im gleichen Atemzug durch die schnelle Auffassungsgabe und seinen illusionslosen Blick auf die Dinge um ihn herum. Alles, was er tut, hat eine freundliche Fassade und einen tieferen Sinn. Er wienert sein Auto stundenlang, aber Reinlichkeit ist dabei nicht sein oberstes Ziel, denn bei dieser löblichen Beschäftigung hält er seine öffentliche Sprechstunde ab. Der besoffene Feuerwehrmann bekommt deswegen seine Auszeichnung und wird ›Feuerwehrmann des Jahres‹ – angesichts der wahren Umstände seines Todes der blanke Hohn – weil Flannery die Bosse in der Bombenangelegenheit unter Druck setzt, und die glauben, Flannery durch Gefälligkeiten auf Nebenschauplätzen besänftigen, ach was, bestechen zu können. Der gute Mensch von Chicago hält hemmungslos die Hand auf und lügt das Blaue vom Himmel herunter, ohne mit der Wimper zu zucken. Aus dem zusammengefahrenen Lichtmast wird erst eine Katze, dann eine veritable Nonne mit ihrer Kinderhorde. Wenn's der Vorteilnahme dient . . .

Aber das wirklich Geschickte daran ist, daß Flannerys Aktivitäten sich für seine Schäflein auszahlen, in Dollar und Cent. Insofern spielt sich Politik nicht in den luftleeren Räumen des Big Business ab, sondern sie schlägt sich nieder. Konkret und meßbar für einzelne Menschen. Daran läßt Campbell keinen Zweifel und damit legt er gleich noch eine kleine Mine unter den Polit-Thriller, bei dem man sich ja immer fragt, welchen Sinn denn all die geheimen und abgeschotteten Aktionen haben, wenn sich danach eh nichts sichtbar ändert. Es quirlt unter der Oberfläche, beim Polit-Thriller bleibt sie glatt; bei Campbell hat wenigstens eine arme Witwe etwas von dem ganzen Umtrieb.

Die Eigenschaften des hartgesottenen Helden indes hat Flannery durchaus: er ist verschlagen, rücksichtslos und zynisch abgeklärt. Den mythischen Ernst des Privatdetektivs jedoch hat Campbell mit seiner Figur strikt aufgekündigt. Flannerys Verhalten ist nicht von Ritualen geprägt, oder höchstens von deren Parodie: das Speakeasy ist Dan Blatna's gutbürgerlichem Speiserestaurant gewichen. Anti-Alkoholiker ist Flannery zudem. Seine Paranoia ist nicht größer, als die eines jeden Bürgers, der nachts durch Chicago läuft. Seine Gewaltbereitschaft beschränkt sich darauf, einen Ganoven ins Klo zu schubsen. Selbst seine Sprache hält sich weitgehend von four-letter-words fern. Flannery braucht keine Kampfhunde und keine tibetanischen Karatekämpfer, keine kahlköpfigen Hilfsneger und kein elektronisches Wunderspielzeug. Campbells Held hat keine geheimnisumwitterte Jugend und Herkommen, er hat keine alptraumhaften Neurosen, die ihn umtreiben. Und: seine Gegner sind keine Dämonen, keine quasimythischen Gestalten, die den Dschungel der Großstadt durchstreifen, die erst einmal geschaffen werden müßte. Seine Gegner sind der städtische Filz (der auch sein Verbündeter ist), alte klapprige Männer, die um ihren Machterhalt kämpfen, schmierige Ehebrecher, die auf jede Nutte hereinfallen und schlicht solche Leute, die in Ruhe ihren Geschäften – solche exotischen wie das Versicherungswesen – nachgehen wollen. Das Böse hat nur eine Eigenschaft: es ist banal. Die allgegenwärtige Kriminalität Chicagos wird dabei mit keinem Wort geleugnet oder verharmlost (Dämonisierung, meine Herren Ellroy und Vachss, *ist* Verharmlosung!). Campbells Kriminalität ist sehr konkret. Kein geheimnisvolles Wispern und Raunen in den Betonschluchten, keine Cobras, Klapperschlangen oder Nighttripper schlurchen schemenhaft durch Nacht und Nebel, sondern bilanzierbare Geschäftsinteressen haben die Rolle der Scheusale übernommen. Campbell hat das Verbrechen vergesellschaftet, und deshalb ist auch sein Flannery ein vergesellschafteter Held. Das unterscheidet ihn von fast allen seinen zeitgenössischen Kollegen. Dadurch, literarisch gesehen, schleift Campbell die Grenzen zwischen hardboiled novel und Polit-Thriller beträchtlich. Ähnlich wie in den ›La-La-Land‹ – Romanen sind Politik und Verbrechen selbstverständlich eingegliedert in das Gesamtgefüge der Gesellschaft, sie sind nicht deren Kehrseite, sondern konstitutiver Bestandteil, und insofern auch keine Sensation oder der Ausnahmefall und schon gar nicht etwas, das sich hinter verschlossenen

Türen uneinsehbar abspielt. Erkennen kann sie der, der die richtige Perspektive hat, jederzeit. Im Untergrund muß man sich deshalb gewiß nicht tummeln.

Träger der angemessenen Perspektive ist, wie in allen Büchern Campbells, die Sprache. Ich halte Campbell unter den neueren Krimi-Autoren für den größten Sprachvirtuosen, für den literarisch bewußtesten. Strotzte zum Beispiel ›La-La-Land‹ nur so von Obszönität und Vulgarität, wird man in ›The Junkyard Dog‹ so etwas nicht finden. Anstelle dessen tritt ein grammatikalisch haarsträubender Slang, ganz beiläufig, ganz dahingeplaudert. Die Zynismen der hard-boiled novel sind ironisch abgefedert, etwa wenn Flannery sich nicht klar ist, ob das Ziehen im Bauch nun Liebe oder eine Verdauungsstörung anzeigt. Die scheinbare Naivität Flannerys. Die Sprache charakterisiert den Helden und nur dessen Sprache erzählt uns die Geschichte. Wie könnte auch ein Straßenköter eine andere Wertung als seine eigene zulassen? Flannerys Redegestus ist wesentlicher Bestandteil seiner Comouflage. Wer sich davon einlullen läßt, der ist schon verloren.

Nebenbei gesagt, Campbell erreicht damit eine bewunderswerte Ökonomie des Erzählens. Wenn am Anfang erwähnt wird, nur Arschlöcher redeten Flannery mit ›Jimbo‹ an, spart sich Campbell eine ganze Menge Charakterisierungsaufwand, wenn er jemanden ›Jimbo‹ sagen läßt.

Die Sprachhaltung ist die Strategie des Buches: nichts hochstilisieren, herunterholen, ent-dramatisieren, deeskalieren. Und dennoch einen miesen Trick durchziehen, bis der Strolch final erledigt ist. Nicht hysterisches Hochputschen, sondern der sanfte, der alltäglich daherkommende Terror, das ist es, was ›The Junkyard Dog‹ zu einem großartigen Buch macht.

Thomas Wörtche